3

給食のおばちゃん異世界を行く

豆田麦

Illustration しろ46

目次

小清水和葉（カズハ）、四十五歳、二児の母。

子育ても落ち着き給食のおばちゃんとして働いていたところ、突然異世界から勇者召喚される。

しかもなぜか十四歳頃の外見に戻っていた!? 同時に召喚されたのは、自分を含め五名。

ユキヒロ、アヤメ、ショウタは見た目と実年齢が一致するも、レイはカズハとは逆に身体だけが成長してしまっていた。

一見ちぐはぐに見えるメンバーだが思いのほか順応は早く、皆が訓練に明け暮れる中、自分には才能がないと思い込むカズハ。

しかし訓練中に現れた魔族モルダモーデとの戦闘によりその才能が開花。

勇者の誰よりも魔力量が多く、しかも重力を操れる資質があることがわかり、打倒モルダモーデを掲げ研鑽を積んでいく。

ある時、カズハは城に仕える侍女に誘導され敵対勢力に誘拐される。

無事に逃げ出すがその際受けた拷問がきっかけで、記憶が途切れる事象が起こるようになる。

実行犯の生き残りであるザギルの有能さに気づき、味方にする選択をするカズハ。

時折、日本の味を再現して勇者や城の人間を喜ばせたり、温泉をつくりながら、
ザギルの稀有な能力を生かし、パワーアップしていくカズハと勇者たち。

そして再びモルダモーデとあいまみえるも、その実力差に愕然とする。

モルダモーデはトドメをさせる状況にもかかわらず、「もっと遊びたかったよ」という言葉を残し消えてしまう……

その後も訓練を重ねていく中、重力魔法の応用でカズハは飛行を可能にする。

それぞれが思いを胸に成長を遂げていくが――

～日本から召喚された勇者～

カズハ
（小清水和葉・45）

転移後、なぜか身体の年齢だけ14歳になってしまった、給食のおばちゃん。勇者陣の中でもその魔力量は最強を誇る。武器は○○tハンマー。

レイ
（長谷礼・10）

転移後、カズハとは逆に身体だけ成人男性化してしまった小学生の男の子。その純真さで周囲を癒す。武器は大剣。

～カザルナ王国～

ザザ

カザルナ王国騎士団長。グッドルッキングガイなのに未だに独身。勇者陣のチートぶりを除けばほぼ最強の部類を誇る。

エルネス

カザルナ王国、神官長。勇者召喚の責任者であり、彼らの導き手でもある。年齢不詳だがまだまだ現役……。

ザギル

オブシリスタ出身。カズハ拉致事件の実行犯の一人だったが、その有能さと一握りの温情？を買われ、カズハが雇うことに……。

ユキヒロ（上総幸宏・22）

転移後も見た目と中身は変わらず。元自衛官だけあって常に冷静沈着。武器はクロスボウ・ガントレット。

ショウタ（巽翔太・16）

見た目通りの実年齢、初心でピュアな男子高校生。特技はピアノ。武器はフレイルの亜種。

アヤメ（結城あやめ・19）

見た目は派手だが割と奥手な女子大生。治癒魔法が得意。武器はメイス。

人生は本当にギャンブルの連続なんですよ

リトさん言ったもん。

リトさんに何かあっても恨むな憎むな悔やむなって。

したいことをしにいくんだから俺は満足なんだって。

だからレイは今と同じように自分がしたいことを考えろって言ったもん。


北の国境防衛線から届いたリトさんの訃報に、礼くんは一晩泣いてからそう言った。


前線は相変わらず動いていない。

魔族こそ姿を現していないが、魔獣はその数を減らすことなく暴れている。

押し返すことは可能、致命的な殲滅(せんめつ)だって受けはしない。

モルダモーデの言っていた通り、鍛え上げられた騎士団と神兵団の人的損失率は上がってはいない。

けれどそれは何も失わないわけではもちろんなくて、失ってしまったものの上に成り立っていることだ。

魔力の急成長が落ち着いて、あやめさんは以前に増して回復魔法の研究に打ち込んでいる。以前ザギルの治療で魔力を残量二割切るまでもっていかれたのが地味に悔しかったらしく、同じ効果でも魔力消費は四分の一ですませられるようになったと高笑いしていた。師匠譲り。

幸宏さんは現代兵器についての知識は教えないことを貫いているけれど、できることはしておくと新魔法を開発済みだ。高速飛行訓練を口実として、王都から離れたときに練習してる。翔太君も時々そうしていた。ザザさんたちにも伝えていない。運搬役の私とザギルだけが知っている。

「――葉ちゃん？」

瞬きをしている間に、景色が変わっている。

食堂手前の廊下を歩いていたはずなのに、もう雪解けの訓練場へ続く渡り廊下にいた。

礼くんが私を覗き込んでいる。

「なあに？」

「どうしたの？　具合悪いの？」

「ううん？　――変だった？」

「うーん、元気なく見えた」

「えー？　じゃあ、礼くん訓練場まで運んでくれる？」

とん、と背を向けたまま礼くんの足の甲に私の足を乗せて、後ろ手に手をつなぐ。

仰向けば、ひらめいた笑顔の礼くん。

「みっぎあしくーん、ひだりあっしくん！」

歌いながら、笑いながら、私を足の甲に乗せて渡り廊下を行進していく。チッタカタッタッタア。


いつからだろう。

数日に一度は記憶が途切れる。意識が途切れてる。どっちなのかわからないけど、多分まだ気づかれてはいない。ほんの一瞬だと思う。ぼうっとしてるように見えてるだけだと思う。

ふとした弾み、何か面白くて笑ったり、何か楽しくて笑ったり、そんなときにちりちりと体中が痛む。前は胸の奥にだけあった、桃の産毛にこすられるような痛みが、今は全身の皮膚の下にある。

我慢できないことなどない、素知らぬ顔をしていられる程度の、ただ煩わしいだけの痛み。

それだけのはずなのに、多分その痛みが、意識を遠ざけている。

「ぼーくをはこんでチッタカタッタッタア！　――あっ」

「ん？」

「う、ううん！　行ってくるね！」

「……ふふっ、いってらっしゃい」

まだ渡り廊下の途中で私を足から降ろして、そそくさと訓練場へと走っていく礼くんに手を振る。

「おはようございます。――レイはどうしたんです？　なにか慌てていたようですけど」

「あ、ザザさん、おはようございます。ほら、あそこ」

渡り廊下のここから見える王族が住む棟の三階バルコニーあたりを指さすと、ザザさんが細めた目で追う。金色の巻き毛と淡いドレスがちらりと風になびいているのが見えたはず。

「王女殿下ですか？」

「最近ね、ちょっと意識してるみたいですよ。内緒」

十二歳の第三王女はルディ王子の一つ年上。ルディ王子の部屋にお泊りをしているうちに仲良くなったようだ。

人差し指を唇にあて内緒の仕草をすると、ザザさんも同じ仕草でどこか眩し気に笑った。

「私たちの棟にいるときもね、ちょっと私と手を繋ぐのを恥ずかしがってることもあるんです」

「変わりなく抱きついているようですけど」

「それは別枠みたいですねぇ――でもきっと、もうすぐそれもなくなると思います」

隣に立つザザさんは、私の手では届かない距離。

これもいつからだろう。

前にあやめさんがザザさんにおびえていたときのように、何故か距離がある。

私何かしたのかな。心当たりないんだけどな。

「そうですか？」

「子どもってそんなものだと思いますよ。突然するりと成長しちゃう。それにあの子は本来中身が大人びてる子ですから」

礼くんがべったり甘えていたのは、こちらに来てライナスの毛布が必要になってしまったから。安定してしまえばまたしっかりと歩き出す。その時がそろそろ来てるのだろう。

リトさんのことでまだ時々少し泣いてしまったり、夜寝ているときにしがみついてきたりとかはあるけれど、ちゃんと気負いなく前を向こうとしているのがわかる。

「……そういえば最近僕の後をついてくるのが減ってきてますね」

「でしょう？」

「──ちょっと、わぁ、これは」

「どうしました」

「……結構さびしいかもしれません。今気づきました」

片手で口を塞ぎ少し顔を背けるけれど耳が赤い。あまりのかわいらしさに笑う。軽くすねたような顔がまたかわいい。

「そんなに笑わないでください……、アレはどうしました？」

「ザギルですか？　なんか出かけていきましたね。城下に行ったみたいですよ。──もう訓練中の監視が必要なの私だけですし。なのでザギルが戻るまで待機です」

みんな魔力制御できるようになったからね。見張ってなくても訓練中に下限を切ることはまずない。相変わらずなのは私だけだ。

ためらうような一呼吸を挟んで、ザザさんが私の肩口あたりに目を向ける。

「まだ、風冷たくないですか？」

「これ、中に結構着込んでるんですよ。だから平気。ザザさんは訓練？　それとも部屋でお仕事？」

薄手のショートマントの下は、ボートネックとパフスリーブのシャツ。ローライズのぴったりしたパンツ。最近はあやめさんデザインの服を半強制的に着せられている。かわいいけど甘すぎず動きやすいから問題ないというかうれしい。結局まだ身長は伸びてないけど子どももすぎない、と思う。

「朝飯の前に身体はほぐしたので部屋ですね。今頃セトがいそいそと書類積んでますよ……」

本当は身体動かしてるほうが好きなんだよねザザさん。偉い人はそうもいかなくて大変だねぇ。

うっすら遠い目しててまた笑う。

「ねえ、ザザさん？」

「はい？」

「ザザさんて、魔力調整の訓練はできますか？」

「――それは、教える側ってことですか」

「はい。教わるのは私です……ザギルには無駄だって言われてるし、本当に無駄に終わるかもですが」

「ゆっくりすることにしたんじゃないんですか」

「もう、春になります。ゆっくりしたんじゃないかなって」

「過去の勇者たちも数年単位で成熟してます。焦る必要なんてありません」

向き合えば、やっぱり私の手では届かない距離。伏し目がちに少しそらしたハシバミ色は、私の背ならしっかりと覗き込める。

——そっかぁ。駄目かぁ。ですよねぇ。

ザザさん紳士だしね。そんな誤解されかねないことしないよね。

どうしよう、かな。本当にちょっと時間なさそうなんだけどな。

意識の途切れる頻度が、あがってきてる気がするんだよ。

「……そですかね」

「そうです。それにあれは……わかってるんですか。本当に」

「ん？　ああ、魔力交感ですよね？　そりゃあさすがに……忘れちゃうんでしょ。コレだから。でも一応私大人なので」

少しおどけてくるりと回って見せてみる。

ほら、これでも二回の出産を経て、ささやかながら経験ないわけでもないわけですし。いやこの身体ではもしかして未経験カウントかもしれないけど。……そういえばピアスの穴も埋まってたな。

まあいいや。黙ってればわかんないだろう。

「……ヤツに頼もうとか思ってませんか」

「えーっと、でも駄目でしょうね。無駄だって」

探りはいれてみたんだ。少しはましになるかなって。でも、無駄だと鼻で笑われた。ひどい。

「大人だからたいしたことではないと？」

「……まあ、そりゃそう、でしょう？　あやめさんとか本当に若い娘さんとは違いますよ」

「何がですか」

「何がって……こう、価値、とか？」

「……はあ？」

なんだかいつもより声が硬く厳しくなったなって思ったら。

私の手が届かない距離でも、ザザさんなら一歩と動かず手が届く。

両手で顔を挟んで引き寄せられて、屈んだザザさんの短い前髪が私の額をくすぐる。

ハシバミ色が目の前にあって、息が止まった。

顔が一気に熱くなった。いやいやいや待って。待って。近い。これは近い。

「……このくらいたいしたことないのでは？」

「あ、の……」

「僕があなたを子ども扱いしたことありますか」

「ない、です」

うん。いつだってザザさんは私をちゃんと大人の女性として扱ってくれてた。時々雑技団だったけど。

体中、ちりちりして胸が詰まる。

返事するたび、漏れる息が震える。

「僕はあなたに成熟した女性として接してます。でもカズハさん、その矜持も魅力的ですが、それにつけこむ男もいるんです。往々にしてその手のは性質（たち）が悪い。この程度もあしらえないならやめなさい」

「あしらう」

あれ!?　もしかして今これ私あしらってみせるとこだろうか!?　そういう流れ!?　あしらうってどう?　難しいな!?

私の顔を仰向けさせているザザさんの大きな両手に触れようと手を伸ばしてみるけど、指先が震えてしまって無理だ。

俯いて視線を外すこともできない、と、しっかりと私を見据えていた瞳が不意に揺らいだ。

「魔色、出てます」

「え?」

「魔乳石の色に、変わってます、ね」

「あ、そ、そうです、か?」

「アレが、あなたの魔色は本当のことを言っているときに出る、と」

んん!?　今?　今そうくる?　アレってザギルだよね。本当のことってなに。魔色って魔力使うと出るってやつでしょ。そんな嘘発見器みたいな機能まであるの？

　いやちょっと情報量多い！

「初耳ですよって、なんですかそれ……そんな嘘つくと鼻動く癖みたいな」

「……僕に触れられて、平気、ですか？」

「へいきとは」

「怖く、ないですか」

「ザザさんを？」

「ええ」

「そんなの思ったこと、ないです、よ？」

　今すっごい動揺はしてますけど！

　ザザさんの左手が、ゆっくりと頬からうなじに回り、右手は離れて腰へ伸びる。

　こつん、と額と額がぶつかって。

　訓練の始まりを示す銅鑼（どら）の音が響き渡った。

「すみません！　近かったです！」

「はい！　近かったです！」

　ぱっと我に返ったような顔で、背を伸ばすザザさんは万歳のポーズ。

「こっこれはですね！　いまのは！」

「今のは」

「——今のは、ですね」

片手だけ額にあててもう片手は万歳のまま、固まってしまっている。すっごい汗噴いてるんだけど。多分私もだ。史上最高に顔赤い自信がある。

しかしだ。ちょっと気づいてしまったんだ。

「ザザさん」

「……はい」

「めっちゃ見られてます」

「——はい？」

「訓練場からめっちゃ見られてます」

「——っ⁉」

丸見えなんですよ。ここ。訓練場に集まった全員から。

ほら、前にベラさんがザザさんにブラウニー渡したときもそうだったじゃないですか。

全員、ガン見も甚だしいんですよ。見ないふりとかしてる人いないんですよ。しようよそこは。

「撤収っ！」

「はいっ！」

お互い反対方向へ猛ダッシュした。

礼くんは十三歳になったら前線へ行くのだと決めた。

それまでできることをいっぱいして強くなるのだと、そうしたいのだと。

ゆっくりと、まっすぐに、戦うかどうかいっぱい考えてから決めたいと言ったその時と同じ顔で、カザルナ王へ告げた礼くんに王は頭（こうべ）を垂れて。

「仰せのままに。――それでもどうかそのままずっと考え続けて欲しい。我らはいつでも勇者の決定に従う」

そう答えた。


「和葉ちゃん、ぼく、今日から一人で寝れると思う！」

きりっとした顔で宣言した礼くん。

「そなの？」

「うん！　ぼくもうおっきいからね！」

礼くん身長はもう伸びきってるんだけどね。羨ましいことに。

誇らしげに、得意げに、決意をあらわにする礼くんが眩しくて愛しい。

「そっか。ちょっと寂しいけどなぁ？」

「……うっ」

「ふふふ。でもうれしいな。すごいね。礼くんお兄さんになったんだね」

「――うん！」

のっぱらへつれていけ　チッタカタッタッタア

私はどこまでこの子を連れて行ってあげられたのだろうか。

できることならどこまでも手をひいてあげたいと思ってはいても、それは大人のエゴなのだ。

時が来たら手を離してあげなくてはいけない。

時が来たら、背を押して見守るか、先に立って背を見せるか、どちらかを選ばなくては。

表向き前線に出るのは保留としていたけれど、それは礼くんに前線へ行くかどうかを私の決定とは関わりなく決めてほしかったからだ。私が出るとなれば礼くんはついてこようとしただろうから。

もう私自身は結構前に決めていた。

別に勇者としてとか国を守るとかそんな御大層なことではなく。

モルダモーデ、あいつは私が殺す。

「なるほど。魔力調整の訓練をしたいと」

「はいっ」

「……お嬢ちゃん、本当にここがどこだかわかってるのかい」

「もちろんですとも。あと私こう見えて長命種なので見た目より年寄りです」

「……年寄りなのに今更訓練？」

「……人生いろいろあるのですよ」

私は今、噂の花街にやってきている。一人で。

みんなは訓練中でザギルは外出中。ザギルが城にいる時は感知されちゃうからね！

読みたい資料があるから資料室にこもると宣言して、窓から脱出してきた。初めての一人城下だ。

下調べはばっちり。といっても騎士も研究所員も教えてくれないので、厨房マダムや他の文官にさりげなく聞いたり資料なんかで調べた。そしてこの店が花街で一番のお店であり、軍も訓練でよく使うくらいだと突き止めまして。たどり着くのにちょっと迷った。

考えたわけです。

花街は男性が使うものというのは固定観念にすぎないのではと。別に客が女でもよいのではと。

絶対反対されるというか馬鹿にされた挙句却下されるに決まってるからこっそり抜け出してきた。ショートマントのフードをかぶって、あやめさんデザインの服は目立つのでシンプルなワンピース。目立ちそうにない服装を厨房のマダムたちにリサーチもした。

店構えはおしゃれでエレガントだし、受付？　フロント？　の男性も見た目上品だ。私が訓練したいと申し出るまでは高級ホテルの支配人みたいだった。高級ホテル泊まったことないけど。今はなんでかわからないがやたら砕けて親身な雰囲気である。まだ日も高いし客も他に見当たらないから暇なのかも。

カウンターに顔までしか出ない私を、覗き込むように乗り出して聞いてくれている。

「そりゃあね、あまりおおっぴらにはしていないけどお国の人がこちらをそういう目的で利用することはある。というか、それ知ってるってことはそこそこいいところのお嬢さんだろ？」

その理屈は知らないけど、まあ、確かに軍の経費で花街を訓練として使うというのはあまり公言もしにくそうだし、その反面、貴族なら知っていてもおかしくないだろう。無言で当然でしょって顔をしておく。

「……お嬢ちゃんが長命種で見た目より年いってるってんなら、なんで女用の店にいかないんだい？」

……んんっ!?

「おんなようのみせ」

「……ここは女が花だ。男が花の店だよ。まあ、女用の女が花の店もあるがね」

「ほ、ほほぉ……」

盲点。和葉は盲点を突かれた。そうね？　客層別に店がそれぞれあってもいいよね？

「どうする？」

「えっと……ここと同じくらい訓練できるお店ありますか？」

「……訓練目的の女客ってのは、あんまりいなくてね」

「……それじゃダメです。したいのは訓練なんです。教えてくれる人じゃないと」

「うーん……いいとこのお嬢ちゃんではあるんだろうけど、この店高いよ？」

「お金はあります！」

でんっとお金をつめた巾着をカウンターにおいて、一度はやってみたかった「金ならある！」をできて少しうれしい。というか、なんでまだお嬢ちゃんなんだ。長命種だっていってるのに。設定聞いてよちゃんと。せっかく考えてきたんだから。

「……駄目ですか？」

エルネス直伝の笑顔を繰り出した。どうだ！

ここが駄目ならさっさと別の候補の店にいかなきゃ。脱走したのばれてしまう。

「……本当に長命種で成人してるなら、うちで働くってのはどうだい？」

「教えてもらうのにお金ももらうのは筋が違うのでは」

「そこかい」

「まあ、教えられる客もそういねぇしな」

「ですよ、ね……？」

後ろの高いところから聞き慣れた声がして、カウンターにへばりついている私に影が落ちる。

背後から伸びてきた手が、カウンターにおいた巾着袋の中をあらためはじめた。

「……」

「ほお……まあた随分持ち出してきたな？　おい？」

「引き留めはこんなもんでよかったかね？」

「ああ、ご苦労さん。あと今後ないとは思うが、もしこの馬鹿が一人でふらついてるの見たら連絡くれ」

巾着から金貨一枚をとりだしカウンターを滑らせて、フロントの男性に渡すザギル。

そぉっと横歩きで腕の下をくぐってダッシュしようとした瞬間に、胴に腕が回って抱き上げられた。そのついでに軽く唇をついばまれる。

「いい子だがあんたの好みとしては意外だね」

「飽きなくてな」

「確かに飽きなさそうだ」

苦笑するフロントに見送られて子ども抱っこのまま店を出るザギルは、別に怒ってるような顔ではないけども。

「なんで」

「花街でも取引してるっつったろ。よーく知った魔力が店に入ってきてな？　フロントで引き留めておけって連絡したわけだ」

「感知は普段切ってるって」

城でだって私から離れるときしか使ってないって言ってた。魔力無駄に消費するからって。

「城下でも張っとく時はあんだよ。ったりめぇじゃねぇか」

つまりそのたまたま感知を張ってた時に、私がわざわざザギルのいる店に踏み込んだのか。道理であのフロント、急に親し気になった。ザギルの連絡受けたからだ。

「……なんたる不運」

「さすがにこんだけぞろぞろと近衛引き連れてりゃ、張ってなくても気づくわ」

「え」

「城壁越えるときに見つかってたんじゃねぇか。店入ってきた時にはもう囲まれてたぞ」

「それはつまり」

「城にはとっくにばれてるな。ほれ、ご登場だ」

制服ではないマントをはためかせて突進してくるザザさんの、めっちゃ怒ってる顔が通りの向こうに見えた。完璧な一人城下計画あっけなく頓挫。

「ほんとに素晴らしい行動力よね」

「……ふふっ？」

「あんた私にそれ効くわけないでしょう」

ですよね。エルネス直伝ですしね。というか他の人にも過去効いたことほとんどないですけどね。

エルネスの応接室には、エルネスとザザさんとザギルと私。ローテーブルには金貨のはいった巾着が鎮座している。近衛から連絡を受けたザザさんがその足で駆け付けたらしく、脱走は他の勇者陣には伝えられていない。セーフ。

「お前、まだ白金貨と銀貨の区別つかねぇのか」

ざあっと巾着からテーブル上に吐き出される金貨と銀貨と白金貨。金庫からこれくらいあればいいかなって感じにつかみだして突っ込んだ。

「ちがいますー、足りないと困るから念のためですー」

「店の女全員買っても釣り銭用意できねぇっつの」

「……ちゃんと銀貨や金貨もあるじゃん。大丈夫だもん」

「そのへんはもう置いておくとしてね、ねえ、カズハ」

エルネスがお茶を一口飲んで、ソーサーを持ったままカップを戻す。

「アヤメがね、あの子はああいう子だからあんた知らないだろうけど、研究に打ち込むようになったきっかけはあんたなのよ」

知らなかったけど、なんで今それ。

「攫われて城に担ぎ込まれたときにね、自分の回復魔法や知識では何もできなかったのが悔しかったんですって。あんたは馬鹿だからまたきっと何か大怪我するのに今のままじゃ助けられないって。まあ他にもいろいろあるんだけどね」

「……ついこないだ結構賢いっていったくせに」

なんだよもうツンデレなのに社交辞令か！　そんなの今言われてもどうしろっていうの。

「……ユキヒロも、カズハさんは覚えてないだろうけど転機になった言葉をもらったそうですよ。ショウタもそうですね」

「――心当たりないです」

知らないよ。そんなの知らない。

「ユキヒロのこともショウタのことも色々聞いてはいます。アヤメのことは神官長が聞いてます。知りたいですか？」

……元の世界でのことだろうか。それぞれみんなエルネスやザザさんに聞いてもらってたんだな。

そっか。幸宏さんの最初の言葉通りみんなそうしてたんだ。

そっか。よかった。幸宏さんの言う通りだった。ちゃんとみんな救われてた。

「んっと、いや、それは二人を信じて、あの子たちが話したことなんで私はいいです。充分です」

「レイは当然として、みんなカズハさんに何かしら支えてもらったという自覚があります。なのに、何故そんなに焦るんですか。レイにそのままでいいとカズハさんが言ったんですよ？」

そうくるかー。そうきたかー。困るよね。どうしていいかわからない。返す言葉もない。

話すの？

なんで焦っているか。なんで時間がないと思っているか。

日に日に身体中の痛みが増していって。

意識が途切れる頻度が増えていって。

礼くんが一人で眠れるようになってからは、毎晩悪夢が襲ってくるからザギルに一緒に寝てもらわなきゃ眠れなくて。

でもその悪夢は覚えてなくってどうしたら消えるのかわかんなくて。

多分それはあの古代遺跡でのことで、ザギルに聞いたらわかるかもしれないし糸口が見つかるかもしれない。

だけど怖くて聞けなくて。

もうあの時みたいに、あんな幻覚に惑わされるのなんて嫌だ。

リゼを追いかけた時のように、ザギルを訓練で殺しかけたように、途切れた意識の狭間で自分が何をするのかわからないなんて嫌だ。

その姿を見せたくない人たちに話すの？

冗談じゃない。

それくらいならこのまま北に乗り込んでモルダモーデと刺し違えてやる。

あいつは私を狙っているんだから、国境線にでも行けば出てくるだろうし。

「……性格、なんです。魔力、いつまでも制御できないのが嫌。自分のことは全部自分で管理できるようになりたいの」

嘘じゃない。これだって本当のこと。

「ユキヒロだってアヤメだって、魔力が安定しない間は制御できませんでした。安定しなきゃ制御なんてできないのが当たり前なんです。安定しない時に訓練してもそれは同じです」

「でも、私は安定してなくてもある程度制御はできてるって。一定の効果は出てるって。制御するために無駄遣いが多いってことは少しでも制御できてそれ減らしたら手数増えるじゃないですか」

「……戦闘に加わるかどうかはまだ保留でしょう？」

もうやだ。身体中が痛い。

「前線に出ます。まだ、言ってなかっただけ」

「レイが決めたからですか。でもレイだって十三歳になってからです。時間はある」

「その前から決めてました。礼くんを待つつもりもない」

もういやなんだ。心臓も痛い。

「……戦闘可能かどうかの判断は僕に一任されてます。今は無理です。認めません」

「訓練してもいないのに勝手に決めないで！」

「手数が増える程度で戦局に影響はでません！」

「それでも時間稼ぎくらいにはなる――っ！」

ザザさんに頭から押さえつけられるように言われるのがひどく嫌で。そんなザザさん見たことなかったし。だからやばいと思った時にはもう口走ってた。

「……なんですかそれ。時間稼ぎ？　はあ？　それ使い捨て前提ってことか？」

言っちゃいけないことだった。この人にだけは言っちゃいけなかった。

誰よりも部下が生き残ることに心を砕いてる人に言ってはいけないことなのを知っていたのに。

「ふざけるな。この俺がそんな前提を認めると思うのか」

「ザザ！」

「駒にすらならん。邪魔だ」

静かな低い声はそれでもよく通って、エルネスの制止では打ち消されはしない。

そりゃあそうだ。邪魔に決まってる。言ってはいけないことを言ったのは私だ。

この心臓が痛いのも、身体中痛いのも、言い訳になんてならない。

「……ふっ」

いつだって空気読まないザギルが吹き出した。さすがザギル。

「何がおかしい」

「い、いや、ふはっ、こいつ、店のカウンターに顔もでねぇのに背伸びしてぶらさがってよ、この巾着ぶん投げて金ならあるっつってたんだぞ」

「も、もうちょい丁寧に言ったし。顔くらいは出てたもん」

「じ、じわじわきてな……いやぁ飽きねぇわ。考えてんだか考えてないんだかさっぱりわかんねえ」

はーぁ、と。またちょっと笑って少し大きめの息をついて。ざらざらと金貨を弄びながら巾着に戻すザギルは、しれっといつも通り。

「しっかしお前、ほんっと泣かねぇな。惚れた男にここまで言われたら女は大体泣き崩れっけどな?」

「――アウトなこと言ったのは私でしょう。仕方ない」

「怒りもしねぇときた」

「怒る筋合いじゃない」

「そこまで肝据わってんのに、なんで聞けねぇんだかな。……そんだけヘスカがくそったれだってことか」

その名に肩がはねた。恐る恐るザギルを見上げれば、そこにはあの観察者の眼。

いつも通り怠そうな仕草で、ソファに座る私の前に陣取ってしゃがみ込む。

そうだよね。ザギルには気づかれていないわけがないんだ。

「どこが痛い」

「……心臓」

「ほかには?」

「全部、痛い」

「お前が何されたか、俺が知ってるのはわかってんな?」

「うん」

「聞けないのは怖いからか？」

「うん」

「だわな。俺も聞かねぇほうがいいと思ってた。程度まではわかんなかったしな」

「ていど」

真っすぐに合わせて外れない虹色の視線は、静かで穏やかだ。それでもそこに同情や憐れみは感じられない。

「最初はな、勇者サマだし本当に後遺症なしってことも、このまま忘れて乗り切れることもあるかと思ってよ。けど、お前、どうする？　邪魔だって言われちまったし、一番心配だった坊主はもう大丈夫だろ。なんならどこへでも連れてってやんぞ」

「どこでも？」

「まあ、さすがにこの国ん中じゃ隠れなきゃなんねぇしめんどくせぇな。帝国ならなんとかなりそうだし、教国でもいいぞ。南はなぁ、勧めねぇなぁ」

「あんたは南でしか稼げないって」

「三大国に南から入り込むのが難しいんだ。おかげさまでこの国に網つくれたからな。今ならどこでも行けるし稼げる」

「――貴様何言ってる」

ザザさんが唸るように声を吐き出した。

「てめぇが邪魔だ言ったんじゃねぇか。それでまだそばにいる女なんていねぇよ」

「他には？　どうする？　って聞いた。逃げるのの他には？」

「何されたか思い出すかだな。逃げても俺といりゃ眠れはするぞ？」

「ザギル、あんたがそれ言うなっていったんでしょうが」

咎めるエルネスの顔色が悪い。

……知ってる？　二人とも知ってる？　どこまで？

首を傾げた私の聞きたいことがわかったのか、ザギルはエルネスをスルーして話を切り替えた。

スルー得意だもんね。

「お前、あのミラルダとベラは覚えてんな？」

「……うん」

「他に男いたろ。そいつらのこと覚えてるか」

「……いたのは覚えてる」

「されたことは？」

「何もされてない」

「そいつら二人のうち一人が、最初にお前を迷子と間違えて抱き上げた」

「……されてない」

「それから、廊下でお前が一人でいるときに近寄ってきて抱きついてた」

「されてない」

「そんときゃ駆け付けた俺と氷壁が見てる。俺ァそいつ蹴り倒した」

……それは覚えてる。それだった？　あれはそんな記憶だった？　ざわざわと焦りが背すじを駆けあがってきた。あれはどのくらい前だっただろう。その頃から私の記憶はおかしかったのか。

「ひってぇ顔色して硬直してたお前は直前にあったことも忘れて、けろっと何もないと言いやがった。そんときはもう乱れた魔力も凪いでて、氷壁が診ても正気だった」

「そう、なんだ」

エルネスもザザさんも何かをこらえてるような顔してる。知ってたんだ。

目の前で起きたことを直後になかったこととするなんて、まるでリコッタさんだ。ミラルダさんだ。気づかれないわけない。

なんてことだろう。どこに視点を定めても落ち着ける気がしなくて、目を閉じる。ああ、本当になんてことだ。

ふたつ深呼吸をして、またザギルと目を合わせた。腹をくくれ和葉。

「ねえ、思い出すの、どうやるの」

「魔力交感で引き出せるはずだ。多分俺ならできる。思い出すっつっても追体験だぞ。あれがもう一度だ」

「だから止めてた？」

「俺はな。そのことがあってからは氷壁も神官長サマも判断は同じだ。それまで二人とも後遺症はないと思ってた。お前は二人の診察からがっちり隠してたよ。無意識でそれだ。本当にそれがお前の性質なんだろうなあ」

「よく気づいたね」

「俺ァ、最初からないほうがおかしいと思ってたしよ」

「そっか」

知られたくなかったんだけどな。正気じゃないことがあるなんて知られたくなかったな。

私が言わなかったから黙っていてくれたんだ。その顔は心配を隠しててくれたんだろう。問い詰める方が楽に決まってるのに。

隠していられるつもりになってたなんて、ばかみたいだ。それが二人をきっと苦しめてただろう。

「あいつな、お前に抱きついてたやつ。ヘスカに似てんだよ。ガキの悲鳴に執着する。それを感じ取ったんだと思うぞ」

「そなんだ」

「お前が何植えつけられたかは俺もはっきりわかんなかったんだけどよ、ヘスカはそんときの気分で違いやがったから」

「うん」

「そうだなぁ……氷壁がやるやつあんだろ。死の恐怖ってやつだ」

「うん」

「あれと同じようなもんだ。ログールで強化してな。俺の見立てじゃ生の恐怖を植えつけられてる。生きてんのが怖いんだろ？　うれしかったり楽しかったりするたびに身体中痛ぇんだもんな」

「ああ、なるほど、それでなんだ」

言われてみればそうだ。あの痛みはそういうことだったのか。

「……おい、聞いてないぞそれは」

「なによそれ……そんなの」

うろたえだした二人の顔は見ない。今は見ることができない。無理。

「思い出したらどうなるかな」

「さあな。俺はヘスカが最後まで呪いをかけた奴しか見たことねぇ。そいつらはみんな壊れちまったけど、お前はどうだろうな。途中だったし、これまで、……半年か？　持ちこたえてるしよ、乗り切れるかもしんねぇぞ。傷ってなぁ、どこにあるかどんなものなのかわかんねぇと治せないもんだ。思い出せば治す取っ掛かりができる可能性はある」

「呪い」

「ありゃあ呪いと同じだ。で、どうする？」

「逃げてもそのうち壊れるでしょ？　もうぼろが出てきてんだから」

「まあ、そうだろうなぁ。でもここにいるよりかは持つんじゃねぇの」

そうかもしれない。ここはとても居心地がよくて幸せな場所だからね。

ここにいたいと思うほど、痛みは増すばかりだろう。

「てか、ザギル、あんたこの国の人になりたいんじゃなかったの。逃げたらなれないよ」

「面白いほうがいいしよ、お前飽きないしな。あれだ。オプション？　追加契約してやんよ」

「追加？」

「金庫の中身全部よこしな。逃げても、思い出しても、どっちにしてもお前が壊れたら俺が殺してやる」

なにいってんだこいつ。そんなことしたらあんたも殺されるかもじゃないか。

これでも私世界を救うはずの勇者よ？　勇者を殺したあんたをどの国も許さないでしょう。

「壊れたら暴走するかもだよ。私強いよ？　仮にも勇者ですし」

「俺なら止められるし殺せる。喰らい尽くしてやる」

でもザギルはいつもの軽口叩く顔のままで、私が一番恐れていたことを防いでやると言ってくれる。それがうれしくて、安心して、身体中が痛くて、涙と笑いが出た。

「うん。思い出して治すほうに賭ける。後は頼んだ」

「おう、でかく賭けなきゃでかく勝てねぇやな」

「──馬鹿が！」

「させない！」

ザザさんとエルネスが瞬時に戦闘態勢に切り替わるのを、しゃがんだままのザギルは胡乱な目つきで見上げる。

「……お前らのそれが全てこいつの痛みになるのにか？」

多分その一言に虚を突かれた二人は、ザギルの接触を許してしまった。魔力を刈られたであろう二人がそのまま床に倒れこむ。

　私の足元にいたはずのザギルはいつのまにか二人の間に立っていて、それからソファに座っている私を抱き上げた。

「これ、大丈夫？」

「しばらく動けない程度だ。つか、こいつらクラスを二人分はさすがに胃もたれがすぎるな」

「ザザさんももたれるんだ？」

「魔力量だけじゃなくてよ、強ぇやつは濃いんだよなぁ……お」

　ザザさんが、白くなるほど強く握りしめた拳で床を押さえつけて頭を上げた。エルネスも。

「……時間かければいいだろう、何があっても俺が引き戻す」

「カズハ、調律するから。一日中だってしてあげるから」

　幸せで、震えるほどに身体中が痛い。

「よくまあ、そんだけ動けるもんだ。……お前らこいつ殺せないだろ」

「それはお前だって」

「俺は契約破ったことねぇっつったろが。それにもともと俺はこいつが喰いたくてしょうがねぇし、これは裏切りにはなんねぇ。主(あるじ)サマの望みだかんな。だろ？　お前らちゃんと今のこいつの目ぇ見てみろ。魔色でてんだろうが」

「――なんだっけ。本当のこと言うと魔色でるんだっけ？」

　自分じゃわかんないんだよね。瞬きで幾粒かこぼれ落ちた涙を舐めとられる。

「見せてやんな」

「……なんかこう、服脱ぐみたいで恥ずかしいねそれ。今なってるの？」

見おろせば、二人の顔色が更に悪くなった。ほんとに大丈夫なんだろうか。

「あのね、何があってもザギルに何もしないでね。金庫の中身全部渡して解放してあげて。これ、勇者の決定だから。ね？」

「あんた……私にそれ言うの」

ごめんね。ごめんなさい。

「細やかなサービスじゃねぇか」

「お手本にカザルナ王がいるからね。最高の雇用主でしょ」

「駄目だ。そんなのは、生きてれば」

「ザザさん、どう生きるかは私が決めるの。あなたに決めさせない」

これは譲れないの。私は今の私でいたいんだ。

「――だったら俺がやる！」

「はっ、訓練どころか触れることもできなくなった奴がか？　無理だよなぁ」

む？　ザギルまたすごい悪人面に磨きがかかった。

「ほんとになんでそんな意地悪な顔すんの」

「で、どうする？　俺は別にここでやってもいいけど」

「ほんとサイテーだね!?」

「……右五……左七……よし！　開いたし！」

私の部屋に据え付けられている金庫を開けっぱなしにした。閉まらないようにスツールを扉にひっかけておく。一応ね、転ばぬ先の杖だからね。勇者の決定は守ってもらえるはずだけど一応ね。私はとても愛されてるからね。

「……まあ、番号知ってるから俺でも開けれっけどよ。結局まだ黙って鍵開けられないままか」

「また番号口に出してたかね」

「出してたな」

ベッドに腰かけるザギルは、膝に私を座らせて向かい合う。

部屋の鍵はかけてある。扉とかあちこちにザギルの張った障壁がある。ザザさんたちから奪った魔力でいけるらしい。どんだけ器用なんだろ。

「扉や窓はわかるけど、壁とか天井に張ってあるのはなんで？」

「色々あんだよ」

ついばむ口づけを何度も繰り返すザギルは随分と穏やかだ。

「ねえねえ」

「んー？」

「ちょっと訓練してみてよ」

「んあ？」

「だって魔力交感で思い出しちゃうからダメって言ってたんでしょ？　じゃあついでじゃん。大は小を兼ねるじゃん」

「……無駄だっつったのは別にそれだけのせいじゃねぇぞ？　別にいっけどよ」

首筋に舌先が這って悲鳴が出た。

「それなしっ」

「なしはなし。ちょっと力抜いて我慢しててみな」

唇を合わせたまま、ザギルは言葉を続ける。うなじに左手をあて、右手を尾てい骨の上あたりの腰にあてて、私を引き寄せた。

「最初魔力は触れるだけ」

手を当てられたところがぽうっと熱くなり、それがゆっくりと広がっていく。

ちりちりと私を焼いていた小さな痛みが、柔らかく宥められていった。

「俺の魔力がお前に入れば、同じだけお前の魔力が俺に入ってくる」

深く嚙み合わされる唇が熱い。湿った音をたてて舌が絡む。

するりと背骨にそって皮膚の下を何かが走った。

びくりと跳ねた身体を抱きしめるザギルの腕は動かない。

「俺の魔力がどう動くかしっかり追って、俺の中にあるお前の魔力を同じように動かしな——初見で踊るよりかは簡単だぞ」

私のものではない魔力がゆったりとじんわりと染み渡るように私の中で広がって、混じり合うことのないそれは魔力回路にそって、くすぐり、宥めて、噛んでいく。

ザギルの手の位置は変わらない。しっかりと私を抱き支えている。

最初何も知らないままザギルに試されたときに走ったものの何倍かもわからない快感が、体の中を押し流れていく。

「……声殺すたぁ余裕だな？　お前の魔力は仕事してねぇぞ？」

いやいやいやいやいやむりむりむりむりもう何が押し流されてってんのかわかんない！

抱きしめてキスしてるだけなのに。

勝手に漏れそうになる声を抑えるのだけで手一杯で。

骨が溶けたみたいに力の入らない手足と同じく、ザギルの中にある私の魔力はまるで言うことを聞く気配がない。

耳が熱い腰が熱い顔が熱い脳が熱い

首筋を甘噛みされて流れた痺れで、もう声を抑えられなくなった。

「な？　無駄だろ？　訓練どころじゃねぇよなぁ？」

「……くっ」

にんまりと笑って覗き込んでくるザギルから顔をそらす。

抱きしめられたままだから、差し出すようになってしまった首に唇を落とされてまた震えた。

「やんのとかわんねぇって聞いてたろうが」

「……ずるい」

「あん？」

「これは私が知ってるのと違うし。しょ、初心者向けを要求するし」

「――っおま……」

何故だか絶句したあと、大爆笑された。失敬だな！　そんな笑わなくても！

「笑わせるのか煽るのかどっちかにしろや……よし、訓練終わり。こっから本気だ」

「……今までのは!?」

「訓練で本気出すわけねぇだろ。まあ、お前の身体に無理なことはしねぇよ。俺の魔力をひたすら覚え込むだけでいい」

「無理？」

「……サイズがなぁ」

「サ!?　――っサッ、サイズいうなああ！」

ぱふんとベッドに押し倒された。ふかふかの布団から小さな風が吹きあがる。

ザギルらしくもない柔らかな優しいキスが何度か。

顔にかかった髪を撫でてどけてくれる。

「いいか。魔力が暴れるのも、どんな激しい痛みも調律してやる。でもお前の記憶の中の痛みは消せねぇ――忘れんな。ヘスカは死んだ。お前が叩き潰した。お前ん中にいる奴はただの亡霊だ」

「亡霊」

「そうだ、あいつは弱かったろう。蹴り上げて一撃だろうが」

「うん。あいつなら負けない。勝てる」

私の中にいるのが何なのかわからなかったから怖かった。

恐怖が私自身そのものなら、勝てるかどうかわからなかった。


私が持ってる勇者の力は強すぎる。重力魔法は危険すぎる。

こんなものを正気失った人間に持たせちゃいけない。

リコッタさんのように、自らの呪いに縛られて誰かを引きずり落とすかもしれない。

ミラルダさんのように、自らの欲望だけに駆られて誰かを追い回すかもしれない。

いつだってなんだって、欲しいものは力ずくで奪いつくせる、気に入らないものは殲滅できる。

幸宏さんはこの世界にとって未知の技術をもたらすことを危惧していたけれど、壊れた私にこそこんな力は持たせられない。

私が負けて壊れたらどうなるかと考えたら怖くて動けなくなった。

――けど、何と戦えばいいのかわかれば戦える。

「あんな屑に私を支配なんてさせない」

「おうよ。お前はこの俺が初めて主と認めた女だ。敵は叩き潰して帰ってこい」

魔力回路は体中に広がる血管と同じように伸びている。

糸のように細いのもあれば親指ほどの太さのものまで。

魔力が流れ絡み合い束となって循環する場所がいくつかあり、二の腕の内側、脇腹、左胸、内腿にもそれがある。魔力点というらしい。

ザギルの手のひらが次々と魔力点を撫でていけば、そこから飴細工みたいに魔力が細く細く伸びていき回路が搦めとられていく。

深い口づけが塞ぐ代わりに吹き込む熱い吐息。

砂浜の波打ち際みたいに押し寄せる快楽を私の身体が吸い込んでいく。

滲んで揺れる視界は海底から空を見上げるようで、柔らかな光がいくつもきらめく。

左胸に落とされた唇はチョコレートのように腰をとろけさせていく。

二の腕を、脇腹を甘ったるい痺れが走り抜けていく。

溺れていくようなのに、口の中が乾いて喉が嗄れていく。

名前を繰り返し呼ばれて、なかなか定まらない焦点を合わせていくと、あの虹色が見たこともないほど熱っぽくて。

前髪を撫でつけるようにかきあげてから、優しく梳いてくれる。

「お前のな、その目の色が、気に入ってる」

「魔色？　今出てる？」

お互い荒い息を弾ませて囁く声は少しかすれてる。

「出てる。鮮やかな、いい色だ」

「ザギルの、虹色も、綺麗だよ」

ふっと笑って額に、頰に、落とされる唇。

「お前、欲しいものないっていうだろ。いっつも」

「ん？　うん」

「本当のことというと魔色が出るっつうあれな、実は少し違う」

「うそ？」

「いいや、欲しいもんがあるときに出るんだ」

「よく、わかんない」

不意に背筋を駆け上がった痺れに声があがる。

うなじから背中、腰を、内腿を滑っていく指先に、心臓がついていってるように脈打つ魔力。

「抑えつけてる感情とかそんなのがよ、あふれだしたりあふれそうになってたりすると出る。その声みたいにな」

体中に張り巡らされたザギルの魔力に揺すぶられて、かき回されて、言葉の意味なんてもうわからない。

「制御は、抑えつけるだけじゃ駄目だ。上手いこと逃がしていなして乗りこなせ。欲しいものは欲しいって言えばいい。欲しがって強請(ねだ)って奪い取れ」

「いま、そんなん、いわれても」

「『私も愛してる　あなたがほしいの　愛しいひと』——だったか？」

耳元での囁き声は、掴まれた内腿から沸騰する熱さに呑まれて溶け込んでいった。

頭を真っ白に塗りつぶしていく強い快感が連れてきたのは、あの砂嵐とヒカリゴケの灯り。

甘くとろけていた神経を、びりびりとした痛みが逆立てていく。

天蓋から垂れていた華奢なレースが無骨な石壁へと姿を変えていく。

力強く支えてくれていた腕も、硬い肩も、分厚い胸も、虹色ももう見えない。

そこにいるのはあの悍(おぞ)ましく薄汚れた亡霊。

たどたどしく紡がれている呪言に怖気だつ。

——アア　ホソイノニ　ヤワラカイ　フワットシテ　チイサナ

アイスピックの銀色が薄闇の中翻る。

二の腕に、左胸に、脇腹に、ヘスカは順に穴を開けていく。

――イタイネェカワイソウニ　ホラ　キモチヨクサセテアゲル
何度も何度も抉られる穴は広がり引きちぎられる寸前で癒される。

いやらしく歪む三日月の眼は、私が悲鳴をあげるたびに恍惚として潤んでいく。

痛みは慣れていくものだ。継続的に与えられる痛みは感覚を麻痺させて身体の持ち主を守ろうとする。

けれど回復魔法が塞ぐことのできるぎりぎりの傷は、最大限の痛みを与えてすぐに癒されてしまう。

そしてまた新たに穴を開けられる。慣れを覚える前の新鮮な痛みとともに。

塞がれた瞬間と、また抉られる瞬間の、わずかな合間に与えられる快感。

繰り返される激痛と快感は、いつしか身体がその反応を間違え、すり替わり、上書きされていく。

ああ、でもどうだったろう。確かエルネスはログールと首輪の相乗効果で回復魔法どころか調律も効果がない上に激痛だと言ってなかったか。

では何故傷は塞がっていくのだろう。ほらまた傷痕も残さず消えてゆく。

回復魔法は万能ではない。この世界の魔法使いには噛みちぎられた指を再生させることなどできはしない。

切り裂かれた腹を、溢れでた臓腑を、もぎ取られた乳房を癒すことなどできはしないはずなのに。


汚らしく伸びた爪が肌に食い込み突き破っていく。

骨ばって皺のよった長い指が腹の中を掻きまわす。

引きずり出された内臓を音を立てて咀嚼して嗤う亡霊。

こんなはずはない。これで何故私は生きてるの。

生きてられるはずがない。

逆流する血が喉を塞ぐ。

耳鳴りが脳を揺さぶる。

痙攣が骨を砕いていく。

逸らすこともできないまま視界が歪み切った途端に血も傷も内臓も消えていて。

そして襲ってくる激痛に、神経が混乱してゆく。

生きてられる筈のない光景が、身が崩れるほどの快感とともに訪れる。

傷ひとつない身体が訳の分からない痛みに叫んでいる。

どうして生きてるの
痛いだけ苦しいだけなにが起きてるの
なんで怖いの
なんで私はまだ生きてるの
もうやめて治さないで
その傷塞がないで　呼吸させないで　鼓動を止めて
怖い怖い痛い怖い痛い痛い痛いやめて生きてるのが痛い怖い
もっと切り裂いて
もっと掻き回して
もっと——

亡霊の歪んだ三日月にそう叫びかけて、その醜悪さに言いしれない嫌悪感が蘇った。

——もっと？　なにがほしいの？　なにそれなにがほしいの？　私誰に何を言っているの？

この唇に何を言おうとしてるの？

湧き上がる嫌悪感は瞬時に怒りへと変わった。何やってるの。何しに来たの。何に溺れようとしてるの。快楽？　これが？　こんなものが？　薄汚い亡霊が、私の上で何をしている？

こんなやせ細ったみすぼらしい男に、なんでいたぶられてなきゃいけないの。

なにが気持ちよくさせてあげるだ。気持ちいいわけあるか馬鹿か！　少しはザギルを見習え！

こんなの痛いに決まってる。こんなの怖いに決まってる。でもそれだけ。

腕も胸も脇腹も、アイスピックで抉られた傷があるだけ。

生きてるのが痛くて怖いなんてそんなの今更だ。

自らの意志じゃないとはいえ全部捨ててこの世界まで逃げ出してきて、やっと手に入れたうれしいことも楽しいことも、幸せなことも、なんでそんな今更なことで投げ出さなきゃいけない。

やっと戦える力を手に入れたのに、今それ使わないでどうするんだ。

忘れるなって言われたでしょう。

これは亡霊。ヘスカは私が叩き潰した。もう一度叩き潰せばいいだけだ。

これは幻覚。ログールと首輪の力を借りなきゃならない程度のしけた魔法使いがかけた幻覚。

こんな屑に私が負ける？　そんなわけがない。


欲しいものはこんなものじゃない。


ヒカリゴケが灯る薄暗い石壁の部屋で、両手両足縛られた子ども相手にアイスピックを突き立てるような屑がいる。

リコッタさんを抱きとめているザギルがいる。今ならわかる。すごくむかついてる不機嫌な顔だ。

ロブは見えない。どうでもいい。

たったそれだけの光景だ。怒り狂った私に蹴り上げられて叩き潰された屑が二人。それが現実だ。

今は私の中にあるだけの記憶。

その記憶通りに、屑を二人始末した。

屑になんて支配させない。お前は私が管理する。


ほら、今私が本当にいるのはこんな薄暗がりの部屋じゃない。

私に触れている魔力がちゃんと感じられる。これを追えばいい。

逆立てられてた神経が凪いでいく。

ヒカリゴケが這っていた石壁は、天蓋から垂れる華奢なレースへと姿を変えていく。

力強く支えてくれていた腕が、硬い肩が、分厚い胸が、虹色が目の前にある。


「——今帰ったぞ」

「……どこの亭主だよ」

いつだって選択の時はＴＰＯなどお構いなしで

するっと帰ってきたつもりだったけど、どうやら私は丸二日寝込んでいたらしく。

泣きながらうわ言を口走り、時に悲鳴をあげて、時に力の入っていない身体で暴れようとしては、ザギルに押さえつけられて寝落ちするのを繰り返していたと。いやはや申し訳ない話だ。

「ケダモノとヘタレはどきなさいっ」

ちょっと顔色悪く朦朧とした顔のザギルと、目覚めた私に手を伸ばそうとしたひどくやつれた顔のザザさんを、同時に力強く張り倒したエルネスに抱きしめられた。

「カズハ、カズハ、どうなの？　もう痛くないの？　ねえ、私が触れても大丈夫なの」

ぺたぺたと頰を頭を肩を触っていくエルネスの顔色だってひどいものだ。

馬鹿なんだからこんなに男前なのになんでこんなに馬鹿なのほんとにと、腕と指の動きを確認して、下瞼をめくって口を開けさせてと診察を続けていく。

「うん、痛くない。もう、痛くないどこも」

礼くんは、私に付き添うザギル用の食べ物や飲み物を運びながら私が起きるのを待っていた。

部屋にいれてもらえるのは私が眠っているときだけで、だけど、ちゃんと訓練もして、ごはんも食べて。私が起きたとの知らせで他のみんなと部屋に飛び込んできて、おはようのハグで迎えてくれた。実際は夕方だったけど。

幸宏さんは脳天チョップで、あやめさんは両頬を力いっぱいひっぱって、翔太君は掛布団の中身がないとこをぱふぱふ叩いた。

盛大にみんなに抱きつかれたってどこも痛くなんてなかった。ただ幸せに息が止まりそうだっただけ。

「いい加減補給させろ！　俺が死ぬ！」

空気読まずにみんなを蹴散らす疲労困憊のザギルにまた抱きかかえられて、点滴と化しながらもう少し眠った。

「第一回カザルナ王城餅つき大会をはじめまーす！」

「和葉ちゃん、そのハンマーしまって？　それ臼(うす)よりおっきいから。いらないから」

「……冗談ですってば」

エルネスが参戦していた紛争に伴う輸送路障害等の影響で到着が遅れていたもち米は、私が寝てる間に届いていた。

幸宏さんの指導の下、臼と杵(きね)も数セット用意されている。私のハンマーも顕現させていたら真顔でやめてと言われた。

私の重力魔法で餅つきはできるのだけど、そこはほら、やっぱりね、最初は形式って大事だしせっかくだから。あんこもきなこも用意してある。醤油もチーズも砂糖もだ。あらゆる食べ方を試食していただきたい。

量が量だし、もうこれ試食というより単なるイベントなので、厨房ではなく訓練場の端っこに竈もいくつか設置した。蒸しあがった餅を次々臼に放り込んでいく。

今回の幸宏さんは餅つき奉行である。温泉に続き実に万能の奉行だ。いつでもどこでもオールラウンダー。

幸宏さんがつき手、私が返し手でお手本として一臼ついてみせると、勇者陣をはじめ騎士たちもいそいそとつきはじめる。

お手本を終えた私は餅とりの実演開始。勇者付精鋭部隊は今、餅とり部隊となった。

みんな器用ねぇ。やってみせればすぐに慣れていってしまう。

ちぎってはくるりと並べていくと、礼くんがころころ丸めてお盆に載せていく。五個に一個は一口分ちぎられて口に入っていってるのを全員無言で温かく見守る。

「――あやめちゃんもうやめて！」

何度やっても餅をつく瞬間に手を出そうとするあやめさんには退場命令がでた。勇者補正どこやった。振り下ろす杵を中空で止める翔太君には勇者補正効いてるのに。

「……あやめさん、ほら、こっちのお餅にきなこまぶすとかそういうのお願いします」

「翔太はリズム感悪いと思う」

「……えー」

稀代のピアニスト捕まえて何を言ってるんだろうこの子。

「臼叩いたら木くずはいるからねーって、ちょっとそこの二人なんで組手みたいになってんすか！　そんな高速でやらなくていいから！」

餅の仕上がり具合みながら回ってた幸宏さんが悲鳴上げた方をみやると、ザザさんとザギルが組んでた。ザザさんがつき手でザギルが返し手。

高速で的確に振り下ろされる杵と間隙を縫って返される餅。

熟練を超えている。

誰があの二人を組ませたんだと思ったら、横に立つセトさんの口が小さく緩んでる。なんか怖いので見なかったことにした。


「……すごい勢いでなくなっていきますね」

「保存用フィルム要らなかったかもね」

なかなか好評のようでみるみるうちに餅が消えていく。やり切った顔の幸宏さんが砂糖醤油餅を食べながら頷いた。

いつの間にか参加していたルディ王子も、翔太君と礼くんに教えてもらいながら色々な味を試してる。

こっそり「後で王女殿下にももっていってあげたら？」と耳打ちすると、ちっちゃく頷く礼くん。かわいすぎか。

あやめさんはエルネスにきなこ餅を献上してる。うん。つくったんだもんね。まぶしただけともいうけど。

大根もどきおろしと醬油とすだちっぽい柑橘系の実をしぼったやつを合わせて餅に絡めたのを味見する。うん。なかなか。それをのせた小皿をいくつか並べていった。

「……カズハさん、ちゃんと食べてますか？」

「はい、どうぞ」

ザザさんは大根おろし餅を一口食べて、おお……と呟いた後は無言で残りをぱくぱく食べた。そうかそうか気に入ったか。

「さっぱりしてるんですね。美味しいです」

「ふふふ。餅は色んな食べ方するのも楽しみのひとつですからね。小皿に試食用をつくっておけばみんな気に入ったのを真似するでしょう？」

他にも何種類か小皿は並べてあって、もう各々が好みのを真似している。ずんだも用意済みだ。よもぎは裏山から似たのをとってきた。

「トッピングがいくつもあって迷ってたとこでした……って、カズハさんもちゃんと食べてますか」

「少しずつ味見してますからねぇ。結構食べてますよ」

きなこを口の周りにつけたまま、礼くんがはっと気がついた顔をした。

「納豆餅食べたい」

「あああ、いいなぁ納豆餅なぁ」

「あれ？　みんな納豆好きですか」

「「「好き！」」」

「……早く言えばいいのに。あれは好き嫌いあるから手出してなかったんですよ」

礼くんは好きかもとは思ってたんだけど。お母さんが出ていったときに食べてたって聞いてたし……食べたいって言わなかったからなぁ。

「え。あれって作れるの？　納豆菌ないじゃん」

「作れますよ。藁も手に入るし、玄米でもつくれるし。ただこれからとなると数日かかりますけどね」

「和葉ちゃんほんとなんでもつくれんのな!!」

「ふふふふ。ひれ伏すといいですよ」

「なあなあ、そのナットウって美味いのか」

ザギルも大根おろし餅をたいらげ、空の皿を突き出しておかわりを要求しながら聞いてくる。ザさんにも目で問うと頷いたので、もう一皿。

「うーん、大豆をね、発酵させて食べるんだけど、こっちの人にはどうかな。匂いが独特で私らの国でも好き嫌いのある食べ物だから。ザギルは気に入らないかもね」

「喰ってみないとわかんねぇだろ」

「まあ、できたら試してみたらいいよ。米がねぇ、ちょっと合わないからやっぱりその時はお餅になるかな」

米だけはやっぱり日本のと並ぶものがないんだよね。それも納豆に手を出さなかった理由のひとつ。チキンライスとかカレーとか味の濃いものを合わせるのにはいいんだけど、白米をそのまま食べるとなるとなぁ。

「米は結構種類ありますよね。カズハさんたちに合うのはなかったですか？」

「日本人は米にうるさいので……というか、結構どころかかなりの種類試してるんですよ。でもまだ見つからないですねぇ」

「カズハ……？　米の種類ってこの国だけで何十種類もあるでしょ？　どんだけ試したの」

「……国産は手に入ったものから試しまくって制覇したのが先月だね。今は他の国から取り寄せてもらってる」

私は学習する女。小豆のことを教訓にじわじわと米を集めてもらっていたのだ。

「あんた研究者になったらいい仕事してたんじゃないのかしらって思うわね時々……何その執念」

「エルネスに言われるの微妙！」

「エルネスさん、納豆は女性らしさを保つのに良い食べ物なんです！」

「カズハ、いるものはある？　ナットウに必要なものは他にある？」

「お、おう。大丈夫だよ……」

あやめさんがイソフラボン効果を力説しているのをエルネスはメモとってる。

微妙な顔してるザザさんと目があって、どちらからともなく笑った。


……目が覚めてからこっち、前に感じていたザザさんとの距離感は少し無くなってる気がする。ちゃんと手の届くところにいてくれてる。

思い起こせば、眠る直前に結構思わせぶりな発言がザギルから出てたはずだけど、お互いそれについては何も話してない。というかそのあたりで交わされた会話については全部。そのうえで以前と変わらない態度なのであれば、私もそれに倣うのがいいんだろうなと思ってる。

第一、ザギルは惚れた男だのなんだのと言ってたけども、別に私それは肯定してないし。スルーしただけで。いや負け惜しみとか遠吠えとかではなく。

なんというか、いやまあ、そうなんだろうなと認めざるは得ないのだけど、だからどうしたいかと言われると少し困るのが正直なところだ。欲しいものは欲しいと言えって言われても、いかんせん経験値が低すぎていたたまれない感ばかりが押し寄せる。我ながら、なんだそりゃ乙女かと脳内突っ込みいれつつもどうにもこうにも。

というか、あんだけ地雷踏んで怒らせておいて色恋持ち出すとかないでしょ。ないわー。ないですよ。私空気読める女ですし。

「カズハさん？」

「あ、はい」

思い出し恥ずかしてたら、ザザさんが覗き込んできて怯んだ。顔には出てないはず。ザザさんはどこか言いにくそうにためらいながら片手で口を覆っている。聞き取りにくくて一歩近づいた。

「……あのですね」

「はい？　あ、ザザさんも納豆餅挑戦します？　用意はするつもりでしたけど」

「えっ、あ、はい。是非」

「本当に好き嫌いの出る食べ物なので、あんまり期待しないでくださいね」

「それもまた楽しみですね。カズハさんの料理で嫌いなものはありませんでしたし」

とりとめなく今までの料理の中でどれが一番好きだとか話したりして。一番はなかなか決められないようだった。

「……食堂、メニュー増えたじゃないですか。味は以前もよかったんですけど、選択肢は少なかったでしょう。今は美味しいものが増えすぎて選べないです」

「ああ、一番最初に思いましたね」

「最初？」

「来たばかりの頃。メニューが偏ってるって」

「ほお」

騎士以外の働いてる人たちって、お弁当だったり宿舎帰って自分で作ったりしてるから、食堂をいつも利用するのは騎士が多い。体力使う男性がメインだからどうしても肉とかが中心だった。

「食文化の違いも大きいんでしょうけど、野菜料理が少なくて気になっちゃいまして」

「……時々あいつらの皿に野菜突っ込んでますよね」

「ばれてましたか」

目立って野菜料理をとっていない騎士の皿には、おかず選んでる横に近づいて問答無用で野菜のっけたりしている。身体が資本ですからね。バランス大事ですよ。

ザザさんがうれしそうに目を細めてて、こっそりどきっとしてみたりして。

「……前に、また城下で飲みましょうって言ったじゃないですか」

「はい。楽しかったです。リベンジですか。今度は記憶なくしませんよ。私学習する女ですから」

「リベンジって。えー、あのですね、よかったら今夜どうですか」

「わぁ。いいですね。そろそろあやめさんとかも「そうではなく」」

食い気味の遮りにちょっとびっくりして見上げると、軽く屈んで私にだけ聞こえるような小声で。

(……二人でです)

(罠ですか!?)

(えっ)

つい脊髄反射で出たけど、罠って。いやでもこれトラップ？　なんのトラップ？

「すみません。予想外だったので取り乱しました」

「ぼ、僕もその反応は予想外でしたね」

「……膝突き合わせて説教されるのが脳裏に浮かんじゃいまして」

「僕、カズハさんの中でそんなのなんですか……」

いやいや不動のイケメンですよ。でも多分私に説教する人ツートップだからね。もう一人はエルネス。そしてまた心当たりがあるのがね、これがね……。

「いやその……説教ネタがかなりある自覚は一応あるんですよこれでも……」

「――ほほぉ、例えば？」

「言ったら藪蛇かもしれないじゃないですか」

「ばれてないものがまだあると」

「いやいやいやいやいやいや――揶揄ってます？」

片眉をあげて首を傾げる顔がずるい。

「そんなつもりはないですよ。ただ、少し話したいことと聞きたいことがあるだけです――というか、体調は大丈夫ですか。誘っておいてなんですけど」

「あ、もうそれはすっかり。魔力もね、前に比べて安定してるって言われたじゃないですか。本当に魔法が扱いやすくなってて」

そうなのだ。魔力の成長率も妙に魔力が漏れているのも変わらないのだけど、流れが少し安定してきてるらしい。前は安定しないせいで同じ魔法を使っても魔力消費量がランダムだったものが、どの魔法を使えばどれだけ消費されるかが読みやすくなったし、狙った効果が出しやすい。

「ザギルには、それで制御できてるだと？　って鼻で笑われたんですが……でもアレと比べるのがそもそも間違ってないですか」

「アレも充分規格外ですからね……一晩中の調律を毎晩続けるなんて驚愕通り越して脅威ですよ。

今は調律なくても大丈夫なんですよね？」

悪夢に襲われていた間もなんとか眠れていたのは、ザギルが毎晩一緒に寝て調律をしていてくれたからだ。仮眠をとりながらだから問題ないとは言っていたけど、エルネスだって数時間の調律でしなびるほど消耗していたのに。……面倒かけてたなぁ。約束通り金庫の中身は全部渡したのでそれで勘弁してほしいものだ。

「ええ、まあ、何度か怖い夢は見てますけど、ただの夢です。前のとは違いますからちゃんと眠れてますし」

「え、それは本当に違うんですか？」

「違いますよー。痛くないし吐いたりもしないですし、目が覚めた後もちゃんと寝直せるんで」

「……ちょっと待ってください。前はそんなに酷かったんですか」

「……ザギルから聞いてないですか」

「魔力の乱れのせいで眠れないとしか」

しまった。まさに藪蛇がきた。これはいかん。てっきり全部筒抜けだと思ってたのに、何をどこまで話したのか後でザギルに聞いておかないと。

「舌打ちはやめましょうね？」

「あ、はい……」

「そんなの弱って当たり前じゃないですか……あなたは本当にどうして」

「ふふっ？」

「……効きませんからね？　そろそろあきらめてください。それ」

深い深いため息を顔ごと手で覆う姿は、何故だか妙に悔しそうにも見える。私もエルネス直伝の笑顔全然通用しなくて悔しいよ。

「ザギルも問題ないと思ってるはずですよ。部屋に来ないし」

「魔力の乱れで気づくんでしたよね」

「すごいですよねほんとに……今更ですけどまさかあれほど規格外に有能だなんて当初は思いもよらなかったです」

「――認めなくてはならないでしょうね」

「ん？　ザザさんは最初からザギルの能力だけは認めてたじゃないですか」

「……そっちではないです」

「どっちですか？」

「どっちだろうなあ？」

のしっと頭が重くなった。肘掛けにしているのであろうザギルの声はにやついている。筋肉重いです。そしてザザさんがものすごい不機嫌な顔。

「……湧くな」

「へっ、おい、俺そろそろ行くからな。使いやすいからって魔力使いすぎんなよ。晩飯までには戻る」

「はあい。いってらっしゃい」

軽い音を立てるキスをしてから訓練場脇の木立へ姿を消したザギル。あいつに道はあんまり関係ないらしい。最近は礼くんも挨拶のキスというものを理解したらしく、このくらいなら怒らなくなった。

「というか、あんだけお餅食べてまだ小腹減るって、やっぱり魔力と胃袋関係ないんですねぇ。いまだにちょっと意味がよくわからないんですけど、ザギルは全部ひっくるめて腹減ったとしか言わないし」

「……カズハさん？　今のもただの魔力補給、ですか」

「そうですよ？」

「いや……えっと、出かけるって」

「ああ、花街の取引相手から呼び出しがあったらしいです。最近ほら私のごたごたで顔出せてなかったからって」

……何故そんな怒ってるんだか困ってるんだか、よくわからない顔してるんだろう。

「あいつ、まだそれやってるんですか」

「まだもなにもザギルの情報網には必要なことなんでしょう？」

「それは、いやでも……え？　あれ、知ってるん、ですか？」

「何をでしょう」

「あいつの取引の仕方というか、条件というか」

「お姐さんたちに魔力交感と魔力調整の訓練してるんでしょう？　網作るときの取っ掛かりと維持

に一番いいって。思えば軍人に訓練するお姐さんたちに教えるってのもまたすごいですよねぇ……」

……ザギルのあれで訓練とかできるなんて、さすがお姐さんたちはプロなんだと思う。

「ええぇ……？　あ、あの、カズハさん、平気なんですか？」

「何がですか」

「……ちょっと頭を整理させてください」

ものすごいしかめっ面で考え込んでるんだけど。なんだなんだ。しばらく眺めてると意を決した風に、まっすぐ私の目を捉えた。

「ザギルとは、おつきあいというか、恋人の関係になったのでは？」

「初耳ですが!?」

「え……えええええええ!?」

滅多に見られないザザさんの貴重な素っ頓狂シーン。いや、私もびっくりしてるけど。

私とザギルが恋人だとか一体どこ情報なんだろう。

「えーと、私が恋人って、それザギルが言ってました？」

「は？　え？　……いや、そう言われると……はっきりとは聞いてない、ですね」

「ですよねぇ。びっくりさせないでください」

「なによなによ、ザザやっぱりそう思ってたの？」

「あ、やっぱり違うんだ。そうだよな」

エルネスと幸宏さんを先頭に翔太君とあやめさんも寄ってきた。礼くんはルディ王子と王女殿下に持っていくのであろうお餅を吟味している。

というか、あなたたち話に食いつくの早すぎませんか。どっから聞いてましたか。

「し、神官長とユキヒロまで……なんでそんな僕だけの勘違いみたいな」

「や、だって、色までならともかくザギルが恋だの愛だの似合わなすぎじゃないっすか。和葉ちゃんは和葉ちゃんでコレだし」

「コレってなんですか」

「ザギルならそんなの『は？　気色わりぃ』で終了っぽくないですか」

「幸宏さんコレってなんですか」

「それ、は、そうなんですけど、神官長だって」

「今ザザさん、コレに同意しましたよね。コレってなんですか」

「私、ザギルに聞いたもの」

「は!?　な、なんて!?」

「カズハと恋人になるのって聞いたら『なんだそればかじゃねぇの』って」

「ほらやっぱり！」

幸宏さんが笑い転げだした。さすが幸宏さん慧眼である。でもコレってなに。

「なななんで教えてくれないんですか！」

「面白いからに決まってるじゃないの。カズハはコレだし」

「コレってなによ！」

「面白いってなんですか!!　神官長あなたはいつもそうだいつもだ！　ぐあああぁ！　あんのクソ野郎があああ！」

「お、落ち着いてくださいザザさんっザギルがサイテーなのは今更じゃないですかっエルネスさん悪くないです！」

「アヤメ！　今の流れでどうして神官長悪くないんですかっ」

「やだわぁ、あんたがヘタレなだけでしょう?」

頭抱えてヘッドバンギングしているザザさんは、赤くなったり青くなったり忙しい。

……これもしかしてものすごくザギルにおちょくられてたんじゃないのか。

またどうせ、どうとでもとれるような言い回しで思いこまされてたとか。「俺そんなこと言ってねぇし?」ってのはザギルの得意技だし、ザザさんは勇者の縁組とかにも責任感じてたりしてたし……。

「えっと、ザザさん、ザギルに揶揄われてたんでしょうけど、そんなあれですよ勇者付だからといってそこまで責任感じて心配しなくても」

「――っ」

「「「うわぁ」」」

「えっなに」

「外野黙ってください。わ、わかりました理解しました。ちょ、ちょっと落ち着きますので皆さん話題変えてくださいお願いします変えてください」

我らがエアリーダー、空気を読める男の幸宏さんがしょうがないなって顔して、ザザさんのお願いを受けて立ってあげた。ザザさんはお茶をあおってる。

「……しかし、結構前から思ってはいたけど、和葉ちゃんお嬢様だったじゃん？」

「ええ、まあそうですね？」

「ザギルみたいなあからさまにチンピラっぽいのとなんて接点なかっただろうに、馴染むのすごい早かったよね。抵抗なかったの？」

微妙に話題変わってない気もする。いいのかエアリーダー。ザザさんが何かびくっとしてるけど。

「……いやー、私もつい最近気づいたんですけどね。子どものころ曽祖父に預けられてた時期があるって言ってたの覚えてます？」

「あー、鶏の絞め方教えてくれたとかいう」

「そうそう。ザギルって曽祖父に似てるんですよね……口調もそうなんですけど、あのマイルールだけで生きてる感じが。だからじゃないですかね」

「そうっ、そう、そっふ」

幸宏さんはもしかしてツボるかなとは思ってたし案の定だったけど、ザザさんまでもお茶にむせながらしゃがみ込んだ。蹲った二人を少し呆れた目で見やりつつ、翔太君がどんな人だったのと先を促す。

「そうですねぇ、子どもみたいに感情の起伏が激しくて何考えてるのかわからない人でしたね。前の晩にめちゃめちゃ仲良くお酒飲んでた人を次の日ぼこぼこにしてたりとか。だから慕う人も多い反面、敵も多くて、親戚からはもてあまされてたみたいです。私が預けられたのも他に預け先がなくて仕方なくだったようですし」

「わぁ、初っ端からザギルっぽい。酪農家だったんだよね？　その筋のヒトじゃないよね？」

　幸宏さん、よく覚えてるなぁ。酪農家だったとかって話したの結構前なのに。

「お、おそらく違うか、と？　本業は酪農家だったんですけど、やたらとサイドビジネスに手を出してがばっと儲けた直後に借金まみれになって、で、またすぐに別口でがばっと儲けては借金まみれになってを繰り返してたそうですよ。大きくなってから聞いた話ですが」

「……豪胆な。でも和葉ちゃんが懐いたってことはかわいがられてたんだ？」

「うーん、多分。酒の席では私を膝から降ろさなかったし、自分が思い立てば学校さぼらせて釣りやら鹿撃ちやらに連れ出して。でも、自分の気が向かなきゃ知らんぷりで、なんなら二、三日帰ってこないとかもざらでした」

「あー、なんかそのあたりもザギルさんっぽい。僕や礼君にもそんな感じだもん。意外と面倒見いいのに、べたべたはしないんだよね」

　翔太君と礼くんのことは割とザギルなりにかわいがってるんだと思う。気が向くとちょっかいだしてるもんね。

　曽祖父は本当に気まぐれな人で、だからこそ構ってくれるときは心からそうしたくてしてるんだとわかりやすい人だった。それに知らんぷりしているようで、車で片道一時間かかるバレエ教室の送迎もしてくれた。最初は通うの諦めてたんだけど、いつの間にか手続きして連れて行ってくれるようになったのだ。ザギルもそういうところがある。

「帰ってこないって、その間どうしてたの」

エルネスは少しばかり眉を寄せて首を傾げた。こちらでは子どもだけで過ごすなんて考えられないものね。いや向こうでもそうなんだけど。

「家にね、いつも誰かしらいたんですよ。当時は親戚だと思ってたんですけど、どうやらただのオトモダチというか、曽祖父に懐いてるだけの人というか。あれはなんだったのか……。いまだによくわからないんですが、ただその中には常に女性がいて、多分それは恋人でね。しょっちゅう入れ替わってたし時々複数いましたけど、主にその人たちが面倒みてくれました」

「元気だね……いくつくらいだったの」

幸宏さんが呆れをにじませながらも微妙に身をのりだした。何故。

「自称年齢がしょっちゅう変わってたんでわかりませんねぇ。八十は超えてたと思うんですけど」

「マジか。その年で彼女入れ替わりのなんなら複数の現役って……なんというか男の夢あふれてんね」

「は、はちじゅう超えで……あれ、そちらではヒト族だけですよね」

「あ、うん。でも多分和葉ちゃんのひいおじいさんが特殊なんじゃないっすかね……」

ザザさんまで突然くいついてる。そうだね……こっちのヒト族の平均寿命超えてるもんね……。というか、向こうでも平均寿命の年齢だと思うけど。

「体格のいいヒトでしたしねぇ……山火事の話、したことあるでしょ？」

「ああ、和葉ちゃんの火魔法暴走のもと」

「あれもね、曽祖父のもってる山だったたんですよ。周りの大人が大騒ぎしてる中、私をこう、今のザギルみたいに子ども抱っこしてね、うはーこりゃすげぇなって笑ってたんですよね。まずいんじゃないかこれどうするよって、げらげらと。曽祖父がそんなんだから私も怖くなくって」

「山火事ってそちらでも大ごとでしょうに……どうなったのそれ」

「それがね、突然の豪雨で火が消えたの。んで、やっぱ俺は持ってるなぁってまた笑ってた」

「持ってるって？」

「なんというか、天運というか天の配剤というか？　商売もそうなんですけど妙な豪運があるって評判だったたんですよね。ろくでもないことばかりするのに何故か上手いこと収まるって」

「ろくでもないことって例えば？」

「色々あるんですけど、その山火事の原因ね、曽祖父のたばこの不始末だったたんですよ」

「え」

「夕方一緒に山に入った私だけ知っててね、火元のあたりがどうもそれっぽくて、耳打ちして聞いたんですよね。そのときの曽祖父のにやにやした顔が、今思えば本当にザギルそっくりでした」

「ひいおじいさまはなんて……？」

「黙ってりゃわかんねぇ、ばれなきゃいいんだって。結構経ってからばれてましたけどね。めちゃめちゃ怒られてました」

「それ和葉ちゃんのルーツじゃないの!?」

「カズハじゃない。それカズハでしょ！」

「なにそれ心外！　今ザギルに似てるって話だったよね!?」


——なあ、お前どうするよ。どうしたい？

——欲しいもんは欲しいって言わなきゃなぁ？


悪夢に勝って目覚めてから思い出したのは、曽祖父が別れ間際にくれた言葉。

ザギルと全く同じことを言ってくれていた。

十歳の私にはその言葉の意味がわからなかったのだ。だから忘れていたのだと思う。

それにそのとき私は多分ちょっと不貞腐れていた。呼び戻されるのが予定より早かったのは、山火事の原因が曽祖父だとばれたからだった。だけど普段疎んじてた曽祖父に、自分たちの都合で私を預けたくせに今更曽祖父を非難する両親のことが理解できなくて。

好きにしていいと尊重の形を借りた放任ではなく、どうしたいのかと私の意思を聞いてくれたのは曽祖父が初めてだった。

初めてだったから、意味がわからなかった。望めばこのまま曽祖父のもとにいてもいいのだと、受け入れてもらえるのだととることができなかった。選択肢を差し出して、私に選ばせようとしてくれていたのに。

欲しいものもわからなかった。自分が欲しいものを自覚することもできていなかった。

言葉も態度も荒々しい曽祖父との生活は驚きの連続で、してはいけないことは自分で決めていいのだと教わった。曽祖父の場合、自分で決めすぎていて時に違法すれすれであったのはおいておく。

……私が知らないだけですれすれどころじゃなかったこともあったかもしれない。

酒の席では私を膝から降ろさなかった。つまみを私の口にいれる振りをしては、自分で食べてふざけてた。けれど、私が美味しいと言ったものの最後の一口は必ずくれた。

クラスメイトの悪ガキに田んぼに突き飛ばされて泥だらけで帰ると興味なさげにしつつも、エノコログサをつかったカエルの取り方を教えてくれて、気に入らない奴のかばんに突っ込んどけと笑った。さすがにやらなかったけど、カエル釣りは面白かった。

どうしたいかも何が欲しいのかも答えられない私に、まあ来たくなったら来いと頭を撫でて、両親のもとへ帰る私を見送ってくれた。もっとも両親はまだ帰国しておらず、家で待つのはお手伝いさんだけだった。それならなんのために呼び戻すんだろうと思ったものだ。

それからしばらくたって曽祖父の訃報があったから、それが私にくれた最後の言葉。

選ぶほうを間違えればもう二度と手に入らなくなるものがあることを、私に教えてくれた。

選べないこともまた、選択肢のうちのひとつなのだと理解した。

曽祖父との生活を選んでいたとしても、一緒にいられたのはわずかな時間だったことだろう。だけど、それでも、それだからこそ一緒にいればよかったと、そのくらい楽しい生活だったのだと、その時やっと自覚して後悔したのだ。


「カズハ、そのときいくつだったの」

「十歳くらいかな」

「……十歳に鶏絞めさせたとか鹿撃ちつれてってたとか半端ないけど、和葉ちゃんが妙に狩人なのは、もしかしなくてもそれが原点なんだろうな」

「十歳で狩りはこっちでも早いですからね……カズハさんに豪胆なところがあるのは血筋でしたか」

「なんで曽祖父に私が似てる前提になってるんですか。おかしくないですか。あの人かなり無法者だったんですよ。全然違うじゃないですか私と」

「お行儀よい外面ある分性質悪いよ！」

「ザギルに確かに似てるんだけど、どっちかっていうと和葉に似てるよね……」

……おかしい。話すネタを間違えたかもしれない。

「つまりあいつとカズハさんが似てるということになるのでそれは抵抗ありますが、納得できる自分もいますね……」

「なんですかその三段論法！　やめて！」

「カズハが十歳の頃に八十歳ぐらいってことはさすがにもうご存命じゃないわよね。長命種ってそっちにはいないのでしょう？　お会いしてみたかったわ……カズハそっくりの無法者に」

生きてたら面白いのにとばかりにエルネスが問う。

「なんかねぇ、私も詳しくは知らないんだけど、飲み屋でよそ者の若いチンピラ叩きのめして高笑いしながら脳梗塞でぽっくり逝ったらしいよ」

「どんだけ豪傑なんだよ！　すごいな！」


餅も綺麗になくなって、臼や竈も片づけて。

王女殿下にお餅を持って行った礼くんも戻ってきて。

どうだった？　と聞くと、喜んでたってうれしそうに呟いた礼くんの頭を撫でて。

晩御飯までの間どうしようか、腹ごなしに訓練しようか、鬼ごっこでもしようかなんて。

一度部屋に戻ろうかと歩いてたら、ザザさんが追い抜き際に「夕食後、部屋に迎えに行きます」って囁いていって。

うわぁ、なんだろこれ、どきどきしちゃってるんじゃないか私。

デートっぽくないかなこれ。もしかして……本当に説教じゃないよね？　大丈夫だよね？

「――翔太？　どうした？」

スキップしそうな自分を戒めてたら、前を歩いていた翔太君が大きく目を見開いて、ばっと振り返った。

私たちの後方、訓練場の奥、森の向こうを凝視している。

そして城中に響き渡ったのは、音魔法で拡声された翔太君の強張った声。

「……なんか来る——魔獣！　敵襲!!」

森から空へ吊り上げられるように浮かんだ影は三十をゆうに超えていた。

しっかりと魔獣の種類や特徴、弱点を教えられている今ならわかる。

マンティコアを中心に、針のように鋭い毛を逆立てているフェンリル、みっつある頭それぞれの口からよだれをあふれさせているケルベロス、両翼を広げている鳥の身体と女の顔を持つハーピィ。

脅威度はマンティコアが一番高いのに、占める割合が多い。

そしてその更に上空に浮かぶ魔族が五人。

全員いびつな巻き角に両端をかけた布を垂らして顔を覆っている。全員が薄茶の長髪、蝙蝠（こうもり）の四枚羽根。

『敵襲！　第二訓練場！　総員配置につけ！　非戦闘員は城下避難誘導！』

駆け戻ったザザさんの指示で、翔太君が城内に拡声魔法を響かせる。

「——礼いっ！　待て！」

魔獣の群れが森の上空から静かに訓練場脇に降り立った瞬間、先陣を切ったのは礼くんだった。

恨むな憎むなと言い聞かせられたことを守ろうとしていた礼くん。

けれど、参戦を決めたのはリトさんが殺されたからだ。

大切な人を奪われた怒りがそうそう鎮まるわけもない。

あの子はいつだって静かに自分の中で考え続ける子。静かに静かに闘志を燃やしていた。


瞬時に訓練場の端にたどりつき、顕現された大剣がハーピィを袈裟切りにし、返し刀でマンティコアの首から尾までを一気に横薙ぐ。

幸宏さんの放つ牽制の魔法矢と並走するように地を蹴った。

後方からエルネスの詠唱が聞こえる。

はるか上空に立つ魔族との間に展開されていく障壁。

翔太君の咆哮がびりびりと空気を震わせて、礼くんの位置から離れたところにいる魔獣たちを足止めしている。

触れてなくては重力魔法の効力が落ちてしまう。

そして魔法に対する抵抗力が高いものに対しても同様だ。

ザギルがザザさんの『死の恐怖』に対して多少抵抗できるのもこれのおかげ。

勇者陣に対しては、触れなければ引き寄せることが難しい。

もっとも私だけは、この魔法への抵抗力がやたらと低いらしいのだけど。

周囲の魔獣を滅多切りにしている礼くんは、それでもマンティコアの尾を先に落とすことを忘れてはいない。忘れてはいないからこそ、徐々に取り囲まれてしまう。

私と礼くんの間に立ちふさがったケルベロスの頭をみっつまとめてハンマーで叩き潰して跳躍し、彼の肩に飛びついた。

「かず」

「近接は後！」

加速して本陣へと、礼くんごと落下する。

魔獣の群れから離れれば、私たちの離脱を待っていた無数の矢と礫(つぶて)と火球が降り注ぐ。

本陣に吸い込まれた私たちを、いくつもの大盾のカーテンが隠した。

あやめさんがいくつものオレンジ色の光球を宙に待機させている。

常道は遠距離攻撃で敵陣に穴をあけること。近接である私や礼くんが飛び込むのはその後だ。

マンティコアの尾を先に落とさなくてはいけないのに、敵陣の密度が高いままでは回り込みにくい。

これくらいの基本なら覚えてる。

「礼くん！　エルネスの魔法の後行くよ！」

「――はいっ」

エルネスの詠唱が高らかに終わりへと近づいている。

間断なく降り続く騎士たちの攻撃は魔獣たちに直接与えるダメージこそ少ないけれど、魔獣を貫ける幸宏さんの魔法矢がそれらに紛れることでその着弾率をあげている。

翔太君の音魔法が魔獣の平衡感覚を失わせているはず。やつらの動きは鈍い。

練り上げられた魔力が彼女のフードをはためかせ、業火の波を呼ぶ殲滅魔法が発動しようとした瞬間。

「――!!」

上空の魔族と本陣を遮っていた障壁が、一斉に粉となって散った。

十メートルは撥ね飛ばされたエルネスの細い体。

翔太君も土煙をたてて転がっていった。

「エルネスさん！　翔太！」

あやめさんの光球が二人の身体に群がっていく。

ザザさんの障壁が上空と、更に二人を覆うように張られ、それを中心に騎士たちの障壁が二重三重に展開されなおしていった。同時に敵陣の穴を誘うように礫や魔法矢の着弾点を、彼のよく通る声が指示し続けている。

「まだまだあああ！」

「上っ等ぉ――！」

地面に指をめり込ませて、転がる身体を止め立ち上がった翔太君。

エルネスも乱れた髪をそのままに詠唱を再開する。

二人を吹き飛ばしたのは――と、上空を振り仰ぐと、五人の魔族は泰然と直立不動のまま宙に留まっている。

……？

あれは知っている。モルダモーデが使っていた見えない壁だ。殲滅能力の高い二人を先に落とそうとした。あれは圧縮空気だと見立てていた幸宏さんを窺うと、小さな頷きが返ってきた。だよね。あれはそうだ。魔族が攻撃を開始したのならば、何故追撃が来ない。やつらは全員微動だにしない。

フェンリルが射出する鋭い毛は燃える火矢となり大盾ごと騎士たちを弾いていく。

あやめさんの光球が弾かれた騎士たちを次々包み、盾の壁にあいた穴は後陣と復帰した騎士がまた埋めていく。

ケルベロスは咆哮とともに氷礫を弾幕として、こちらの陣を前進させない。

ハーピイの羽根が散らばり、マンティコアの尾を狙う魔法矢を相殺させる。

――なのに何故魔獣たちは前進してこない。

ラインが引かれているように、最初降り立った位置から進もうとしない。

何故、紫雷が飛んでこない。

ザザさんは騎士団長としての迷いない顔を崩していないけれど、そばに駆け寄って見上げれば、少し戸惑い気味の視線が一瞬だけ送られた。

「おかしいですよね？　前線ではいつもこうですか」

「――いえ、あまりに攻撃がぬるい。あの数相手でまだこちらには被害がほぼありません」

何度も北方の前線で戦っているザザさんも、この魔獣たちの動きがおかしいと感じている。

長年、戦線の大きな移動がほぼ発生していないとはいえ、戦闘自体が激しくないわけではない。敵も味方もお互い消耗しつつ均衡を保っているのだ。

魔獣はすでに何頭か仕留められつつも、いつの間にか森の奥から新たな魔獣が参入してその数は減っていない。一定の数を保っているだけで、攻撃頻度はあがらない。まるでこちらからの攻撃を受け止める壁となることに専念しているかのよう。

魔族は高度を保ったまま、こちらを見おろしている。――あの高さまで飛べるのは私だけ。障壁渡りをしても他の人たちではたどり着けない高度。

「……ザザさん、ちょっと攻撃を一時停止できますか」

「うはー、おいおいおいおい、すげぇなこりゃ」

背後にザギルが降り立った。革鎧どころか、腰のベルトも止まっていないし、シャツも乱れている。花街で訓練の真っ最中だったと考えると、飛びだしたときにはあられもない姿だったんじゃなかろうか。むしろ今これだけちゃんと着てると褒めるべきか。

「おかえり。遅いし」

「マッハで来たわ！」

エルネスの後方に、神兵団がぞくぞくと整列しだしている。

城内にいた神兵団と、城下にいたザギルが同時到着なんだからマッハ超えてるかもしれない。

「ザザさん、詠唱も待機させてください……攻撃は私が止めます」

「――攻撃やめぇい！　詠唱待機！」

ぴたりと止んだ弾幕。エルネスの詠唱は続いているけど、解放前に止めるはずだ。


魔獣の群れも反撃を停止する。

膠着した空気に、困惑が混じりだした。

訓練場を挟んでにらみ合う両軍。

いや、魔族も魔獣もにらむというような風情はない。ただそこに佇んでいる。

「――カズハさんっ」

「てめぇっ」

立ち並ぶ大盾の壁を飛び越えて最前線に降り立った瞬間、ザザさんとザギルが制止の声をあげ、紫雷が一筋私めがけて解き放たれた。

ふぉんっとハンマーを振り上げれば、紫雷の軌道は歪み空を貫いて消える。

魔族たちの垂れ布ごしの視線が私に集中しているのがわかるけれど、奴らはその高度を下げてこない。

再攻撃に移ろうとするであろうザザさんへ、後ろ手で制止の合図を送る。

追撃はない。

なるほど。――なるほど。

「……あはっ、ははは」

ついこぼれた笑い声が、想像以上に戦場に響いた。

ふざけた真似を。

出迎えだかなんだか知らないけど、随分と御大層なことをしてくれる。

「あんたらちょっと待ってなさい！」

上空の魔族たちへ人差し指を突きつけ叫んでから、張り合うように悠然と背を見せつけてザザさんたちのもとへ戻る。

「和葉ちゃんっ」

駆け寄ってきた礼くんの頬へ手を伸ばして撫でる。

「礼くん、魔獣が間引かれたら残りお願いね。翔太君も。ここを守りなさい」

「……和葉ちゃん？」

「二人ともできるね？」

戸惑いを隠せないながらも、力強く頷いた二人に頷き返す。

「幸宏さん、アレやるんでよろしく。本陣全域で」

「――マックスで三分もたない」

「充分。用が済めば解除していい。私も一撃だけだから。あやめさんは回復に専念で」

「和葉？」

「カズハさん、説明を」

「てめぇ、一撃で降りるんだろうな？」

エルネスは詠唱待機にはいったまま、鋭い視線で私を見つめている。

「あれね、私のお迎えだと思う。モルダモーデは言ってたでしょう。私がいいって。あいつらの狙いは私だけ」

「和葉なにいってんの！」

「大丈夫。ついてなんて行かないですよ。でもあいつらにはお帰りいただかないとね――ザザさん」

私の手首を摑んだザザさんを見上げる。大丈夫大丈夫。

「時間稼ぎなんてもう思ってない。すぐ戻ります」

「なに、を」

「ちょっと殲滅してきますね。エルネス！　露払いは私がもらった！」

エルネスの頷きを確認して、もう一度ザザさんを見上げる。

ぱふんと胸元に潜り込んで抱きついてみると手首を摑んでいた力が少し緩んだから、そのまますり抜けた。ちょろすぎて笑う。

「ザギル！　説明してあげてね！」

「くそが！　すぐ戻れ！」

「はあい！」

障壁分の魔力がもったいないから、使わずにそのまま上空へ向かって落下する。

魔族たちと同じ高度まで。

「――顔くらい見せたら？」

体つきも髪の色もモルダモーデと変わらない五人が五人とも、無言を貫いて警戒態勢すら取らない。……あいつがこんなに無口なわけないのだけど。

地上と私たちの間の空気がゆらりと歪む。

幸宏さんが訓練場と宙に固定した魔法矢を起点に張り巡らせたそれは、その向こうの風景をゆらめかせ王城ごと水面下に沈めたような錯覚を起こさせる。

元の世界ではまだ物体を防御することはできていなかったらしいけれど、衝撃波を防ぐところまでは実験段階までできていた。

ふわっとした知識で発動するのであれば、一定レベル以上の知識はその威力を上昇させる。

あやめさんの医学知識がもたらす回復魔法の効果と同じように、幸宏さんの知識は、元の世界ではまだ実用化には程遠いと言われていたレベルまで引き上げた結果をこの世界にもたらした。

この世界に理論を教えはしないけど、見せることだけは自分に許したそれはプラズマシールド。

衝撃波どころか魔法や矢をも防ぎきる防護膜。

あのモルダモーデの見えない壁、圧縮空気。あれすら防いでみせることだろう。

私がいいと言ったモルダモーデ。

それが私を連れていくことなのかそれとも殺すことなのか。どちらなのかはわからない。

けれどこれだけの魔獣と魔族が突然王城へ姿を現したにもかかわらず、殲滅するでなく、侵略するでなく、迎撃と傍観のみに徹しているということは。

やつらの獲物は私のみ。

私以外の攻撃は受け流されるだけ。

殲滅しようとしても翔太君やエルネスのように発動前に止められてしまう。

腰のポーチから摑みだしたダイヤモンドの原石を横薙ぎにいくつも散らして、宙に浮かせる。

金庫二個分買いあさって、幸宏さんと翔太君の秘密訓練に紛れて試していた。黙って運搬役して見学だけしてたわけじゃない。

力の差を見せつけるだけ見せつけて、上がってこいと見おろすその傲慢さが――

「胸糞悪いっ――メテオォォォォ！」

轟音が空を揺らす。

五つは魔族へ、残りのダイヤモンドは全て魔獣の陣営へ。

視認などできるはずもない。発動と同時に魔獣と森は、爆発をダイヤの数だけ起こした。

加速時間などいらない。

発動と同時に音速を超えたダイヤモンドは指先ほどの大きさにもかかわらず、地表を深く大きくえぐり取る。


荒野でなくては実験できなかった。

実験しても前線で使うことはできないだろうという結論が一度はでた。

衝撃波が味方陣営にまで被害をもたらしてしまう、いわば自爆芸でしかなかったから。

だけど、幸宏さんのプラズマシールドがそれを防いでくれる。

もうもうと立ち込める爆煙が、なめらかにシールドをなぞって伸びていく。

マンティコアだろうとなんだろうと、あの煙の下は四散した魔獣の残骸しかないだろう。


「……それでも回避するとかほんとかわいくない」

五人の魔族は、それぞれが羽織っているローブに衝撃の名残はあれど、いまだ悠然と宙に浮いて
……いや、片腕がなくなっている奴と、片脚がなくなっている奴がいる。けど。

「あんたたち、血とかどうしたの」

モルダモーデは、すぐに腕を再生させはしたけど、確かに出血していたのに、こいつらにはそれがない。ヒカリゴケのような光の残滓がわずかになびいているだけ。

返事どころか、自分たちの腕や脚が失われていることへの反応すら見せない。

爆撃地帯の向こう側の森から、また魔獣が数体浮かび上がるけれど、その数は十に満たない。今

の勇者陣ならすぐに落とせる。

解除されていくシールド、誰かが風魔法で爆煙を吹き流していく。あのシールドは外からの攻撃も通さないけど、中からの攻撃も当然通さないんだ。

また腰のポーチから取り出した一摑みのダイヤをあたりに振りまいて宙に浮かせる。

私を中心に、緩やかに加速させつつ、衛星のように飛び回らせた。ひゅんひゅんと風を切る音。

雪合戦で鍛えた技は意外と役に立つ。ダイヤは小さい分雪玉より軽いから扱いやすい。

地上から叫ぶ声が聞こえる。私を呼んでいる。戻って来いと複数の怒声。

戻るよ。すぐ戻る。

でも、すぐ戻るとは言ったけど、一撃で戻るとは言ってない——っ。


「うるぁあああ!!」

魔族たちの上空に、左右に、後方に、障壁を張り巡らせ、顕現させたハンマーを振りかぶった。

適材適所と昔の人はいいました

ヘスカの呪いは、本当によく効いていた。

その効力だけ見れば実に優秀な魔法使いといえるだろう。

何せ魔法への抵抗力が低いとはいえ、仮にも勇者である私の精神を蝕んで嬲(なぶ)り殺す寸前まで持ちこんだのだから。

横薙ぎにハンマーをふるい、その勢いのまま魔族の頭へと回し蹴り。

躱されても構わない。

次々と展開される障壁と自在に力の方角を変える重力魔法を駆使して、私の身体は無軌道に走る駒のように、風に舞う木の葉のように、宙を駆ける。

時間がないと思った。

生きてるのが辛くて怖くて、自分が自分でなくなるどころか大切な人たちを自ら壊しかねない自分の力が怖かった。

その前に消えてしまいたい、同じ消えるのならばせめて盾になって消えたいと、モルダモーデの手から礼くんを守る時間稼ぎだけでもできたらと、その焦りは強迫観念となって私を責め立てた。

緩やかに蝙蝠の翼をはためかせ、優雅ともいえるステップで魔族たちは攻撃を躱し受け流していく。

意思をもつ弾丸のごとく、ダイヤモンドは私の周囲を風切音をたて旋回し、魔族たちの行く手を塞いでいく。

ターゲットを瞬時に切り替えながら、五人全員を牽制し隙を窺い続ける。

全てはヘスカの呪いである『生への恐怖』がもたらしたものだ。

生き続けることの恐怖が、死へと私を駆り立てた。

けして死にたいわけではないのに、生から逃げようと思えばそうなってしまう。

呪いが解けてしまえば、なんて馬鹿馬鹿しくも浅ましい。

地表では、残る魔獣たちを勇者陣と騎士が駆逐している。

熟練の手品師が扱うカードマジックのように、ザザさんの展開する障壁がきらめいている。

あやめさんの光球が蛍みたいなオレンジ色の尾を引いて飛び交っている。

エルネスが放つ礫や火球の弾幕に、神兵や騎士の攻撃魔法が追随する。

翔太君の鉄球は首をもたげる蛇となり、鉄鎖が躍り、その間隙を幸宏さんの魔法矢が縫っていく。

障壁を足場に駆けては大剣を振るう礼くんの死角に陣取って、ザギルがククリ刀を翻している。


生きる恐怖から逃れる大義名分に、あの人たちを使ったのだ。

私を愛してくれていることを存分にわかっていながら、それを堪能しながら、その人たちのためにと言い訳をして。

少し考えればわかることだろう。

それがどれだけ彼らを傷つけるか。

そんなものは自己犠牲の皮をかぶった自己陶酔だ。情けない情けない情けない。


まず一人。

片脚のない魔族の頭をハンマーが捉えた。

ロブたちのように脳漿を飛び散らせることもなく、ヒカリゴケの残滓と同じに細かな光をちらつかせて肩から上が消えていく。

直撃を逃れた体軀も砂の城が突風に煽られたように崩壊していった。

手足が消えていた姿からわかってはいたけど、魔族とはいえ、こいつらはモルダモーデと根本的に違う存在なのだろう。格が違うと奴は言っていたか。

これまでザザさんたちが前線で戦っていた魔族はこちらのほうなのだと思う。

仲間が消えたことに全く反応を見せない。残るものたち同士で意思疎通をしている素振りも見えない。

「ふふふっ」

その消え方に笑いがこぼれた。

これなら、礼くんたちにだって平気なはず。

いくら魔物の狩りに慣れたとはいえ、人型の命がむごく散る様(さま)をすんなりとは受け入れがたいに違いない。

これなら、短剣など使わなくてもいい。


すぐに戻ると言った。

時間稼ぎだなんて考えてない。

誰かのためなどではなく、私がこの世界で手に入れたものを手放さないためにこうしてる。

私が消えてしまってはお話にならないではないか。

私はここを陣地と決めたのだ。

大切な人が帰ってくる場所が欲しかった。

彼ら彼女らが安心して寛げる場所を紡ぎたかった。

だから大切だと思うことを抱え込んだ。

他は何もいらないと、優先順位の低いものから捨てていった。

子として親にしがみつくことも捨てた。

女として夫に何かを望むことも捨てた。

人として己を認められたいと思うことも捨てた。

私自身を大切だと思ってもらえることも諦めた。

そうして大切だと思っていたものすら、結局元の世界に置いてきてしまった。

この新しい場所を与えられて、なお、また同じことを繰り返そうなどと愚の骨頂。

決めたじゃないの。

最初にこのハンマーをふるったときに、マンティコアの前に躍り出たときに、守りたいものは抱え込むのではなく背にかばうのだと。

したいことをするの。

したいことだけをするの。

身の内に燻るものや衝動をただ抑え込むのではなく、上手いこと逃がしていなして乗りこなして、解放するの。


「遅い！」

片腕の魔族の足元を薙いで、傾いた背から伸びた羽根にダイヤモンドが風穴を開ける。

ゆったりとした羽ばたきからいって、実際にはあの羽根で飛んでるわけでもないのだろうけど。

「あんたら、ザギルよりコピー下手なのね」

モルダモーデと体運びは似ているけれど、あれほどの予想が追い付かない動きではない。

こいつらのそれはどこか定型的だ。

目が慣れれば追えないほどでもないし、先読みできないほどでもない。

ザギルのほうがよっぽど手に負えなかった。

奴らの上空に障壁とダイヤモンドの軌道を張り巡らせて、制空権は私の手にある。

時に脇をすり抜け、やつらの死角に飛び込み、ハンマーをふるいながら、私の死角にあたる場所にはダイヤを飛び込ませて。

ぞくりとうなじに一筋伝った感覚に従って、身をよじれば頬を掠める細い切っ先。

「……どっから出したのそれ」

魔族たちはどれも剣を佩(は)いてはいなかった。なのに目の前の魔族がいつの間にか構えてるレイピアが、その細い刀身を輝かせている。

これまで躱す一方だったこいつらが初めて攻撃に転じた。

飛ぶ魔物も魔獣もいる。魔族は空を飛べる。けれどこちら側には地上から迎撃するしか手段がない。

上空を制すものは戦局を優位に保てるものなのに、こいつらはそれを利用しようとは過去していない。ただ見下ろすのみで、強者の傲慢さを見せつけ続けてきた。

知らず頬が持ち上がる。

やっと私を対等だとみなさざるをえなくなったということ。

手負いの片腕から片づけるべきだけれど、そこにばかり気を取られるわけにいかない。

私を取り囲み、上空を制そうとする魔族たちに、ダイヤが空を切りつつまとわりつく。

刹那に足をとめさせ、レイピアを振りかぶる腕の軌道をそらし、舞い上がろうとするその頭上を牽制する。

次々と移り行く狭間をすり抜け続けていれば、レイピアが切り裂くわずかばかりの傷が増えていった。

けどそれは私が有効打を決める確率を上げるのと同義だ。

ザギル以下の劣化コピーは、回避に専念するのならばともかく、攻撃動作をいれることで直後に生まれる隙をつくりだしている。

片腕の魔族の腹をハンマーが撃ち抜いてその身を上下に分かれさせた。

音もなく散る光の粒はわずかに風に流れた後、空に溶けていく。

残り三人。

地表の魔獣は残りわずか。補充は止まったようだ。やはり魔族であるこいつらが従えているからだろう。

呼べる限界があるのか、呼ぶほどの余裕がなくなったのか。どちらにせよこちらには好都合。

三人ともレイピアを構えている。間合いをあけて、ダイヤをいくつか飛び込ませると見えない壁に阻まれた。一瞬静止したそれを引き寄せる。ダイヤは耐久性があっていい。リサイクルリサイクル。ただじゃないんだから。

三方向から刃が閃く。

騎士団にもレイピア使いの人はいた。刺突に優れているというそれは対魔物よりも対人向きだそうだけど、その攻撃速度と普通の剣とは違う捌き方に慣れるため訓練をつけてもらった。レイピアだけではなくあらゆる武器への対処を私たちは教わっている。

魔族なだけあって、攻撃速度ばかりか剣技だって比べ物にならない。でも基本動作は同じだった。ならば次の動作を読める。勇者補正の動体視力と反応速度で補える。そのために学んだ。

上半身を傾け、ひねり、ハンマーをかちあげて、躱しあいながら、鈍い音で切り結びながら。

「やっぱり三人いたところでモルダモーデの足元にも及ばないね？」

やつらに頭上を渡さないまま見下ろして、乱れ始めた息を整えつつ煽っても何の反応もない。

地表で魔獣の最後の一頭が沈んだ。

戻れと口々に叫ぶ声が届く。

戻るよ。すぐ戻る。あともう少し。

ふっと、一人の魔族の姿がゆらめいたと同時に眼前に現れた。とっさに胸倉をつかんで額をうちつけてやる。

「――いっったあああああい！」

ちょっと涙目になったまま、突き飛ばしてまた距離をとる。あまりに痛くて地団駄踏んでしまった。

馬鹿なのかとか地表からきこえる。ひどい。

「……普通ぶつけられたほうがダメージくらうのにどんだけなの」

頭突きされた額をさすりもしないで構えなおした奴に、ダイヤを集中してぶつけてやる。また一瞬空気が揺らぎ、そこで勢いをそがれるダイヤ。けれど今度は奴が見えない壁に圧し戻された。

自ら出した防壁ごと追いやられたのだ。ざまぁ！

ダイヤを回収して残りの二人にも飛ばしながら、ハンマーと蹴りで乱れ薙ぐ。

躱しきれない刺突が、太ももを、ふくらはぎを、頬を、肩を掠めていって。

――オレンジ色の光球が、次々とわずかながらも血を滴らせる傷を包みはじめ、瞬時に癒していく。

素早く動き続ける私の急所を追って展開されていく障壁。

魔法矢がその障壁を貫き、空間を歪ませる膜で覆う。

ザザさんの障壁を目印に、幸宏さんがプラズマシールドを張ってくれている。神業か。

どこに展開させればいいのかを誰よりも速く的確に判断できる人だものね。元の素養もあれど、ザザさんのその技術に一番食いついて学んでいたのは幸宏さんだった。

これを待っていた。このためにこいつらを引きずり降ろしたんだ。

もう呪いは解けている。一人で戦おうなんて思ってない。

彼らの手の届くところまでこいつらを連れてきさえすれば、助けてもらえる。

はるか上空からじわじわと逃げ場を誘導して、みんなの魔法の射程範囲内まで連れてきた。

どんと鈍い音とともに障壁が崩れる。圧縮空気をぶつけられたのだろう。

プラズマシールドは障壁の外側に展開されている。ぶつけられた衝撃で反対側の障壁が壊されたけど、私には届いていない。予想通りにあれを防ぎ切ったのだ。

「あーはっはっはあああ！」

今高笑いせずしていつするか！


以前にザザさんは、モルダモーデを追う私の動きは目で追うのがやっとだったと言っていた。

でもあれからずっと彼は私の動きを見ていてくれた。

だから今はもうどんなに私が自由に動いていても、急所を守る障壁が途切れることはない。

モルダモーデがリゼを取り返しに来た時だってそう。

連携の苦手な私が本能だけで動き回っていたって、常に障壁は張られ、ザギルもザザさんも私の攻撃の合間を埋めて奴を追い込んでくれた。

私ができないことをしてくれる人がいる。だったらやってもらえばいいんだ。

助けてくれる手があるのをわかってるのに、一人で戦おうなんて非効率な真似などしない。

私は私がいたい場所にいるため、この場所に帰ってくるために戦うのだ。

それを助けてくれる手が、こんなにたくさんある。

私の家に土足で踏み込んだ報いを受けるがいい。


目の前の魔族がレイピアを振り上げたまま、硬直した。

これは翔太君の音魔法のはず。魔獣を足止めしていたそれだ。

視界の隅では、鉄鎖に搦めとられた魔族が一人もがいている。

足元から咆哮が迫ってくる。


ほら、来てくれた。


躊躇うことなく硬直した魔族の間合いに踏み込んで、ハンマーを横薙げば、だるま落としのごとく胴の部分が消失した。

魔族の顔を覆っていた布がはためいて、初めてその下の顔を覗かせる。

「……え？」

緑がかった白い肌、夜の猫のような金の瞳。

奴の最大の特徴である軽薄な笑みだけがないその顔立ちは、見間違えようもなくモルダモーデだった。

痛みも、苦しみも、何も浮かんでいないリゼみたいな無表情のまま、金の粉となって溶けていく様に、つい目を奪われた。

その刹那が命取りだとつい今さっき自分でそう考えながら引導を渡したのに。

今消えた魔族と入れ替わるように、粉となった魔族が逆回しで再生されたかのように、目前に現れた顔布に反応できなかった。

やばいと息を呑んで、でも、奴と私の間に展開された障壁とそれを貫いた魔法矢に、落ち着きを取り戻して後ずさって——視界が斜めに傾いだ。

ぱりんとふたつに割れた障壁が一拍を置き、続いて振り上げられたレイピアがそれを追うように細かく砕け散る。

「ぐらあああ！」

「うぉおおおお！」

ククリ刀が柄だけを握りしめた右腕を斬り飛ばし、ザギルの左拳が脇腹に突き刺さる。

ザザさんのロングソードが首を薙ぎ払う。

刎ねられた首の顔布の下はやはりモルダモーデの顔で、それもまた散って溶けた。

残り一人。

さっきまで翔太君の鉄鎖に巻きつかれていた魔族の方角へ顔を向ければ、礼くんが袈裟切りで粉に変えていた。

やったぁ、ざまぁみろ、殲滅だぁーと笑おうとして、喉から何かがあふれ出た。

「……かふっ」

真っ赤な水球が空に浮いてる。

ゆっくりと加速して遠ざかるザザさんとザギル、やだ、二人とも顔めっちゃ怖い。

何か叫んでるっぽいのに何故か聞こえない。細く甲高い耳鳴りがする。

両手を私に伸ばして、障壁を蹴るザザさん。

駆け上がるのに何枚使ったんだろう。ザザさん最高で何枚までいけるようになったんだっけ。

右手をあげれば、力強く引き寄せてもらえる。

ザギルが私の方へ向かいかけて、妙な顔してから少しずれた方向へ跳んだ。

なんて顔してるんだ。お腹すいてるのかまた。どこ行くのと左手を伸ばそうとして――


「――カズハっ」


あ、やっと聞こえた。抱え込まれて、革の肩あてに頬が押し付けられる。

夕暮れ色の光が、ザザさんの顔を染めている。

あれ。まだそんな時間じゃないよね。

ぽうっと左半身があたたかい。

なんでそんな泣きそうな顔してるの。

何度も繰り返し私の名が呼ばれて、抱きしめられて、こんなに心地よいのに。

ザギルがブーメランのようにくるくると宙を舞っている細い枝をキャッチして、こっちに向かって空を駆けてくる。

ああ、それを追いかけてたのか。

ぱんぱんぱんと連続する破裂音は障壁が続けざまに割れる音。

急降下の勢いを障壁で減らしながらも地表を目指している。

ああ——そうか、ザギルの持ってるそれ、私の左腕じゃん。

「——和葉ァ！」

ザザさんの顔を夕暮れ色に染めていたのは、あやめさんの回復魔法の光だった。

地上に降り切る前に飛びついてきて、ザギルから受け取った左腕を肩に押し付ける。

……女の子が一度は持つあの着せ替え人形。例にもれず娘が欲しがって買い与えたことがある。

ソフビの腕が肩の関節で外れるんだよね。何度はめなおしてあげたことか。

あんな風に、ちょうどそのあたりが切り落とされていた。

「アヤメ！　腹もだ！」

「——っエルネスさん、魔力回路を！」

横たえられた私の左肩と右わき腹にあやめさんが手を添えると、茜色に紫、橙の光が輝きを増す。

いつもは恥ずかしがって口の中で唱えていたあやめさんの詠唱が、しっかりと力強く唱えられる。

回復魔法にくくられてはいるけれど、あやめさんの魔法も勇者の魔法。

詠唱だって自分が回復のイメージをしやすいものをと、幸宏さんと翔太君に相談して選んだのは讃美歌の歌詞だった。

エルネスが神兵たちに止血を命じてる。作業分担なのかな。

あやめさんにしかできないところのほかは、エルネスと神兵たちが受け持つってことなんだろうか。

すごいなぁ、あやめさん、ドラマに出てくるお医者さんみたいだよ、なんだっけ？　ＭＲＩ？って、そう言おうとしたのに、喉がひくついただけだった。


どうしよう、痛くないのにね、ただ、寒い。

背中に硬い地面を感じているのに、落ち続けている感覚が抜けない。

夕暮れ色のフィルターが視界を染めていく。

目線すら、動かない。

やだこれやばいんじゃない？　もう死んじゃうのかもわからんね？　なんて意識の端っこで軽口叩こうとする私がいる。

礼くんの、翔太君の、泣き叫ぶ声が聞こえる。

ふざけるなと罵っているのはザギルかな、あ、幸宏さんもだ。

カズハ、カズハと耳元で呟き続ける声は震えている。

暖色系の光はその色そのままに肩を脇腹を温めてくれているのに、体の芯まで届いてこない。

「――駄目！　和葉！　起きてよ！　起きてっ」

「ザザ！　呼びなさい！　ザギル！　調律！」

頬に触れていた温もりが離れると、逆さまに覗き込んだのは金色の瞳。

柔らかな前髪が鼻の頭をくすぐって、額に額を押し付けられた。

あの古代遺跡から駆け戻るときもこうしてくれていたね。

汝は与え　汝は許す
絶えず祝福し　祝福される
生きる喜びの泉
幸福は海よりも深く

繰り返される詠唱は透き通るようなメゾソプラノ。

たゆたう金色のさざ波に包まれるような暖かさが皮膚を撫でていく。

いつもは静かな低い声が掠れ上擦って、私に呼びかけ続けている。

「頼む、行かないでくれ、カズハ、カズハ戻ってくれ」

どこにも行かないよ。戻るって言ったよ。

違うんだよ。どっかに行こうなんてもう思ってなかったんだよ。

でも寒くて動けない。

こんなにちゃんとみんなの声が聞こえているのに、落ちていく感覚が止まらない。

目は開いているのにどんどん風景が暗くなっていく。

暖かさが遠ざかる。

肩に、腹に、首に、額に、頰に、手に、いくつも触れていた手の感触が消えていく。

私の身体を置いてけぼりに、私が落ちていってしまう。


なにこれ、どうして。

ちょっと焦り始めたときに、魔力回路を伝う虹色の魔力に気がついた。

きらきらした糸が何本も、さなぎを紡ぐように、わたあめを割りばしに巻き取っていくように。

――目印だ。

これがちゃんと私を帰してくれる、と、天から降りる蜘蛛の糸とばかりに縋り付こうとした途端に虹色の糸が途切れる。

「――ってめぇっ！　おい！　坊主離れろっ」

「やっ！　やだ！　和葉ちゃんっ和葉ちゃんっ」

「何してんのザギル！　早くっ」

「駄目だっ俺と坊主は触れねぇ」

「何言っ」

「知らねぇよっ！　こいつ俺らに魔力渡そうとしやがるっ馬鹿がっ」

「なっ」

「幸宏さんっ心臓マッサージ！」


知らないよそんなの、駄目、落ちていく——

罪と悲しみの雲を散らし
疑念の闇を払いのけよ
不滅の喜びを与える汝よ
我らを光で満たしたまえ

「なんであなたはそう……頼むから、お願いだ、愛してるんだ」

掠れて震える声が耳元で確かに——今なんてった。

………。

ちょ、ちょっと今のもっかい。


いやまってそこでなくっちょっとさっきのもう一回っ！

それどんな愛してるなのそこのとこもうちょっと詳しく!!

私の身体どこ、どうしたら声が出るの、目印がない、ザギル、ザギルばか！

感じられるのは自分の魔力だけ。

ぐるぐると閉じられた回路だけをめぐっている。

どうしよう。どうしよう。どこに行ったらいいのかどこを目指したらいいのかわからない。

帰らなきゃ帰らなきゃ帰りたいの。

虹色はザギル、覚えこめって言われて、覚えてたからヘスカの呪いの時だって帰れた。

他は？　他に目印は？

思い出せ思い出せ和葉、自慢じゃないが勇者陣の誰よりも治療やらなんやらされ続けてる。

線香の煙のように私の回路に絡もうとする青紫がふわり一筋――エルネス！


「カズハ、カズハ」

汝は与え　汝は許す
絶えず祝福し　祝福される

「……おい、ちょっと待てなんだそりゃ、なんで」

「――和葉ちゃん！　おなかすいたあああ！」

「っ――けほっ、えっ」

「カズハ!?」

えええええ？

ちょっ、今!?

今帰るから！

待って待って青紫の煙が捉えにくい。

風に吹かれて途切れるように、追いかけようとしては見失ってしまう。

「和葉ちゃんっ和葉ちゃんっ納豆つくってくれるゆったああああ！」

「おいおいおいおいおいってめぇっくそっ調律代われ！」

言った！　確かに言った！　つくってないね！　確かにね！

「和葉ちゃんっぼっ僕おはぎも食べたいっ」

そうだよね！　それもまだだ！　おなかすいてる子をほっとくなんて給食のおばちゃんとして許されないっ！

輝きながら降りてくる虹色――見つけた！

ぐんっと釣り上げられた魚みたいに意識が体に戻った途端に襲い掛かってきた熱。

「うっあっあああああ！　いやあああああ！」

身体中が熱い痛い燃えている。

「カズハ、大丈夫よカズハ！　アヤメが治すから！　腕もつくから！」

「やあああああっあっあ、やめさ、げほっぐっ」

「なによっ大丈夫よっ」

「ま、まかせ、たっ」

「あたりまえでしょうがあああ！」


もっかい死ぬかと思った。

腕と肩の繋ぎ目も、裂かれた脇腹も熱いし身体中痛いし。

喚き散らして暴れる私をみんなが押さえつけて。

なんとか叫ばずにいられるくらいの痛みになったとき、あやめさんの詠唱が途切れた。

「……もう、ちょっとだからね」

顔色が悪い。これはもうだめでしょう。これ以上はだめだ。

「ザギル」

「――おう」

「あやめさん、下限、切ってる、んじゃないの」

「……っ」

「大丈夫だっていってんでしょっ」

だめだよ。即断即決のザギルが言い淀むなら、それが答えだ。

ザギル、あんたちょっと前ならしれっと大丈夫だって言っただろうにね。雇い主の命が最優先だとか言ってね。

右手をなんとか動かして肩に触れてるあやめさんの右手を払い落とし、脇腹の左手を包む。

馬鹿だなぁ。二人とも。そんな無理しなくても多分なんとかできる。

さっきね、気づいたんだ。

「ザギル、手伝いなさい」

「……っ無茶ぶりやめろ」

「だって調整してくんなきゃ際限なく渡しちゃう気がするもん。やって。お願い」

「俺がやめろっつったらやめろ」

「うん。でも大丈夫。ザギルなんでもできるじゃん」

「ふざけんな……くそが」

「……カズハさん、何する気ですか」

「魔力ね、たぶんあやめさんにあげられる。補充します。大丈夫。ザギルが手伝ってくれる」

結論から言えば成功で、和葉は新たな能力を手に入れた。

自分の魔力を他の人にあげることができる。今のとこザギルに調整手伝ってもらわないと上手にできないけど、きっと練習次第だろう。

「非常識にもほどがあんだろが馬鹿が馬鹿が馬鹿が」

「テレレレッレッテッテー」

「そういうのいいから」

あやめさんに流された。ひどくないかな。赤い目して鼻水すすって、それでも美人でかわいいとかすごい。

ザギルは地面に倒れこんでまだ馬鹿が馬鹿がいってる。ひどくないかな。

ちゃんと腕もつながって、指までしっかり動く。

手のひらひっくり返して「あやめさん！　逆向きにつけた!?」って叫んだら、両手でほっぺた思いっきりひっぱられた。

ほんとはまだ肩激痛なんだけどね、ちょっとネタ披露する欲望に勝てなかった。

私自身の魔力もそんなに残ってなくて、とりあえず腕も腹も重要なとこだけはくっついてる程度のところまでもってきてもらった。後はあやめさんの魔力回復待ちの時間をおきながら、数回にわけて治療する予定だ。

でもまあ、即座にザザさんが止血してくれてはいたけど、血が足りないことは足りないし、絶対安静には変わりないからね変わりないからねと何度も念を押された。

だからおとなしく部屋までザザさんに運び込んでもらって、その途中で不覚にも眠ってしまった。

――額にそっと置かれた手の温かさで目が覚めた。

「……あ」

「お、はよございい、ます？」

「すみません……起こしちゃいましたか。まだ真夜中です。眠ってください」

ザザさんの囁き声で、部屋を見回すとソファに転がる勇者陣。

広いベッドの右側には、礼くんが器用に身体を折り曲げて、私の身体には触れないように、でも頭の先だけをちょっと肩にくっつけて眠ってる。

「エルネス、と、ザギル、は？」

「さっきまでいたんですけどね、情報集めてくるって城下に行きました。神官長は部屋で仮眠とってますよ」

「ザザさん、は？」

「……一区切りついて、ザギルと入れ替わりで来たところです」

額にもう一度手を伸ばそうとして、少しためらってから、触れるか触れないかくらいの慎重さでかかる前髪をどけてくれた。

「せっかく、飲みに行こうって誘ってくれてたのに」

「いつでも行けますよ……痛み、どうですかって、いや動かないで」

身じろぎしてみようとしたら、囁き声のまま少し慌てるザザさん器用。

「痛いですね。あちこち」

「……動かない状態でどうなのか聞いたんですけどね」

「動かなくても痛いです」

「なんで動くんですかそれで……」

「どんなもんかなって……」

「……ほんとにあなたは」

ベッドの左横に据えた椅子に腰かけたまま、膝に肘をついて手に顔を埋めている。

「ザザさん、お疲れでしょう？　休んでください？　――くっ」

左手は全然動かせないし、右腹は痛いしで、なんとか右手だけザザさんへと伸ばそうとして全くもって届かない。無念を噛み締めようとしたら指先を包むように繋いでくれた。

「な、なにしてんですか」

「疲れてるみたいだから」

「だから？」

「撫でてあげようかと」

「――動けるようになったらお願いします。……何故そこで驚くんです」

「そうくるとは」

「自分で言っといてなんですかそれ」

くすくすと内緒話の声でお互い笑う。

私の身体に重さがかからないように、右腕に無理がないように、身を乗り出して右手を両手で包んでくれる。顔色良くない。きっと今までずっとあの襲撃の後処理をしてたんだ。

「ザザさん」

「はい」

「だいじょうぶですよ」

「……ほんとうに」

「はい」

「今度こそ駄目かと思いました」

包んでくれる手にきゅっとわずかな力がこもって、そのまま額にあてるザザさんの顔はうつむいていてよく見えない。

「ザザさん?」

「……はい」

「顔、見せて?」

「……勘弁してください」

「声ね、聞こえてました。ずっとザザさんが呼んでくれてる声」

「……」

「だから帰らなきゃって戻らなきゃって焦っちゃった。詳しく聞きたくて」

「く、わし、く……？」

ぴしっと固まった音が聞こえた気がするよね。

みるみるうちにザザさんの耳が赤くなってくる。顔色が良くなったとみるべきか。

「ほら、色々あるじゃないですか。種類が」

「しゅるい」

「どんな類のあれかなって」

「……ちょっと待ってください」

「はい」

「全部聞こえてましたか」

「た、たぶん」

「――なんでそれで種類があると思うんですかっ」

「えええええ」

そ、そんな猛然と顔あげなくても！　見開いた目力すごいんだけど！

いやあるじゃないの。色々と！　なんか確認するのもあれだし違ったらどうしようってこっちも恥ずかしいのに！

「だって」

「だってなんですか」

「私、中身はこれですけど、見た目子どもですし」

「それ自体はこちらでは問題にならないと前に言いました」

「で、でも、それは一般論だと」

別にザザさんがそうだとは言ってないし。聞きたかったけど聞きにくかったし。

「……僕は長命種ではないですから。僕のほうがカズハさんにふさわしくないことはあっても、カズハさん側の問題ではないです」

「というと?」

「僕よりずっと若くていい男はいっぱいいるってことです」

「若いのはいてもいい男ってのはいないでしょ」

「――不意打ちやめてください」

わあ、なんか赤面感染する。なんだこれ。てか、本当に本当にありなんだろうか。真に受けちゃっていいんだろうか。いや、でも、だって。

「そ、それにザザさん」

「……なんですか」

「こないだまでずっと近づかなかったじゃないですか……私に……」

「っ、あ、あれは」

「ちょ、調整訓練だって、してくんなかった、し」

「だから止めたじゃないですかそれはっ」

「止めたのはエルネスだって止めたもん」

「ええええぇ」

「わかりませんもん。それに、ちょっと今日のあれだって、もしかしたら聞き違いかも、しんないなって、夢かもしんないしとか」

ザザさんは素敵だからさ。そんなもしかして私の願望が見せた妄想かもしんないじゃん。

「ザザさん、みんなに優しいじゃないですか。わ、私だけ違うとはなかなか思わないじゃないですかいくら私が空気読めるからってですね」

「いやいつ読んだんですか」

「近づいてこなかったじゃないですか……わかりますよ読みましたもん」

「あれはっ……いや、うん、あれは僕が悪い、です、けど」

「けど？」

「あー……」

前髪をくしゃくしゃかき回してうろたえて、ぴたっと固まる数秒。もう一度、両手で私の右手を包みなおしてくれて。

「——ずっと伝える気はなかったんです。僕の年齢もですけど、何より僕の職務上」

「しょくむ？」

「今僕らの最優先任務はあなたたちの育成と警護です。最高責任者として私情を持ちこむわけにいかなかった」

「そゆ、もんですか」

「なのにっ、あなた何回死にかけるんですか……」

「いやまあ、それはほんと申し訳ないっていうか私もそんなつもりでは」

「本当についこの間ですよ、ついこの間、人の手振り切って大博打(おおばくち)うって」

「あ、はい」

「僕はですね、今まで去る女性を追ったことはないんです。それを後悔したこともない」

「えっ、そ、そなんですか」

話とんだ!? でも意外……でもない、か？ いやどうだ？

「伝えられなかった後悔も失いかける恐怖も、もうまっぴらです。一人の女性にここまでしがみつこうと思ったことはない。仕事に私情とかもうそんなのも投げ捨てて、せめて気持ちだけでも伝えようと覚悟決めて誘ったら、直後にこれですよ」

「う、え、あ……」

ハシバミ色の瞳はしっかりと私の目を捉えて離さない。

「戦闘中に頭が真っ白になったのは初めてです……情けない」

「好きです」

「──っ、な、なんで今、先に言うんですかっ」

するっと出た。つい。するっと。わぁ……あっつ！ あっつ！ 耳あっつい！

ザザさんは一瞬だけ目を伏せて、もう一度あげた目は少し悪戯めいてた。

「…………種類は？」

「へぁ!? しゅ、しゅるいて」

ふっと目が和らいで、右手で頬を包んでくれて、中腰になったと思ったら唇が額に触れた。

「愛してます」

「……っ」

こ、これはっこれは異文化コミュニケーションっ!!

こっちのひとはあれかそんなことこんな――っ!!

そんな台詞、ガチでリアルでそんな、いやちょっとそれは未経験にもほどがあって！

何をどう返すべきなのか返すもんなのかもわからなくて、ぱくぱくしてたら上唇をついばまれた。

「種類、わかりましたか」

「たったぶんっ」

「……たぶん？」


今度降ってきたのは深い口づけ。

息苦しさが後頭部を痺れさせた。

ちょっと危篤上がりには刺激が強すぎる。

前回寝込んだ時はね、自然治癒にまかせるしかない魔力回路の損傷のせいだったからね。

今回はあやめさんがきっちり何度かに分けて治してくれたから、四日目には普通に納豆作り開始できた。

温度管理は、ティーポットやカップに使われている保温性が高くて冷めにくい容器を使った。ヨーグルト作るときにも重宝したんだよね。これ。勿論研究所に頼んで作ってもらったものだ。勇者陣の中では何気に私が一番研究所員と仲が良い。


そして初のお披露目である。

さすがにこれは食堂メニューにはいらないだろうし、人気も出ないだろうから量は作ってない。こっちでは発酵食品系がそもそも馴染み薄いしね。

「腐ってんぞ！　これ腐ってんぞ！　平気なのかよ坊主！」

まあ、言うよねー。こっちがびっくりするくらいびっくりしてるザギルが叫んでる。

礼くんはにっこにこで納豆餅をもこもこしてるので返事はない。喉つまりするもんね。いい子。

「そりゃそうなるわな。うまー」

「これ、匂いも強めだもんね」

「一番素朴な昔ながらの作り方ですからね。翔太君は苦手だった？」

「ううん。僕納豆好きだもん。美味しい」

「よかったぁ」

「エルネスさん、苦手だった？　やっぱり」

「——美を得るのに苦難はつきもの……っ」

「見上げた心意気っ……ちょっとこっち食べてみたら」

大根おろしとネギを多めにひきわり納豆を和えたバージョンを勧めてみると、あれ？　って顔をしたエルネス。困り顔してるザザさんにも勧めてみる。

「……これはこれで美味しいと思える気になってきたわ」

「あ、美味しいです。これは。なるほど……」

「お前らおかしいんじゃねぇの、おい、俺もそれくれ」

「あんた鼻いいから、多分これでも無理じゃないかな……」

案の定、ザギルはそれでも無理だった。というか、別に勝負してないのになんでそんな悔しそうなんだ。

「なんか気になんだよこれ！　美味いんだか不味いんだかわかんねぇのがむかつくわ！」

「何難しい嫌い方してんの……ほら、こっちで我慢しときなさい」

おはぎは気に入ったようだ。あんこときなこ。

礼くんも納豆餅を食べ終わってきなこのおはぎにとりかかってる。ちなみに納豆餅、あんこのおはぎ、納豆餅、のローテーションで今多分四巡目。

「……なああ、そのナットウいれないやつつくってくれ」

ダイコンおろし和えの餅をご所望らしい。お前もヘビロテパターンか。前と同じで自分たちで好みの味にできるようにトッピングは並べてあるんだけど、ザギルは作って欲しがるんだよね。いつものことだから、はいはいと作ろうとしたのだけど。

「……お前、自分でつくればいいだろう」

「うっせ。妬いてんじゃねぇよ、ばーか」

「よしちょっと腹ごなしするか表でろ」

「え。和葉ちゃんにつくってもらったらザザさん怒るの……？」

「――違いますよ！　レイ！　つくってもらいなさいほら！」

ジャストタイミングで納豆餅リクエストしようとしてお皿を構えたままフリーズした礼くんに、慌ててフォローするザザさん。

喉つまったのかっていうくらいむせてる幸宏さん。翔太君とあやめさんは微妙な顔してて、エルネスとザギルはもうこれ以上ないってくらいにやにやしてた。

襲撃のあった翌日の昼のこと。

まあ、もう非常識なのは今更なんだけどよ、と、そう言うザギルの見解によると。

「なんであの状況で俺らに魔力渡そうとしたのかっつうと、渡すことで生き延びようとしたんだろうな。こう、崖っぷちから落ちかけてるところで手ひっぱってもらうような感じっつのか」

「そう！　なのにザギルがっ！　目印だったのに！」

「知るかよっ前フリもなくわかるかそんなもん！」

エルネスとあやめさんはメモ構えてる。あやめさんの魔力回復待ちの間、城下から戻ってきたザギルの見解を聞き取っていた。礼くんたちもみんな私のベッド周りに椅子を持ってきてる。

ザザさんは私がもう一度眠るまでそばにいてくれていて、起きた時にもまだ同じ体勢でいたからそのままその椅子で仮眠をとったようだった。

「あんな状態のこいつから魔力もらうわけにいかねぇから離れたんだけどよ、今度は俺の代わりに調律はじめた神官長サマに魔力が渡されようとしてたと。まさかと思ったら大当たりだ」

「——魔力渡されるって経験がなかったから最初気づかなかったけど、思えば調律の手ごたえが妙な瞬間はあったのよね」

「あれよね、溺れる者は藁をもつかむってやつですよ」

「意味わかんねぇけど、こいつ自己治癒能力こそ勇者補正あっけどよ、回復どころか抵抗力もなけりゃ感知も鈍い、防御能力が軒並み低いだろ。だからこそ余計に攻撃特化に見えるわけだ」

一様にみんなが頷く。だよね。私も攻撃特化に疑いもってない。

「勇者サマたちに限らず、伸びる能力ってのはそいつが持ってる性質や欲に深く関わってくる。だな？」

「傾向としてはそうね。証明はされてないし、一説にすぎないけど」

ザギルの確認にエルネスが頷く。

「欲でわかりやすいのは姉ちゃんの回復か。他人を癒したいっつう欲の顕れだな」

「……そんなの普通じゃない」

ちょっと口尖らせてるその顔は照れくさいんだろうね。かわいい。

「性質でいうならそうだなぁ……南じゃ竜人は簒奪者とか破壊者とも言われてる。俺みたいに竜人の先祖返りだとか言われるようなヤツは、ちっせぇのなら盗賊、でけぇのだったらクーデターやらの頭になったりすること多いんだよ。まあ、だから目ぇつけられたり狙われたりすんだけどな」

「あんたロブみたいな小物に使われてたじゃん」

「俺ァ、そういうのめんどくせぇしつるむのもごめんだから、ある程度目立たねえようにしてたんだよ。そのための情報網だ。さすがに数でこられりゃ勝てねぇし。でもわかんだろ？　俺の性質は魔力喰いで、奪う者そのまんまだ」

（はらぺこザギルのほうがぴったりだよね）

（ねー）

「おう、そこあとで覚えてろよ」

翔太君と礼くんがそろって首を竦めた。内心同じこと思ってたからつい私まで首竦めて肩が痛かった。

「で、だ。こいつの話に戻るとだな、攻撃特化ってわけじゃ実はないんだろうな。与える者なんだろ。俺と真逆で。与える者だから防御能力が低いんだ」

「「「「あー……」」」」

「いやちょっと意味がわからない」

「わかってねぇのはてめぇだけだ。逆に俺は防御能力たけぇだろ。奪ったもん奪われたら意味ねぇからな」

「ほっほぉ……」

「お前と坊主の間の魔力の流れもそう考えるとやっぱお前が渡してたんだろうな。普段だだ漏れなのもそのせいだろきっと。ただ鈍いから渡し方がわかんなかったってとこか。鈍いから」

「二回言った！　ちょっと！　この人二回言ったんだけど！」

みんなに訴えたら一斉に目逸らされた。え、ちょっと礼くん!?　礼くんまで!?

「渡すための条件が相手の魔力を覚えてるってあたりなんだと思うぞ。あんとき全員が回復かけるために触ってたけど、選んだのは俺と坊主と神官長サマだ。坊主には無意識で渡してたから例外なんだとしても、俺と神官長サマは調律で回路に触れてるからよ」

あー……確かにあの時、覚えてる目印を探してた。

「カズハ、どう？　心当たりあるの」

「うん。エルネスのだってわかった。でもよく見えなくてつかまえにくかったの。そしたらザギルのがまた見えたから」

「見える。見えるとは？」

「顔近っ！　見えるっていったら見えるだよ……わかんないけど、目印？　これにつかまったら帰れるって目印……」

「私とザギルの魔力の見え方が違うってこと？」

「そう、かなぁ……見え方、色は違うけど目で見てたってのとは違うのかな……ちゃんと覚えてるものとうろ覚えのものの違い？　みたいな？」

「俺ァ毎晩調律してたし、覚えろっつって意識させて覚えこませたかんな」

　いつものにんまり悪人顔が向いた先のザザさんを見上げるとものっそい無表情だった。

「意識すりゃ他の奴らの魔力も覚えられるんじゃねぇの？　そしたら渡せるようになんだろ。今は俺の手伝いが必要だけど姉ちゃんにも渡せたし。……生き物としてよ、こんだけ魔力膨大にあって防御力だけがつんと低いってなぁおかしいんだよ。坊主に魔力渡して安定するわけだし、与えることが防御の代わりでもあんのかもな。今回息吹き返したみたいによ」

「そんなあんた一回死んだみたいに」

「何言ってんだお前一回死んでんぞ……」

「えっ」

　言われてみたら心臓マッサージ言ってたね!?

　心臓マッサージって心臓止まったからするやつだったね!?

「和葉ちゃん、ひいおじいさんいた？」

「いませんでしたね！　花畑も川もなかったです！」

胸元はシャーリングとレースアップで絞られたオフショルダーのＡラインワンピース。裾のスカラップがかわいい薄手のケープを羽織ってショートブーツ合わせて。

デートである。

多分これは間違いなくデートである。

ザザさんだって革鎧は着てない。さすがに帯剣はしてるけども、チュニックを重ね着してマントだ。中世欧州風の文化だからね。チュニックは男性がよく着ているものだし、マントは裾が斜めになっていて剣を抜きやすい。団服で威嚇するのもありなんですが、まあ、私事ですからって言ってた。私事ですよ。私事！　デートですもんね！

この間来たお店とはまた違うけれど、落ち着いていてそれでも気取りすぎていない店内では、各テーブルはゆとりをもって配置されている。八割ほど埋まった客席は和やかな談笑がＢＧＭのように流れていた。

「で、レイは赤、ユキヒロが青でショウタが緑。アヤメが桃色でカズハさんは黄色ですか」

「思ったんですけど、黄色い毛皮でマンティコアの着ぐるみはどうでしょうね」

「き、きぐるみ……？」

「ぬいぐるみあるじゃないですか。あれのおっきいのつくって綿とかの代わりに私がはいるんです」

「いやちょっとよくわからないですよ……パレードの話でしたよね……演劇舞台とかではなく」

L字型のソファのコーナー部分に腰かけて、お互いの膝がつきそうでつかない距離。ザザさんは膝に肘をのせて少し前かがみになって私の声に耳を傾けてくれている。

前代未聞の王都襲撃により、城下は避難態勢で一時騒然となった。結局訓練場と森の一部が崩壊しただけで被害は一切ないまま撃退という発表は、城下を一転お祭り騒ぎで沸きに沸かせたらしい。いうても崩壊させたの私ですけど、それは公表されなかった。

建前上は勇者についての公式発表は今までなかったし、成熟してからの発表を予定していたのでまだ先のはずだったのだけど、さすがに撃退したとはいえ魔族が襲撃してきたという不安を国民から拭い去るには勇者の活躍を広く告知する必要があると。

この店は客層が裕福な人たちのせいもあって落ち着いているが、平民がよく行くようなお店はいまだに大盛り上がりだ。来る途中の往来には出店まで出ていてまさにお祭り。

いったんキリをつけてしまわないとどうにもならんということで、勇者のパレード計画が急ピッチで進められている。

せっかく五人いるわけだし戦隊モノを気取りましょうかと提案したらみんなノリノリだった。あやめさんはしょうがないなって顔はしてたけどあれは絶対楽しみにしてる。

「私勇者っぽくないですし」

「そこでなんで魔獣にまで針振れるんですか……というか、カズハさんが一番噂になってるんですよ？」

「え、なんで」

「上空でしたからね、城下から見えたそうです。小柄な少女が空を飛んで魔族と戦闘していたと。気づいた一帯は避難が全く進まなかったらしいですね。応援しようとして動かなかった者が多くて」

「……えー、着ぐるみなら顔もばれないと思ったのに」

「やっぱりパレード気がすすまないですか」

「だって、顔ばれしたらこうしてお出かけとかしにくくなるんでしょ？」

後処理も一段落して、私もすっかり体調が戻って、顔ばれする前に一度飲みに行く約束を叶えましょうかってことでの今夜なのだ。パレード自体も気後れしてちょっと嫌だけど、デートしづらくなるってのがやだ。

「幸宏さんも意外と顔出し嫌がってたから着ぐるみ喜ぶと思うんだけど……」

「ユキヒロは城下で騎士のふりして色々遊んでましたからね……というか仮面でよくないですか」

「それはちょっとつまんなくないですかちびっこたちには」

「なんかカズハさんパレードを勘違いしてるような気がしてなりませんね……まだいけますか？」

頷いて見せると顔色を確かめるように覗き込んでから、果実酒を注いでくれる。ザザさんは蒸留酒だ。

「うふふー、美味しいです」

「それはよかった」

「このお店、よく来るんですか」

「しばらく来てませんでしたけどね。部下と飲みに行くような店はもっとうるさいとこなんで」

あれだ。デート用の店だ。きっとそうだ。

「……なんか余計なこと考えてますよね？」

「いいえ？　そんなことは」

「そうですか……？　あー、よくあいつついてきませんでしたね」

「ザギル？」

「ええ」

「すっごいにやにやしてました」

「そ、そうですか……なんかそのへんにいそうですね」

一瞬鋭い目で辺りを見回したりしてる。

「もしかしているかもですけど、やっぱり気になります？」

「……いえ、まあ、いたとしても邪魔しなきゃいいです」

「ほお」

「なんです？」

「ザザさんって恥ずかしがり屋さんなのかと思ってたから」

「アレと比べたらマンティコアだって照れ屋ですからね？　僕は普通です、というかあなた相手に照れてたら何がどう伝わるかわかりませんし」

「えっ心外ですよ？　私めちゃくちゃ機微に敏（さと）いですし」

「この手のこと以外では同意しますけどね……」

「この手とは」

「もうそこで敏くないじゃないですかそろそろ気づいてくださいよ。なんで手見てるんですか」

おかしいな。とっさに開いた手のひらに、ザザさんの指先が置かれてそのままソファに戻される。

……指先は触れ合ったまま。ザザさんは膝に片肘をついて頬杖して、その指先を見てる。

「……あの」

「はい」

人差し指、中指、薬指と順番に持ち上げられて、するりと軽く絡む指。ごつごつと硬い皮膚が温かい。

抱き上げられたりおぶわれたりと、しょっちゅう密着してるけどこうして理由もなく指先だけ触れてたことはあんまりない。あんまりっていうか、いやなんか触れ方違うし！　これはちょっと知らない！

くすっともれた笑いに目を上げると、なんかすごく意地悪く楽しそうに細められたハシバミ色。

「どっちが恥ずかしがりでしょうね？」

ひぃいいぃいいい……耳も首もあっつい。あっつい！　あっついいいいい！

「――ザ、ザザさんがいつもとちょっとちがう、です、から」

「今はプライベートなので」

「そ、そうれす……そですか」

「カズハさんがそんな動揺をしてる姿も珍しいですよ」

「してませんし。ぜんぜんしてませんし」

ぶはっと吹き出して笑う顔は少し子どもっぽかった。のに、なんでかちょっと色っぽくも見えるってどういうことなんだろう。

絡められた指を外して、はい、おしまい、とばかりに手をひらひら見せてからナッツをつまむザザさんはやっぱりいつもと違う。

別に離さなくてもいいのにとちょぴっと思った。

「陛下が今朝の合議の後にですね」

「はい」

「満面の笑みでカズハさんの縁談は全部止めたからな！　って親指立ててみせてきましたよ」

「……すっかりこれ定着したんですね」

「そこですか」

親指立てて見せると、実にザンネンそうな顔された。サムズアップは騎士団でも流行ったから……。

「というか、なんで陛下そんなこと」

「まあ、僕に援護でしょうかね」

「援護」

「……僕はカズハさんの恋人になれたと思ってますけど違いましたか」

「ふぉっ！　やっぱりそれであってましたかっ！」

「ほんっと油断なりませんね……焦って連れ出して正解でした」

「焦った、ですか」

「そりゃ忙しくてなかなか時間とれなかったというか、二人になれませんでしたし……」

安静にしてる間もひっきりなしに誰か部屋にいたしね、ザザさんは後処理で忙しかったしね。

「焦ってたようには見えなかったし、今もそう見えてない、です」

「あの小豆の人の二の舞は踏みたくないですから。迂闊に時間おいたら忘れられかねない」

「そっ、それはない、ですよさすがにっ」

「そうですか？　では」

思わず逸らそうとした目線を戻すように、頬に手をあてられる。

「カズハさん、あなたは僕の恋人だってことでいいですね」

脳みそ沸騰しそうで声も出なくてひたすら頷きまくった。

歩み寄るのは手探りで

恋人ですよ。恋人！

まさかそんな予想外なことが降ってくると思わないじゃないですか。正直ちょっとあれも真夜中だったし、もしかして夢だったかなとか少し疑い始めてた。

「あの、ちょっと参考までにですね」

「はい」

もう手は離れているけど、私の頬は熱いままだ。

「なんでまたそういうことにというか、血迷っちゃってませんか」

「血迷うて」

「いやその急なお話ですし」

「……急だと思ってるのはカズハさんだけですねきっと」

「そんなばかな」

「えーと、ですね……僕の気持ちはレイですら気づいてましたよ……」

「え。なんで礼くんに教えたんですか。私に教えてくんないのに」

「教えてませんよっ、まあ、僕も伝える気ないつもりだった割に、だだ漏れだったたってことですかね……」

「えー……」

礼くんにまでって、そんなの私見逃してたってこと……？　ある？　そんなこと……いやない。納得いかない。

「だだ漏れにしてたのはほら私が寝てるときとかそゆ時ですかね？」

「譲りませんね……」

「私空気読めますし。礼くんにまでわかるものがわからないとかなくないですか」

「本当に僕もそう思いますよ」

「いつですかいつなんですか」

「いつって」

ザザさんは少し考え込んで、うん、と頷いた。

「わかりませんね。僕も」

「ほらーやっぱりー」

「そこ得意になるとこですかね……いつの間にかですよ。気づいたら、普通ならどれだけ腹立たしいことされても、愛しくて仕方なくなってました」

「――は？」

「こっちが聞いてほしいとこだけを狙ったように何故か聞いてないし、なっかなか本心言わないし、ちょっと目を離すと素っ頓狂なことしてるし、自分のことにだけやたら無頓着で無防備だし、こっちの心臓もたないですし心配通り越して腹立つんですけどね、それまで妙にかわいく見えてくるんだから重症です。口開いてますよ」

「あっはい」

果実酒のグラスを両手で包むようにもって一口すする。

今ものすごい羅列されたけど、それはあんまり心当たりないし、普通かわいく見えるとこじゃないし、私耳おかしくなったか、いやこれはザザさん酔ってるんだろうか、そんなに飲んでたっけでも最近忙しかったはずだし疲れてると悪酔いしたりするっていうし……どう聞いても血迷ってるとしか思えないんだけど。

「……絶対今斜め上のこと考えてるでしょう」

「そんなことないです。誰の事言ってるのかとかはちょっと思いましたけど」

「うん。かなり明後日いってますよねそれ」

「そのお酒強いんですか」

「いつもと変わりませんし、酔わなきゃ言えないほどヘタレじゃないですよ。というか、ヘタレってのもここ最近の話で、僕元々そんなこと言われたことないですしね」

「私はヘタレって思ったことないですよ。なんでなのか幸宏さんにも聞いたくらいだし。教えてもらえなかったけど」

「一応僕にも言い分はあるんですけどね……確かにこういったことをはっきりと伝えるのは慣れて

ないですし、照れがないわけではないです。ただ方針転換したならとことん変えきるのは指揮官の基本ですから」

にやりとして片眉を上げるザザさんの表情は、確かに時々見たことがある。

普段真面目で堅物っぽいのに、ふとしたはずみに悪戯小僧みたいな顔して冗談言ったり、狡猾で自信にあふれた大人の男の色気を見せたりするのだ。きっちりその都度ときめいてた。てか方針？なんの？

「気の迷いでも血迷ってもいません。あなたを逃したくなくて必死なだけです」

「めっちゃ余裕そうにしか見えないですどうしたんですか文化の違いですかコレ追いつかないんですけどちょっと落ち着いてくださいいや私が落ち着きます待ってください」

ほんと追いつかないどうしたの心臓の音が耳からするんだけど。

テーブルにあるベリーに手を伸ばして、もくもくと口に運んでみる。美味しい。ザザさんの方を見れないんだけど、小刻みに震えてる肩が視界の隅にひっかかった。

「かっからかってますね？　なんでそんな笑うんですかっ」

「違いますよ。あんまりかわいかったので」

「かわっ――――っいやもうなんか絶対おかしいですもんザザさんいつもそんなこと言わな……いや言ってた？　言ってましたね……」

「褒め言葉はちゃんとその都度言ってましたよ」

「え、あ、そうです、ね？　でもそれはほらザザさん紳士、だし」

「アヤメに同じことを言ってましたか?」

「……あれ?」

そういえばそんなに見たことない、かも? 私よりもあやめさんのほうが新しい服とか着飾ったりしてること多いけど、ザザさんがそれ褒めてたりしてるのそんな見たことあったっけ……。

「誰にでも紳士なわけじゃないって言ったでしょう?」

「あれでも今のとかのはそういうのとはちょっと違うというか」

「まあ、そうですね。以前は口説くつもりがなかったんで露骨には言ってないです」

「でしょっ、ほーら……ん? あれ? じゃあ今の、は」

「口説いてますからね。やっと気づいてくれてうれしいです」

「もうほんとちょっと待ってくださいって言ってるじゃないですかっ」

説教コースよりいたたまれない!


「家は兄が継いでますし、家業もほかの兄弟が手伝ってますしね。僕は自由にさせてもらってるんですよ」

そろそろ勘弁してやろうとでも思ってくれたのか、いつもの年長組飲み会的な空気に戻っている。この前城下で飲んだ時みたいに、子どものころの話とか。

ザザさんは内陸にある地域の領地持ち貴族の三男坊らしい。七人兄弟。ザザさんが小さいころに亡くなってる兄弟もいるので、全員生きていれば十人兄弟だったはずと。多いように思うけど、ヒト族同士では平均的だと前に教わった。日本でも戦前ならそんな感じだったのではないだろうか。異種族間や長命種同士だと子どもができにくいから、多くて二、三人だとか。種としての強さが生涯で子を持てる数に影響すると考えると、まあまあ納得のいく話。

この世界でヒト族はけして突出して強い種族ではない。ただほかの種族より強い繁殖力のおかげで数が多いだけ。そのあたりは元の世界の感覚でも理解しやすい。人間の発展は発情期が年中あることと知恵によるものだからね。戦闘力では成人男性で中型犬と変わらないなんてのも聞いたことがある。

ザザさんが純粋なヒト族なのに騎士団長という役職まで昇りつめたのは、異例ともいえるものなんだとか。確かに騎士団はハーフやクォーターが多い。エルネスもエルフの血がわずかにはいってるそうだ。魔力はエルフ系が、身体能力は獣人系が強いので当然といえば当然の話。南方諸国と違ってこちらでは種族間の差別はほとんどないし、混血に抵抗がない。種として強くなるほうを選ぶからだ。

「うちの地方は国内では田舎のほうですし、貧しいわけではないんですけど魔物発生率が少し高いんです。そういうところって外から人がはいってきませんから自然と種族が偏りがちで。うちのとこはたまたまヒト族に偏ってたんです」

「田舎のほう……あんまり帰ったりしにくいくらい遠いですか」

「魔動列車が領内に来てないんで、王都からだと馬車で片道十日ってところです。帰るとなると一か月くらいの休暇が必要になりますね」

「ザザさん、そんなに休暇とれるの？」

「とろうと思えば。年に一度は帰省のための休暇をとることは推奨されてますから」

「……とってるの？」

「二、三年に一度は帰省するようにしてますよ。陛下に怒られるんで……」

「さすが陛下」

「両親ももう亡くなってるので帰省って感じはしないんですけどね。兄弟の顔を見に行く感じです」

「似てる？　ザザさんに」

「どうでしょうね……今度紹介します。たいした楽しみもないところですけど、景色だけはなかなかのところですよ」

「わ。それは楽し、み」

ザザさんと同じ顔の姉とか妹を想像して楽しくなったのと同時に、親族に紹介されるって意味が脳裏を駆け抜けた。……こっちでもそれは特別な意味あったりするの、か、な？

ザザさんはなんでもないことのように変わらない穏やかな笑顔のままだから、私もえへへと笑っておく。赤面はしてないはず。多分。

「――ザザ？」

店内でも奥まった席についていた私たちを覗き込むように声をかけてきたのは、背中が広く開いたマーメイドラインのドレスが艶やかな女性。三十代前半くらいだろうか。後ろにいる同年代くらいの男性三人と女性一人が連れのようだ。

奥まった席とはいっても、ザザさんは店内を見渡せる位置に腰かけていて、私は逆に置物やソファの陰になる位置にいる。向こうから見たらザザさんが一人で飲んでるように見えなくもないと思う。

ザザさんはほんの一瞬だけ眉間にしわを寄せてからするりと笑顔を作り、立ち上がって礼をとる。さり気にテーブルの向こう、通路のほうまで進み出て私を隠すように。

「お久しぶりです」

「やだ、本当に久しぶり。……お元気そうね」

「ええ、そちらも」

連れの人たちとも面識があるようで、次々と軽く挨拶を交わしている。男たちは久しぶりって感じでもなく、なぜかさっと気まずそうな顔をしてからおどけた素振りを見せて、女性たちは親しみをこめた笑顔で――ザザさんの胸にしどけなく置かれた細く長い指。これは……っ。

「ずいぶんかわいらしいお連れ様ね。紹介してくださらないの？　――よろしければご一緒しても？」

きたよこれきた。しっかりと、けれど素早く上から下まで観察されてからの『ずいぶんかわいらしい』！　かーらーのー流れるような『私への』お誘い！

「遠慮願います」

「……え？」

「お断りします」

私が返事する前に、ザザさんが断りをいれてた。畳み込むように言い直してまで。礼儀正しい笑顔のままで。断られるとは一切思っていなかったのか、それともあまりにもすっぱりとした断りだったからなのか、ザザさんに触れた指と笑顔をこわばらせている。

ザザさんがその指をそっと降ろさせ男性たちのうちの一人の首を抱え込んで何か囁くと、その人は戸惑う顔を隠し切れないままながらも、女性たちを促して自分たちの席に向かっていった。

「……ザザさん？　いいの？」

「邪魔なんで」

作ってない笑顔でさわやかに言い放ちながら、また席につく。

「えっと、男性陣はお友達なのでは？」

「第三騎士団のものですね。友達というよりは後輩です」

「第三っていうと……王都警備がメインでしたっけ。後輩、なるほど。だからなんか気まずそうな顔してたの？」

第一が王城警備メイン、第三が王都を中心に各主要都市の警備にあたる衛兵の上部組織だ。警察的な役割を担っている。

「まずいところに来たと思ったんでしょうね。団は違っても騎士ならみんなカズハさんのことは知ってますから……多分僕とのこともですけど」

苦笑してるのはやはりあの騎士団情報ネットワークのことなんだろう。団が違ってもネットワー

クは機能するのね……。でも戸惑った顔はなんだろう？

「ねえ、ザザさん、なんて囁いてたの？」

「邪魔したら恨むぞって言っただけですよ」

「な、なるほど」

　普段は穏やかなこの人にそんなこと言われたら確かに戸惑うだろう。団長としてのザザさんはきりっと厳しい一面もあるけど、セトさんへの態度のように仕事以外の場面では偉ぶらないし気安い振舞いをしているほうが多いのだ。

「で、声かけてきた女性のほうが元恋人ですか？」

　グラスに口をつけていたザザさんが吹きかけた酒をかろうじて飲み込んだ。

「……なんでわかりました？」

「うふー、ほらね！　私空気読めるでしょ！」

　みんなね、なんでか知らないけど私が空気読めないって言いますけどね、そんなわけないんですよ。この私が。

「まさかカズハさんが気づくとは思いませんでした……変でしたか？」

「ううん。確かに随分はっきりと断るなとは思いましたけど。ザザさんじゃなくて彼女の方」

「ほお」

「あれですよ。ザギル風に言えば、私を値踏みして勝利を確信してましたね！」

「……まあ、確かに彼女は好戦的なタイプではありますが、どこでそう思いました？」

「ずいぶんかわいらしい、なんて私のことは眼中に入れる価値もないってことでしょ？　わざわざ紹介されてもいない私に同席してもいいかって聞くってのは、私が断れないと思って言ったのでしょうし」

「ほっほぉ……」

ちょっとぴくっと片眉をあげて眉間が寄る。

転々としていたバレエ教室。私は違ったけど、プロを目指しているような子たちが主役を奪い合うようなところもあって。そういうところではライバルたりえるかどうかを値踏みする目で見られたものだった。さっきの彼女は完全にその子たちと同じ顔してた。「勝った」って顔まで同じ。

「私を見て、まず子どもではないと思ったってことは、長命種だと思ったんでしょうか。やっぱりこういうお店にいたから？」

「あー、まあ、そうなりますかね……、あいつらがついてますし一応彼女も貴族ですから、勇者としてのカズハさんを知っててもおかしくはないんですが……違うと思います。勇者に対する態度じゃないので」

「うふふ」

「どうしました」

「一目で大人扱いされたのは久しぶりなので」

「そこですか……、というか不快ですよね、すみません」

「え。別に」

「……向こうが勝手に思ってることとはいえ、値踏みされた挙句に勝利者面されるのは不快でしょうに」

「それはよくあることですし、まあ、女性として勝ったと思うのは妥当でしょう。美人さんですもん。彼女」

「……うーん？」

「ん？　んん――っ!?」

深くではないけど軽くでもなく、素早く二度ほど唇を吸われた。

「僕にとってはカズハさんが不動の優勝ですよ」

「ふ、不意打ちやめてくらさい……」

「付き合いがあったのは随分前の話ですからね？　その辺は誤解しないでくださいね」

「は、はい……あの」

「はい」

「あっちではね、その人前でこういうのはあんまりしない習慣でね、ちょっとびっくりしすぎます」

心臓もたないし！　そりゃこっちは欧州風の文化だからキスは割とよくある風景だったりしてるけど！

「――あいつの魔力とってくあれは？」

「あれは食事じゃないですか。なんといってもザギルだし……その、ザザさんは、心構えとか心持ちとかそういうのが」

　蕩けるような笑みを向けられて、言葉が続かなくなった。なにそれなにその顔。

「ず、ずるくないですか」

「何がですか」

「だって、その、ザザさん、必死だとかいって全然余裕な顔、だし」

「そうでもないですよ？」

「そんなことない、ですもん。ま、前はもっと、なんか動揺したりとか、してたし」

「前？」

「えっと、ほら、そう、訓練場で見られてたとき、とか」

「あ、あー……、えー、それこそ心構えとか、心持ちの違い、ですかね」

　……お？　少し耳赤くなった。片手で口を押さえて少し顔を背けてる。覗き込むと、逃げるようにさらに目を逸らされた。

「違いとは？」

「……あの時は、まだ伝える覚悟が決まってなくて」

　観念したように瞑目したあと、横目で私をちらっとみてからまた逸らして続けてくれる。手をあててるから、少しぼそぼそとした声だ。

「理性が飛ぶことも、取り繕えないこともそんなに経験ないんで、動揺する自分に動揺してしまうというか」

「りせい？」

「……なんで近寄らなくなったかって聞いたじゃないですか」

「はい」

「グレイ……あのゲランド砦の奴のことがあったときに、ザギルが言ったんですよ」

誰だっけと一瞬顔に浮かんでしまったのか、ゲランド砦のと補足してもらえる。すみませんなんか。

「呪いのせいで、よこしまな気持ちで触れる奴を無意識に察知して怯えるんだろって」

「ふむ」

「……」

「…………」

「……………」

あれ？　終わり？　今の会話の着地点はどこだったんだろう。いやまだ続きあるよね？

「……あの、どうしました？」

「……迂闊に触れて怯えさせたくなかったんですよ」

「なんでザザさんが」

「言わせますかそれ……」

ザザさんの耳がどんどん赤くなっていく。よこしま、よこしま、ねぇ？　確かにヘスカと似たような性癖持ちっぽいってところに反応してたようだってのは聞いたけど、それをそんなよこしまだなんていくらなんでも範囲ざっくり広すぎじゃないだろうか。

「……いや、あれはヘスカの性癖というか、ザギルそんな風には私に言ってない、し、それにそれまで別にザザさんに怯えたことなんて」

「徐々に表面化してきてるって話だったんで、それまで平気でもわかんないじゃないですか。試すわけにもいきませんし……あんな顔、僕が原因でさせるかもしれないなんて耐えられなかった」

「そ、そんなにひどい顔でした……？」

「胃がどっかに持っていかれたと思うほど焦りましたよ……」

「それはまた……あの、申し訳、ない……？」

「いえ……」

「それにしたって、よこしまって……よこしま？　ザザさんが？」

「そりゃ魔力の調整訓練できない自覚あったくらいですから……」

「んんん？　なんで？」

また話とんだ？　なんで調整訓練の話でてくるんだろう。

「あああああー……もうほんとにどうして神官長はちゃんと教えておいてくれないのかいつもいつもいつもあの人は」

「なんでですか？」

「……あれは教える方が惚れてるとできないんですよ。だからこその花街なんです。惚れることがないプロだからこそというか」

グラスの中身を一気に飲み干して、またなみなみと手酌してさらに飲み干した。

「えーと？」

「訓練どころじゃなくなるんです。ただの、その」

「ただの……あ」

訓練どころじゃねぇだろ？　ってあのときザギルが言ってたアレのことかと思い至った途端、変な汗がどっと出てきた。

「カズハさんが頼んできたのは訓練なんですから。僕にはできないことがわかってるのに応じられるわけないでしょう……あのですね」

「は、はい」

「話題変えてもいいですか……知りたいことなら答えますけど、今ここでってのはもうちょっと限界です……」

お互い真っ赤になって汗だくだくになってるので、うん、確かにちょっといったん仕切り直したほうがいいだろうなと同意した。

「勇者召喚がそちらでは物語なんですか」

「割と人気なんですよ。魔法も、エルフもドワーフも、空想の物語として扱われてます。不思議ですよね。向こうからこちらに来る人がいても、こちらから向こうに行った人の話は聞かないのに」

「……魔法がない世界っていうのは僕らからすると想像もつかないですけど、それを物語として描いたものってのは聞いたことがないですね。元々ないものを想像する能力っていうのも不思議です」

「……それが想像、でしょう？」

「程度の違いなんでしょうかね。架空の物語ってのは勿論ありますけど、こちらにないものは出てこないです。蒸気機関が先代勇者からもたらされる前に物語に出てきていたようなものでしょう？　そういうのは聞いたことがない」

「私たちからみると想像上のものは全てこちらでは現実ですしねぇ……やっぱり不思議な感じ」

ザザさんは切り替えが速くて、今はもう普通にまったりと会話してる。お酒も美味しい、おつまみも美味しい、ソファの座り心地はいいし、わずかにふれあう膝の感触がくすぐったくてうれしい。

ピアノの演奏が会話の邪魔にならない程度の穏やかさで流れて、こちらもそれを邪魔しない程度の声音で話せば、自然と内緒話に近い距離になる。

距離が縮まるほど、ザザさんの耳が私に傾けられるたび、楽し気な笑い声をあげるたび。

めっちゃ睨まれてる。

すっごい凝視と、憎々し気な視線が刺さってくる。

「……どうしました？　いや、楽しそうなのは僕もうれしいんですけど」

やばい、面白すぎたの顔に出てたっぽい。

ザザさんが気づかないってことは、完全に私だけに的が絞られてるのかな。殺気とまではいかないから気づいてないのかもしれない。

「うふふー秘密です」

あのザザさんのモトカノからの視線が面白くてしょうがないとか、ぶっちゃけ気分が最高にいいとか、正直に言ったらひかれちゃいそうだから黙っておくことにする。

「ふむ？　秘密もまたよいスパイスだったりしますけど」

すっと私の手をとって、爪を軽く撫でて、そのまま手のひらに口づけられた。瞬間流れるわずかな甘い痺れに、心臓が跳ね上がる。

「――白状してください？」

「嫉妬されてるのが気分よくて！」

そんな上目づかいで試すように言われたら勝てる気がしない！

「あー、あれですか。……カズハさんが気づくと思いませんでした」

「私どんだけどんくさい設定なんですか。気づきますよ？」

「自分への視線に無頓着すぎる自覚をもっともってくださいとは常々思ってますよ」

「き、気づいたじゃないですかってか、ちょ、ちょっと手」

軽く手をひっぱっても離してもらえないし、私の手のひらに唇をあてたまましゃべるから、くすぐったいというか、むずむずする。

「だから意外だったんです……気づいてないなら放置しようと思ってたんですが、楽しんでるならどうしましょうかね」

「えー、ザザさんも気づいてたの？」

指先にもキス。ひぃぃぃぃ。

「そりゃね。意味不明で少し不快ですし。ただ邪魔されたくないんで、カズハさんが気づいてない

ないならことさら話題にする必要もないかと」

「そ、それわざとですか。飛んでくる視線がどんどんきつくなってきてますけど」

「カズハさんが面白がってるようなんで」

「や、なんかそれどころじゃなくなりますよね、ちょ、ちょっと待って、あ、ごめんなさいほんと勘弁してください」

熱くなってる頬を、もう片方の手で包んでから、耳の横にすこし残して垂らしている髪に滑らせる。撫でた髪の先にもキスして、そんな挑発的な笑顔て！

切り替わりがいいのにも程があるのではないだろうか。ついさっき一緒に赤面仲間だったのに！

「あ、あの、ザザさんは不快なのでしょう？　私はいいので、ほら、ね、そこまでしなくても」

「煽るのが目的ではないですよ。便乗してしたいことをしてるだけです」

「えええええ」

「ちょうどよいな、と」

くすくす含み笑いをして、キスした髪の一房を私の背に軽く流してから手を離し、はい、とベリーを一粒口に放り込んでくれる。繋いだ手はまだそのまま。甘い！　甘いよ！　ベリーもこの空気

も！

「ただまあ、本当に意味がわかりませんね。なんだってあんな張り合った空気出してるんでしょう」

「お付き合い、長かったんですか」

「んー、あまりはっきりしませんけど四、五か月程度でしょうか。セトの言う通りいつも遠征で振られるので……」

「彼女にも振られたの？」

「そうですよ。だから意味がわからない……ちょっと度がすぎてきてますね」

「煽ったくせに」

「向こうも男連れてるんですよ。なだめられない男もどうかしてる」

若干殺気が混じりだしてきてることに、ザザさんが眉を顰めた。彼女も貴族といっていたし、魔力量は多めなのだろう。まあ、私相手に何をどうできるわけでもないけれど。

「世の中には他人のものほどよく見える性質の人もいますしね、格下がイイ男を連れてるのが気分悪いとかあるようですよ」

「はぁ？　勘違いも甚だしい」

「えっどこ？　あ、た、たにんのもの……？」

「なんでそこ……僕がカズハさんのものなのはあってます」

「――っっ!!」

そりゃじたばたもしますよ！　ソファに倒れこみますよ！　鼻血でそう！　あまーい！

両手で顔を覆って悶えてたら、通路側に近づく人の気配。覆った手をずらして見上げると、さっきザザさんに首抱え込まれてた人がいた。ちょっと顔強張ってる。……ザザさんが視線で呼んだ、のかな？

「——あれ、なんとかならんか、というかなんとかしろ。連れだろう」

「……すみません、引き上げようとしてるんですが」

「なんなんだあれ。お前が付き合ってるのか」

「えー、自分ではなく、あいつが一応婚約してる、はずです……」

あいつ、と目で示された向こうの席に残ってる彼女の隣にいる男性が婚約者らしい。こんやくしゃて。その彼に見向きもしないで目を爛々とさせてこっちを見ている。こわっこわっおもろっ！

「そんな相手がいるのにどういう態度なんだあれは……」

「やだ、ザザさんたら罪作りぃ」

「僕だからってわけじゃないと思いますが……よし、店を変えるか城に戻るかしましょう」

「えー」

「今は笑いごとでもこれ以上はちょっと看過できませんし、あなたが無闇に見下されるのは僕も不快ですから」

「むぅ」

「——あ、あの、ザザ団長、彼女に勇者様のことを教えていいものなのかどうか判断がつかず」

「ああ、やっぱり気づいてなかったのか……相変わらずだなあの人も」

「教えれば弁えるのではないかと思うのですが」

「相変わらずって？」

「なんといいますか、自分の生活圏以外のことに興味がないんですよ。貴族ならある程度教育されているはずの意識や知識があまりない。家を継がないにしろ限度ってものがあるんですが」

「ふうん？」

「勇者に関する情報は、あらゆる分野で重視されますから知っていて当たり前なんです——教えることに問題はないぞ。悪いが連れ出せるものならそうしてくれ。警護を考えるとこっちは行ける店が限られてる」

「はい——カズハ様、本当に申し訳ありません」

わ。片膝ついた礼とられた！

「あ、いや、いいですいいです。やめてください。立って立って」

こういうの久しぶりだなぁ。第二騎士団の人たちは、もうみんなすっかり親しくなってるから様づけとかもうないし。

ただ、それが引き金にでもなったかのように、彼女がずかずかと近寄ってきた。うーん、貴族女性にしては歩き方に品がない。向こうの席では慌てて彼女を引き留めようとした婚約者さんの手が空を摑んでる。

さっとザザさんが彼女と私の間に立ちふさがった。

「どうされました？」

背中しか見えないけれど、ザザさんの声は穏やかでありつつ余所行き(よそゆき)の声だ。元恋人にこんなよそよそしい態度とられたらどうだろう。……どうだろう？　ちょっとわからない。

「なんだかとても重要人物そうな方に興味がわいたの。紹介してくれないかしら」

「恋人です。彼女のことについてはあなたの婚約者も知ってますよ。そちらで聞いてください」

「……随分趣味が変わったのね」

ザザさんの肩が深いため息とともに落ちた。あ、これ見たことある。ベラさんのときもこんなため息ついてた。第三騎士団の人が咎める声とともに彼女の腕をひいたけど、強気に振り払われている。

「そうですね……昔の僕は随分と趣味が悪かったようです」

「──っ、がっかりだわ。でれでれしてみっともない」

「ぶふっ」

やばい。盛大に吹き出してしまった。両手で口塞いだけどまるで間に合ってなかった。

別れた恋人がいつまでも自分を想っていてくれた頃と変わらないなんて思うのは男性の専売特許というけれど、やっぱり女性にだってそのタイプはいるよねぇ。全く理解できないけど、短大の頃にもこういう人はいたなぁ、なんて思い出す。遠目に見てただけだけど。

「なんなのあなた」

「──下がれ」

一歩前に踏み出そうとするも、ザザさんに押しとどめられて、硬い制止の声に怯んでる。

「——失礼しました。ザザさん、出ましょうか」

「そうですね。……すみません」

「ふふふ、イイ男つれてる時の定番を堪能できました。こんな美人さんに嫉妬されるなんて初体験です」

テンプレ展開は大好き。王道時代劇を見てる安心感とでもいうのだろうか。

何よりも、ザザさんがぶれずに私の側にだけついていてくれているのが伝わってうれしい。

今は振舞いの残念さが目立つけれど、彼女はかなりの美人さんで本当なら魅力的な女性だろう。なのにザザさんは私を最優先してくれている。

まあ、正直、それがなんでなのかちょっと腑に落ちないのは確かだけれど。

「定番て。なんですかそれ」

苦笑しつつ彼女を下がらせ道をあけてくれるザザさんの前を、ことさら品よく歩いて見せよう。ルディ王子のお墨付きだよ。

王都は城を抱える山のふもとに広がる都で、段々畑のように建物が連なり区画分けされている。城下と一口に言っても、今まで私たちが飲んでいた店は貴族層の区画にあった。平民層はよりふも

とに近いほうに広がっているので、お祭り騒ぎを見下ろす形になる。

張り出したバルコニーからは、色とりどりの灯りがふわふわと街を漂っているのがよく見えた。

「どうぞ」

差し出された果実酒のグラスを受け取れば、夜風はまだちょっと冷えますねと、部屋に誘導される。

日本の住宅事情から考えれば、邸宅と言えるような二階建てのここはザザさんの持ち家らしい。家持ちだとは知らなかった。でも騎士団長だもんねぇ……。

ぱちぱちと小さめの暖炉が火を弾いている。リビングにあたるのかな。白とブラウンの色調が優しい寄木の壁と、毛足の長い絨毯、深いえんじ色のソファと、シンプルだけど暖かみがある部屋。

「立派なおうちでびっくりしちゃいました」

「兄弟や親族が王都に出てきたときに使うんで、僕だけで住むために買ったわけじゃないんですけどね。普段は宿舎にいますし。だからもてなしもろくにできなくて……わかってれば色々用意しといたんですけど」

「それにしては綺麗ですね」

「手入れと管理をする者を雇ってますから。宿舎の部屋には入りきらない荷物なんかもあって休みの日はこっちで過ごしたりもしますしね。使いを出したので、しばらくしたらつまみになるものが届きますからもう少し待ってください」

「使いって、いつのまに。住み込みの人がいるわけじゃないんですよね」

「まあ、いろいろと」

「て、手慣れてますね……やはり」

「ちょっと答えに困りますねそれ。嗜みのひとつとでも思ってもらえれば——ああ、来ましたね。すぐ戻ります」

さっき案内されたキッチンの方へ向かっていくのは、そちらに裏口があるからなんだろう。おつまみが届いたってことかな。

店を出てから、次の店か城に戻るかといったときに、迷い顔で誘ってくれたザザさんのおうち。警護の関係で選べる店は限られているというし、まだ早い時間で城に戻るのもなにかもったいないし、なによりザザさんのおうちと聞いたらそりゃ見てみたいってことでお邪魔した。

実は城を出たときから近衛は配置されていたらしく。それでも不特定多数が出入りする店だと出入り口や席の配置で選ばなければならないから、むしろこういう一軒家のほうが警護しやすいと言ってた。……私に警護が本当に今でも必要なのかというと首を傾げてしまうのだけど。

しかし、普段使っていないおうちを綺麗に保つ人を雇っているとか、さりげなくもてなしの手配をいつのまにかしてるとか、スマートすぎて別世界感半端ない。今更ながら本当に私でいいんだろうかなんて気持ちがむくむく湧いてくる。

戻ってきたザザさんが手にしているのは、ベリーや葡萄といった果物と、クッキーやナッツを盛りつけた皿をいくつか載せたトレイ。唇にクッキーらしき粉がついてた。毒見してくれてたんだろうな。教えると、ぺろりと舌で舐めとってて、それがひどく色っぽい。思わず目を逸らしてしまうくらいに。

「……？　ああ、行儀悪かったですね」

「う、え？　あ、いやいや、そんなことは」

照れくさそうな顔と、さっきまでの色っぽさのギャップにまた少しうろたえてしまった。覗き込んでくるハシバミ色に、揶揄いが混じっている。

「なんで目逸らすんです？」

「そんなことないですー気のせいですー」

「そうですか」

「ひゃっ」

ひょいと抱き上げられてそのままソファに座られる。ザザさんの膝の上に横座りの体勢だ。

「あ、あの」

「ぱい」

「えっと、何買ってきてもらった、んですか。何かつくります？」

「適当に色々ですね。パンとかチーズみたいなのがはいってたかと。小腹空いたら僕が何かつくりますから」

「えええっ、ザザさんが？」

「一応困らない程度にはできますよ。騎士団の連中はみんなできるでしょう？」

「あ、そうですね。遠征でもそうだし」

討伐遠征の野外での食事でもみんな手際がいい。彼らがつくったことのないメニューでもきっちり私のお願い通りにしてくれている。

「じゃ、じゃあ、後で一緒になにかつくりますか」

「ああ、それもいいですね」

「で、では何があるのかを」

「でも後でいいです」

膝から降りようとしたら、見透かされたように乗せなおされた。ソファの背もたれや肘掛けは少し高めで、肘掛けと私の背中の間にザザさんの腕があって、実にちょうどいい感じに収まっている。ジャストフィットすぎて動けない。

「あの、ほら、ザザさんのお酒」

「ん、あります」

私の背中のほうに手を伸ばして戻すと、そこには蒸留酒のグラスがある。ああ、サイドテーブルに載せてあったか。そうか。くっと両手で包んでた果実酒を一気にあおって飲み干す。

「お、おかわりするです」

「どうぞ」

そうか！　果実酒の瓶もサイドテーブルにあったか！　配置ばっちりですね！　微動だにすることなく、とくとくとグラスに注がれた。

「首まで赤くなってきてますけど大丈夫ですか。ペース落としたほうがいいですよ」

「そう言いつつなみなみと注ぎましたね」

「酒のせいなのか、意識してるせいなのかどちらかなと」

「わっわかっててやってるでしょっ」

「さてどうでしょう。酔うとますますかわいいんで、どちらでもうれしいんですが」

音出そうなほど背中から熱くなった。いやこれどんな薄めた酒でも一気に酔うと思う。血の巡り良すぎる。

「……ザザさんって、振られる振られるっていうけど、すごくもてますよね？」

「そんなことはないですよ」

「ありますよありますぜったいすっごい手慣れてるしこんなんされて落ちない人いないし」

「こんなんといわれても、こんなに全力だすことないですし」

「うそだっそんな余裕な顔してっ」

思わず叫んだら爆笑された。振動でこぼれそうになる果実酒を慌ててすする。

「酒に強い体質なんでしょうけど、大人だったころのペースとは違いませんか？」

「よく、わかんないです。前はそんなに酔ったことなくて、このあいだのが、多分一番酔ったときだと」

「記憶とびましたしね。今はどうです？　量的には前回ほどじゃないはずですけど」

「少しふわっとする、けど、だいじょぶって、えー」

「なんですか」

「私が、どんだけ飲んだか、おぼえてるんですか」

「そりゃそうですよ。ちゃんと、ずっとみてます」

「ずるいっ」

「ええ?」

「だって、そんな、私ばっかり負けちゃう」

「なんの勝負ですか」

「こう、あれで、すよ、うろたえるかんじ、の――んっ」

柔らかく唇を舐めとるようなキスが、ぞくりと腰を震わせた。

「それならきっと、僕がずっと負けっぱなしです」

唇を合わせたままそう言って、そっとグラスをとりあげる。

グラスの冷たさをうつした指が、頬から首筋を撫でていく。

うなじを支えられて、より深くかみ合う唇。

するりと腰に回された手に引き寄せられて、お互いの胸に私の手が挟まれる。

抑えようのない声が吐息に混じって、恥ずかしさに身もだえしたくなったけど、それも一瞬のこと。

魔力回路へ、緩やかに絡みつく金色が、羞恥も気後れも躊躇いも、全部奪っていく。

蜂蜜色の海に浸されて、その甘さに震えながらしがみつくことしかできなかった。

スパイスは旨味も幸せも引き立たせるものだよね

日差しは春らしく柔らかで。

風もないから動かずにいれば、ぽかぽかと身体が温まってくる。

石畳とレンガでモザイク模様を織りなす車道を馬車がゆっくりと踏みしめていく。歩道は王都住民でひしめき合って、車道との間には第三騎士団を中心に人垣が出来上がっている。

王城から王都中心の広場まで真っすぐ続く大通りは、貴族居住地区、商業地区、平民居住地区を区切る城壁の大門で普段遮られているけれど、今日は開放されている。

幸宏さんはロイヤルブルー、翔太君はエメラルドグリーンのマントでそれぞれ同系色の騎士団礼服、あやめさんは濃い目の桃色で女性用騎士団礼服。上着は男性のものよりタイトで、マントとともに丈が短め、くるぶし丈のロングスカートがスタイルの良さを際立たせている。

全員一致でまだ顔出しはしたくないということで、顔の上半分を仮面で覆っていた。

だよねー遊びにくくなるもんねー。

春の花どんだけかき集めたのってくらいに飾り立てられた荷車に乗り込んで、歓声をあげる人々へそれぞれ愛嬌をふりまいている。

翔太君とあやめさんは腰かけたまま控えめに手を振っていて、幸宏さんは観客のノリに合わせて拳突きあげてみたり大きく手を振ってみたり。

「……あんたたち疲れないの」

「これがかっこいいから！　ね！　和葉ちゃん！」

「だね！」

私と礼くんは、先頭の左右に陣取り、片脚を縁に乗せて腕組みして前方を睥睨（へいげい）する海賊王ポーズをとり続けている。時々偉そうに片手あげてみたり。

礼くんは幸宏さんたちと同じく赤の色調で騎士団礼服、私は黄色だけど女性用騎士団礼服の上着にひざ丈のハーフパンツだ。そしてマントはほかの三人とは違い、それぞれ赤と黄にカラーリングした羽根をみっちりはためかせている。仮面はスパルナの顔を模したハーフマスク、後頭部まですっぽり覆っている。もちろんそれぞれ赤と黄色。とさかのように尾羽がきらきらとたなびく。

戦隊モノにイメージカラーは外せない。幸宏さんには、もうなんかそれ戦隊モノからも遠ざかってないかって言われたけど気にしない。

特撮じゃないじゃんプロレスじゃんもうって言われたけど聞こえない！

マンティコアの着ぐるみは却下されて妥協してスパルナ衣装なのに、幸宏さんたちには拒否された。私の理解者は礼くんだけ……っ！

午後も遅い時間からゆっくりと王都を練り歩き、最終地点の広場に到着したときには夕暮れも深まりつつあった。

設置された特設舞台を王城楽団が取り囲み、カザルナ王国勇者のマーチを奏でる。壇上には真っ白なピアノを演奏する翔太君。音魔法で王都全域に旋律を降り注いでいる。それは前に聞かせてもらったときよりも、より複雑に豊かに伸びやかに磨かれていた。陽も沈んで、今回のために増設した街灯に照らされた観衆の顔が余韻に痺れているのを満足げに眺めた翔太君がとる騎士の礼を合図に、あやめさんと幸宏さんが花火を打ち上げる。

この世界に持ちこまれていない火薬を使ったわけではもちろんない。

普通に火魔法で金属燃やせばいいんじゃない？　ってことで、研究所に協力してもらって仕上げた。騎士たちがスリングショットで高く打ち上げた花火球を幸宏さんが矢で破壊し、散った金属粉をあやめさんが火魔法で燃やす。繊細な操作が可能な二人にとっては、楽勝のお仕事だ。

あんまり時間なかったから色味も少ないし複雑な花にはならないけれど、夜空に咲き乱れた光は、祭りに沸く人々をさらに煽り立たせる。

ちなみにテストのときに私がやろうとしたら、花になる前に燃え尽きた。

そしてトリは私と礼くん。スパルナだけに！

手を繋いで重力魔法で広場上空を旋回し、慄(おのの)くような声をあげる観客の視線を釘付けにしている間に、荷車にまた乗り込む勇者陣。ザザさんとザギルもサンタ気取りの大袋を持ってさりげなく同乗している。

荷車ごと上空に持ち上げれば、勇者陣が大袋からいくつもの小袋を取り出して次から次へと放り投げていく。

その小さな袋を、浮かせ漂わせゆっくりと観衆の手元に満遍なく降りていくようコントロール。

袋の中身はチョコやキャンディ、大福などなどのお菓子だ。

菓子を全て撒き終えれば全員で手を振りながら、そのまま王城へと荷車を空に走らせる。

最後の挨拶は一番年長の私が頂いた。音魔法で拡声してもらっての一言。

『よいこのみんなー！　また——そのうちねー！』

「そのうちねーはないよな」

「また来週！　って言いかけて、いや、来週はないだろって寸前で我に返りました」

「……やっぱりどうも僕の中で想像していた勇者パレードと違う気がしてならないんですよね」

「「わかる」」

「楽しかったー！」

「ねー！　お祝いにはやっぱり餅まきだよね！」

「ぼく餅まき初めてだったー」

「私も」

「僕も」

「――失われる伝統……っ」

「……失われてたんですか？　あちらでは譲れない様式だってそう言ってませんでしたかカズハさん」

「私もやってみたかったんです」

「でたよ和葉ちゃんのやったもん勝ち……」

「拾うのは子どもの頃に一度だけしたことありますよ。撒くほうですよやってみたかったの。気分よさそうじゃないですか」

「よかったですか」

「とても。まるで人々が池の鯉のようでした。ひれ伏せ愚民どもって感じでしょうか」

「お前普段、他人見下ろすことねぇからなぁ」

「ほんとザギルうっさいね!?」

城に戻った後は着替えて食堂で遅めの夕食。

本当は祭りの人込みに紛れてこっそり遊ぶって話もあったけど、カザルナ王並びに側近たちにお願いだからやめてと言われて諦めた。いくら顔を隠してても散々注目された後に同じ体格の五人連れじゃね。

今日の食堂メニューはやきそば、お好み焼き、おでん、串焼きといったお祭りラインナップ。デザートはチョコバナナやイチゴ飴をご用意いたしました。もちろん礼くんはすべて網羅して皿にのせている。

「まあでも、確かに楽しかった。喜ばれてたしね」

「ユキヒロはともかく、みなさんどちらかといえば控えめなのにサービス精神がひどく旺盛ですよね……」

「俺はともかくってなにそれ納得いかない！　そりゃ喜ばれるのは単純にうれしいけどさ！」

「ねえねえザザさん」

お茶も飲みなさいとザザさんに注いでもらった礼くんが、デザートにとりかかりつつ笑顔をむけている。

「屋台でね、んっと、黄色くてぽこぽこしてて丸くておっきいのみんな食べてたの。アレなあに」

「……うーん？　カリッツァですかね。このくらいで温かそうだったでしょう？」

「うんうん」

「じゃあ、カリッツァだな。果物だ」

大きさを手で示すザザさんに次いでザギルが答える。ああ、それ私も見た。……表面が食べ終わったトウモロコシみたいなやつだ。見た目だけでいえばけして美味しそうには見えないんだけど、屋台マジックだろうか。祭りだと三割増しくらいで美味しそうに見えるアレだと思う。

「果物！　おいしい？」

「えーとですね……レイには美味しくないと思いますよ」

「なんで！」

「ガキには無理だろ。辛ぇし」

「ぼく辛いの平気だもん」

「カレーで汗だくになってる奴が言ってもなぁ」

「汗かくだけだもん！　和葉ちゃんのカレーは美味しいし！」

バターチキンカレーだし辛さは控えめにしてるんだけど、見ててつい笑っちゃうくらい汗かくんだよね。礼くん……。汗だくではふはふ言いながらおかわりしてる礼くんは、抱きしめたくなるかわいさだ。多分ザギルも内心そう思ってる。

「というか、カリッツァは焼いて食べる果物ではあるんですけど、屋台ででてるものはヒト族には合わないスパイスがかかってるんで、ああいうとこでは食べさせてあげられないですね」

「えー、みんな美味しそうに食べてたのに」

「獣人ばっかりだったろ。食ってたの。そのスパイスかかってねぇと美味くねぇんだあれ」

「ザギルずるい」

「なんで俺のせいになんだよ。まあ美味いっつったって所詮屋台の食いもんだしな。お前らの舌には合わねぇって」

「……そう聞くと食べてみたくなるな」

「「わかる」」

「……お前ら普段から美味いものばっかり食ってんのに、妙に悪食だよな」

興味を突然みせた幸宏さんに追随する私たちに呆れ顔のザギル。はらぺこザギルに言われたくないし、絶対納豆のことといってる。根に持ってる。でも食に対して好奇心旺盛なのは国民性と言えるから仕方ないよね。

「でもザギルには美味しいんでしょ？　食べてみたいな。あんた私らと味の好みは似てるみたいだし。納豆以外は……」

「あー、昔はな。今食っても美味いと思わねぇだろうなぁ。舌が肥えちまっていけねぇ」

「へえ？　ああ、南方よりこっちのほうが豊かだって言ってたもんねぇ」

食糧事情が良くないところで育ったザギルだから、城に来たばかりのころは何を食べても美味しくて衝撃だったらしいし。

「――そればっかりじゃねぇけどよ。って、なあおい、その瓶のそれいつ飲ませてくれんだ？」

「あ、忘れてた」

蒸留酒に野イチゴを漬け込んだフルーツブランデー。三か月ほど寝かせていたその広口瓶を隣の椅子に置きっぱなしだった。そろそろ飲み頃のはずなんだよね。

いそいそと突き出されたグラスに、金赤のねっとりとした輝きを持つお酒を小さなおたまで注いであげる。

「うまっ！　うまっ！」

幸宏さんとザザさんにも注いであげると、二人とも頬を緩めてた。あやめさんには少し薄めて炭酸を仕込んであげる。華やかな桜色のお酒はあやめさんによく似合う。イメージカラーですし。みんな気に入ってくれたようで何より。

「……いいな。僕も飲んでみよっかな」

珍しく興味を示した翔太君にも、あやめさんのより薄くしてつくってあげる。翔太君はこっちではとっくに成人年齢だし誰も止めないんだけど、今まで飲みたいって言ったことなかったんだよね。イチゴの香りに惹かれたらしい。おぉ……と、目を丸くしてる。

「どうですか？」

「飲みやすいんだね。いい匂いだし美味しい」

「これいい酒つかってるよなぁ。翔太、飲みやすいけど結構キツイからな。ゆっくり飲めよ」

幸宏さんが見てるから、飲みすぎるということもないだろう。礼くんもつられたのか翔太君のを一口舐めさせてもらってたけど、しかめっ面していた。大人の身体ではあるけど味覚はまだまだ子どものままだ。

「こっちは何故かこういうのは習慣にないみたいですね。お酒はあるし、普通に家庭でつくっててもよさそうなもんですけど」

「あちらではそれが普通なんですか？」

「一般的ってほどじゃないですけど、好きな人は普通につくりますよ」

「酒は買うもんだしなぁ。山ん中の集落とか孤立してるとこではつくってたりすっけど、そうそう美味いのはねぇな。酔えりゃいいくらいのもんだ」

「ああ、酒本体はそりゃ買ったほうが美味しいのはあっちでも同じだね。俺らがいた国じゃ免許ない人間が酒つくるの禁止されてるし」

「そうそう。美味しいお酒と美味しい果物はこっちにもちゃんとあるんだし、漬け込むだけなんだからやっててもおかしくないのにね」

　過去の勇者がもたらしたものにしろ、元々こちらにあったものにしろ、原型があるものをブラッシュアップしていってよりよいものにしていってるものはたくさんあるのに、何故かそれらを組み合わせてまた新たなものをつくりあげていくという傾向が、こちらにはあまりない。

　このフルーツブランデーにしてもそう。私には身近な料理方面でよく感じるけども、多分どの分野でもこの違和感はでてくるんじゃないかと思っている。

　けしてこちらの世界が固定観念に縛られがちだとかいうことではない。それどころか新しいものに対する好奇心や受け入れることへの抵抗のなさからもわかるように、むしろ柔軟といっていいくらいだ。だからこそ違和感がぬぐえないのだけど。

　昔エルネスが言っていた「物事のとらえ方や考え方が違う」部分に関わってくるのかもしれない。

「あちらの料理の再現はもう結構やったし、最近はこっちの料理も気になってるんですよねぇ。料理長に教えてもらえるんですけど、ああいう屋台とかに出てるようなものっていうか」

「ほお？」

「んー、私が今までつくったものって、いわば私たちにとっての故郷料理なわけですよ。ザザさんやザギルにとっての故郷料理というか馴染んだ味？　そういうのも知りたいなぁって――なんで二人とも変な顔すんの」

「――別にぃ」

「あー、今度何かつくりますね」

「ほんと？　やった」

「ザザさんごはんつくってくれるの!?　ぼくも！　ぼくもたべたい！　ザザさんちぼくも行きたいし！　和葉ちゃんばっかりお泊りずるいもん！」

いいですよなんてしれっとザザさんは微笑んでたけど、私の方はみんなの生温かい視線に晒されて不覚にも赤面しないではいられなかった。やめて！　こっちみないで！

悪夢はまだ時々やってくる。

ヒカリゴケの薄闇に浮かぶヘスカのみすぼらしい体軀がじわじわとにじり寄ってくる。

でももう怯えて動けなくなったりはしないし、夢の中の私はこれがただの夢だと知っている。

だから毎回叩きのめして勝鬨（かちどき）をあげて目覚めるのだ。

恐怖と勝利の余韻で鼓動は激しいけれど、水を一杯飲めば落ち着いて寝直すことができる。

けれど今夜の夢はちょっと趣向が違っていた。

ヘスカの顔はいつの間にか別の男の顔になっていて、なんか見たことあるな？　なんて一瞬思ってから、ああ、夫の顔だと気がついた。

『家の中のことはきみの仕事だろう。風邪くらいで』

『同期のとこの嫁が文句言ってるなんて聞いたことないね。やりくりが下手なんじゃないの』

『美容院代なんてそんなにかかるもん？　いい年なんだし贅沢だろ』

『たかがパートで』

若い頃は反論してた気がするけど、心の中で思っていただけかもしれない。よく覚えていない。

でも言われたことは残っているようで、私も結構執念深いななんて、築二十年の小さな台所や寝室を俯瞰（ふかん）しながら自嘲してしまう。

過去の風景を固定カメラで見おろして、まだ少し若めの私と夫をぼんやりと眺めている私がいる。

『母さんが働きたいっていうんだから仕方ないだろう』

『母さんが駄目だっていうからなぁ』

『お前らはもう少し家庭を大事にしたほうがいいぞ』

習い事を増やしたいとか欲しいものがあるとか他愛のない子どもたちの我儘を、したり顔でなだめる夫の顔が、醜い三日月に歪む。

今ならあの顔叩きのめしてやるのになぁ。

なんだって私はアレを野放しにしてたんだろうなと思うけど、いつだって諦めは胸のど真ん中に居座っていて、体中の水分を吸いつくし干からびさせていったから、多分それが原因な気がしないでもない。

どろどろと渦巻いている何かを乾かして固めてしまえば痛くなくなることは、小さい頃から学んでいた経験則だった。

まあ、済んだことなんだからもういい。

今の私にはちゃんと帰る場所がある。あの居心地のいい幸せな世界。

私の大好きな人たちが、私を愛してくれる、大切にしてくれる、私が大好きだと思う気持ちをしっかりと受け止めてくれる、やっと手に入れたあの世界。

目覚めれば帰れる、帰ろう、過去のことにもう痛んだり傷ついたりするほど柔じゃないけど不快なことに変わりはない、だから帰ろうって——そう思うのに風景が変わらない。

いつしか俯瞰していたはずの風景の一部に自分が戻っている。

手には生ごみの袋を持って、サンダルを足につっかけていて。

玄関のドアノブが回らない。かちゃかちゃと鍵のつまみをどうひねっても開けられない。

あれ？　なんで？　ゴミ収集車が来ちゃうのに。

最近はもう暑い日が続いてるから生ごみはちゃんと出したいのに。

慌てて庭へと続くベランダの窓にしがみついたけど、やっぱり開かない。

なんで？　鍵、開いてる、のに。

どうしよう、生ごみが腐っちゃう。

窓ガラスを叩いても、コンクリートの壁みたいな手ごたえでびくともしない。なんで。

ゴミ袋を放り投げて両手で叩いても割れない。どうして。

足首にいやなむずがゆさが走って見下ろせば、袋から飛び出た生ごみからもぞもぞと湧いた蛆虫(うじむし)がつたっていた。え。蛆虫？　でかくない？　セミの幼虫くらいある。

振り払おうとしても足が動かない。

足首に纏わりついてるのは骨ばって薄汚れた指。

目線をずらせば、そこには悍ましい三日月が私を見上げている。

ヘスカにもみえるし、夫にもみえる。瞬きごとに変わる顔。


「――さんっ、カズハ」

ぱんっと目の前で手を打ち鳴らされたように、引き戻された意識に飛び込んできた金色の瞳。

心臓の音がうるさい。

「……ザ、ザザさ」

汗ばんで張り付いた前髪を、額から撫でてよけてくれるごつごつとした優しい指。

「ひどく魘(うな)されてた――痛いところは？」

「ううん……だい、じょぶ」

がらがらに掠れた声で答えると、枕元のサイドチェストにある水差しからコップに注いだ水を差しだしてくれた。からからに乾いて強張った喉にすうっと馴染んでいく水に、安堵のため息がでた。

ゆうべは私の部屋に泊まってくれたんだった。

前のお泊りデートから、時々こうして私の部屋に泊まってくれている。

「ただの、夢」

気遣わし気な瞳はまだ金色のままだ。ただの夢ではなく呪いの名残なのではないかと疑っている。

大丈夫。ただの夢。もう一度繰り返し告げてへらりと笑って見せたら、こめかみと額に口づけて頬ずりしながら頭を撫でてくれた。

がっしりとした両腕とあの魔力で柔らかく包んでくれているまま。

ゆっくりと髪を手櫛で梳られて、体中の筋肉も解きほぐされていくのがわかる。

すり寄って厚い胸に鼻をこすりつければ、きゅうっと抱きしめてもらえて、夢の中では重苦しく塞がっていた胃のあたりがふかふかと温まっていく。


ああ、なんて幸せなんだろう。

これがあるなら悪夢なんてただのスパイスだ。

「んー？」

「うーん？」

「……んー？」

幸宏さんと両手を繋いで互い違いに首を傾げ合う。

「……魔力交感したほうが手っ取り早いんじゃね」

「俺まだ死にたくないし……もうほんとやめて？　ザザさん睨むのやめて？」

「……気のせいですよユキヒロ」

ザギルの提案に幸宏さんが青ざめた。

魔力の譲渡を、私が意識的に一人でできるようになったのは、ザギルとエルネスとザザさんと礼くん。

ザギルに手伝ってもらえれば、あやめさんをはじめ他の勇者陣にもできるけど、私一人ではどうにも渡せない。回復魔法をかけてもらったりとか、私が魔力を覚えるために色々してはみたけど、今もやっぱりできなかった。

私に調律をかけたことがあるのはエルネスとザギル。魔力交感はザザさんとザギル。礼くんはどちらにもあてはまらないけど、なぜかできた。

礼くんにできるってことは、魔力を覚えていなくてもできそうなものなんだけど、できないものはできないし、例外中の例外なんだろう。

ザザさんには最初渡せなかったけど、お泊りデートのあとにできるようになった。すごく報告しづらかった。なんなら黙っていたかった。私たちやりました報告みたいなもんじゃないですか。知らんぷりしてようと思ったのに、次の日ザギルに、譲渡もう一度試せって促されてばれた。

平常心に満ちたザザさんの顔を真似してたつもりだけど、できてたかどうかいまいちわからない……。

私が自力で譲渡できるのは、調律してくれた人か魔力交感をした相手ってことが今のところの結論になっている。

「幸宏さんが調律覚えたらいいいんじゃないかな」

「和葉ちゃん練習飽きたんでしょ……。エルネスさん、すぐ覚えられるもの？」

「調律なめんじゃないわよユキヒロ」

「ですよねぇ」

「まあ、魔力を無制限に誰にでも分け与えられるなんざ反則どころじゃねぇし、このくらいの制限あって当たり前っちゃ当たり前だな。この鈍い奴が魔力覚えるより、兄ちゃんたちが調律覚えるほうが早いかもしんねぇぞ」

「エルネス……調律って覚えるのどのくらい難しいの」

「普通は適性と才能があるのが大前提の上に、数年単位の訓練が必要ねぇ。あなたたちは規格外だけど、回復系の訓練してるアヤメでもまだ習得できてないわけだし」

「調律って回復魔法の系統なの？　……ザギルって回復系の適性ないのになんで調律できるの」

嫌味そのものになんでもできるザギルだけど、回復魔法だけは使えない。ザギルらしいといえばザギルらしい。

「知らねぇ。やったらできた」

「……エルネスぅ、調律って覚えるのどのくらい難しいの」

「そいつも大概規格外だからね？　基準にしないでね？　調律に回復魔法の適性はいらないけど魔力操作が似てるのよ。はるかに繊細で難しいけど」

なるほど。適性はいらないのか。ということはだ。

「私が調律覚えるってのはどうだろうか」

「めちゃめちゃ疲れっけど必要な時は俺が手伝えば済むことだし、氷壁と神官長サマにできるだけでも万々歳なんじゃねぇの。大体勇者サマたちに魔力の補充が必要なことなんてそうそうないだろうよ」

「今まで練習した意味は」

「そうねぇ。カズハの魔力だって無尽蔵じゃないわけだから、自力で譲渡可能な対象を無理に広げる必要もないでしょう」

「ねえなんでもう完全に私にはできない方向で話してるの」

「今現在でも回復役の神官長やアヤメに譲渡できるってだけでとんでもない戦力の底上げと言えますね。前衛ではなく、アヤメと同様に後衛もしくは本陣詰めにするべき能力です」

「え、やだ」

「それが妥当だろうなぁ」

「幸宏さん」

「うん」

「私なんで話にいれてもらえないの」

「どんまい」

「納得いかないんですよね。あ、幸宏さん、穴は規則正しく均一にお願いします」

「だからさ、できることじゃなくてできないことを確認してたんだってばあれは。はい、これでいい？」

「意味がわかりません。せっかくの新能力なのに。——うん、いい感じ！」

直径三十センチほどのシフォンケーキ型の側面に細かい穴をぱしゅぱしゅと、たくさんあけてもらう。

それを一回り大きい缶の中にセット。缶は三脚のような台にもう固定してある。

「できることが増えたら増えたで、和葉はまたろくでもないことするからでしょ」

「言いがかりですね。あやめさん、回転はじまったら加熱よろしく」

「和葉ちゃん！　はやく！　はやく！」

「言いがかりじゃねぇよ、きっちり必ずろくでもねぇことしてんじゃねぇか。おい何つくんだよこれよ」

「心当たりありませんな。翔太君イイ感じの風よろしくね！　——いくよー」

「イイ感じって指示雑っ」

ざらざらざらと一摑みザラメを入れて、シフォンケーキ型に重力魔法で回転をかける。あやめさんが型に加熱してくれているのが、甘く焦げたにおいでわかる。

「きたきたきたきた！　礼くん！　型と缶の間からすくいとって！」

ふわふわふわと煙のように躍り立つ細い糸が、嬌声をあげる礼くんの手にした木の棒に絡みついていった。

「わーたーあーめえええええ！　――あっ、あっあああっ」

意思をもっているかのように伸びるわたあめは棒にだけではなく、礼くんの腕にも羽衣となってたなびいていく。

「レイ、交代です。殿下どうぞ」

「はぁいっ！　あーまーい！」

「よしっいくぞ！　あ！　あ！　あっあっあああっ」

笑いを含んだザザさんの声に、礼くんは今や肩まで広がってきているわたあめをつまみ食いしながら場所をルディ王子に譲る。けらけらとご機嫌な笑顔にもはりつくわたあめ。後でお風呂に入れなくてはなるまい。そしてみるみるうちに全身わたあめに包まれていくルディ王子。なぜにそこまで。

二人は途切れない笑い声をあげながら、王女殿下の分のわたあめをもって王族が住まう棟へと駆け出して行った。めちゃめちゃきらっきらと糸ひいてる。納豆みたいに糸ひいてる。

「材料は砂糖だけですよね。ずいぶん味わいが変わるんですねぇ」

クラルさんをはじめ数人の研究所員にも振舞った。つくるところを見せたくて招待したのだ。

エルネスは黙ってほんのちょっとだけ棒に巻いたわたあめを舐めている。

「これねぇ、あっちの国では祭りの屋台につきものの駄菓子なんですよね。材料なんて砂糖だけですし。この間のパレードの屋台で思い出したんですけど」

「ふうん？　ということは、そのわたあめをつくる仕組みを見せたくて、うちの所員をつれてきたってとこ？　結構何種類も魔法必要よね。あんたの重力魔法での回転使わないで風魔法使うとしても操作はかなり精密になるし、祭りの屋台で平民が気軽につくれるようなもんじゃないわねぇ」

「そっそ。魔法だとそうなるよね。でも蒸気機関の応用でわたあめ機をつくれる。――幸宏さんがつくれるよ。ね？」

「……ユキヒロの知識をもらえるってこと？」

　きらーんっとエルネスの目が輝いた。

　幸宏さんのプラズマシールドは勿論のこと、幸宏さんがいろんな技術的な知識を言語化できるだろうことはエルネスだって気づいてたし口説いてた。けれど、幸宏さんは日本人お得意の曖昧笑顔で受け流してたのだ。ザギルほどではないけど結構見事なスルーだった。

　もっとも、それを勇者の決定と受け取ったのか、エルネスにしてはあまりしつこく追求はしてなかったというのもあるのだけど。

　幸宏さんに視線を流すと、頬を人差し指で軽く掻きながら照れ笑いしてる。

「うん。いいっすよ。俺も技術屋じゃないんで専門知識があるわけじゃないけど……今こっちにある機械をベースに応用するのなら、手伝えると思う」

数日に一度は図書館や研究所の資料室に通っていて、時々幸宏さんとも鉢合わせする。

私と幸宏さんは勇者年長組でもあるし、この世界に知識を安易にもたらす危険性を認識している者同士でもある。かといって、いちいち今何を調べているのか必ず報告するわけでもない。この時も、いつもどおりお互い自分が見たい資料を黙々と読み続けていた。

……どっちもこちらの文字を読むのに時間がかかるから、繰るページの遅さはご愛敬だ。

「魔物のさ、討伐あるじゃん」

幸宏さんがぐっと伸びをして息をついた。

「グレートスパイダーも人里を襲うほど近寄ったり増えたりしなきゃ殲滅しないようにしてるって……生態系保護の考え方だと思うけど、あっちじゃ百五十年前にはなかったよね」

「ですねぇ」

「でもある。しかも前回の勇者召喚よりも前の時期からだ。勇者の選別以外の要因、ってやつなのかな」

「かもしれない。労働環境とか人権意識？　とかもやたらと発達してますからね。最初私たちが教えられる文明なんて本当に必要なのか疑問でしたもん。こっちのが高度だし上手く使ってる」

「……俺が知ってることも、ちゃんとコントロールして使ってくれるかな」

「心境の変化ですか」

「そういうわけでもないけど……あやめみたいに一緒に作り上げていくのなら、一足飛びじゃない方法なら、いいのかなって」

それから二人で考えて、わたあめ機はどうだろうってことになった。

魔動列車以外に使われていない蒸気機関。元の世界では歩んでいた開発の道が止まっているもの。

タービンとか発電機とかなんか言ってたけどあんまり私にはよくわからなかった。

だけど、それでつくりだすのは子どもが好む駄菓子。祭りの屋台の賑わいに一役買うもの。

ささやかな、生活に色をそえる程度の楽しみを生みだすものから、どう進んでいくのか。

魔動列車からの開発が止まったように、わたあめ機だけで止まるのか。

一歩踏み出したその先を、この世界はどう進んでいくのか、何を選んでいくのか、それをみてみたいと幸宏さんが思ったのかどうかまでは知らないけど。

クリップモーターとかさ、ガキの頃作るのすごい楽しかったんだ、と幸宏さんは笑ってた。

クリップモーターがなんなのかわからない自信があったから、わかりますって顔だけしておいた。


この世界は確かに有無を言わさず私たちを召喚したけれど、それは自らの世界を守るためにかぶる罪であると自覚している。だから魔族に対抗しうる力をもつ勇者に戦いを強制したりはしない。

勇者の力を借りたくて召喚したはずなのに。

五十年おきにされる召喚は必ず成功するわけでもないし、失敗して勇者が召喚されない時代でもぎりぎり三大国の体裁は保たれていたのもあるのかもしれない。それゆえの余裕もあるのかもしれない。

けれども北方前線は勇者が存在する時代に押し上げ、勇者がいない時代にはじわじわと一進一退を繰り返しながらも下げられていくのを繰り返していた。前回の召喚成功は百五十年前。これ以上押され続けるのに危機感を覚えていなかったはずがない。そんな状況にもかかわらず勇者の意思を第一とするのは誠実であろうとする矜持なのだろう。

だけど本当にそれだけだろうかと私は考え続けている。

そこに悪意があるのかもしれないとかそんなことは思っていない。

教国も帝国もこのカザルナ王国と同じに勇者に誠実なのかどうかも知らないし興味もあまりない。

ただ、この国はこうして、私たちに優しいから。

有無を言わさない召喚は、まるで赤子を産みだすようだ。生まれてきたいかどうかなんて親に事前確認された者などいないだろう。だからこそ親は産みだした命に責任を持つのだ。

生まれてきて良かったと思えるように、命を守って育てて独り立ちさせる。

鍛えなくても自分たちよりはるかに強い勇者たちを、そのまま前線に送り込むことなく、生き残る確率をさらにあげられるように戦い方を教え、敵を教えて。

百年以上勇者無しで戦い続けて疲弊しているであろうに、急かすことなく成熟を見守っている。時には命をかけて盾になってまで。

もたらされる知恵を搾取することなく、勇者がもつ選択の自由を奪うこともなく、敬意を払い、対価を払い。

囲い込んでしまえば独占できるであろう利益のもとが目の前にあるのに、万が一城を出ることを望んだときに不自由がないようにと、この世界の知識を学ばせる。

勇者が望む道を進めるように、自分たちがもてる技術も知識も惜しみなく与えてくれる。

勝手に呼んだのだから当然だろうと思うこともできるのだけど。

過去の勇者たちがどうだったかは知らないが、私たちはみんな元の世界に絶望していた。未練なんてなかった。この世界に来て右も左もわからない状況にあってすら帰りたいと思わないほどに。

そんな私たちを、ゆっくりと、段階を経て、自分のペースでいいと育ててくれた。

最初は信頼できる人間で周りを固め、外へ続く扉を一枚一枚開けていくように、行動範囲を、世界を広げていってくれた。

外に出るときは必ず護衛をつけてくれ、何かを口にするときには毒見をしてくれ、いざというときには盾となり、関わる者は厳しく選別されていて。

徐々に護衛の数は減ってきている。最初に減らしてもらえたのは幸宏さん。私は外に出なかったから変化がわからなかったけど、よく外に出ていたなら早めに減らしてくれていただろう。年長組だし。……たぶん減らしていたはず。

赤子は肌から離さずに、幼児は手を離さずに、成長と共に、目を離さず、心離さずと続く子育ての心得そのままに。私たちの成長に合わせて、世界は広げられていく。

言うのは簡単。けれどそれがどんなに難しいことか。

男女それぞれ二人の子どもを育てた私はよく知っている。

齢（よわい）四十五をすぎてから、赤子から育て直すかのように与えられたものを、当然のことだと受け取る恥知らずではいられない。

だから知りたいと思うのだ。

私は何をできるのか、何をするべきなのか、何を決めるべきなのか。それとも何をしないと決めるべきなのか。

それを判断するための情報がまだ足りないような気がして、考え続けている。

酸いも甘いも嚙み分けて清き水には魚は住まぬ

これまで勇者たちの住む棟は、ザザさんの率いる第二騎士団が警護をしていて城内に勤める人であっても出入りは制限されていた。私たちと交流が深い研究所や食堂、訓練場もだ。それが先日の公式発表とパレードを経て緩和された。

当然城内に入れる程度の規制は従来通りにある。けれど勇者に対して誠実であれと骨の髄まで叩き込まれている王族に選ばれ認められた者たちという、これまでの厳しい選別が緩くなれば。

まあ、ごく普通というか、お育ちがよくていらっしゃるわね？　でもそれだけだなって者も紛れ込んでくるようになる。ザザさんの言っていた貴族としての心得もおぼつかない者。あー、やっぱりすべての人が気高く高潔なわけないよねそうよねなんて少し安心してしまう程度に。私も高潔な人間ではないからね。平民ですし。

「――って聞いてらっしゃる？」

「あ、聞いてませんでした」

「なっ」

「すみません。もう一度お願いします」

例えばそう目の前のご令嬢、というにはちょっととうの立った彼女。城下で以前お会いしたザザさんのモトカノだ。週に一度続けている神官向けのバレエレッスン帰りに出くわした。というか出待ちされた？

以前話した時には名乗っていなかったのに、彼女はまるで自分の名前は知っていて当然だとばかりに自己紹介してくれない。

何人か引き連れている、同じくちょっと昔はご令嬢だったと思われる女性たちも名乗ってくれない。でもみなさん笑顔で。めっちゃ笑顔で。きっと傍から見たら心温まる交流を深めているように見えるような気がする。いや……囲まれている私の姿は傍から見えないかもしれない。かごめかごめか。

「あなたねっ」

「……すごいですね」

「何がよ」

「いや、顔は笑ってるのに言葉は怒ってるって、それ特技ですか」

「なんなのあなたっ」

「で、なんでしたっけ。私がザザさんにふさわしくないんでしたっけ」

「聞いてんじゃないの！　馬鹿にしてるの！」

「いえいえそんな滅相もない」

笑いながら怒る人って芸、あれ結構難しいのにねぇ。私は習得できなかった。モトカノは荒げかけた声を、慌てて軽く咳払いしながら取り繕って笑顔を作り直す。小物感すごい。

「彼は仕事に忠実でしょう？　本来の金翼騎士団長としての仕事に専念したいでしょうにねぇ」

「ああ、確かに団長という管理職の仕事よりは、身体動かす訓練とかの方が好きみたいですね」

「……勇者様付も栄誉ある職務ですし、命じられれば熱心に取り組むのでしょうけど、彼の本心を思うとお気の毒だわ」

「真面目ですもんねぇ。本当に親身に接してくださいますよ」

「そう。真面目なのよ。仕事ですもの。わかるでしょう？」

「なにがでしょう」

「本意ではなくても、勇者様に求められれば応えなくてはならないということですよ」

「なるほど」

勇者付は世話役と教育係を兼ねているけど、序列を言えば、国として召喚した客人なのだから勇者が上の立場だ。そうなるとセクハラし放題であるくらいの権力差があるやもしれない。

「私たち、ご縁があってザザとは親しくさせていただいていたんですよ。ねぇ？」

意味深にモトカノが他の女性たちに目配せすれば、皆さんも艶やかな笑顔で同じ視線を交わし合う。わあ、そうかなとは思っていたけど。なるほど、と女性たちをじっくりと見回してみた。……随分タイプが違うな？

モトカノは自信に満ち溢れた華やかな美人さん。右隣の人は少し取り澄ました感じの怜悧な美人さん。左隣の人は美人さんというよりは可憐なかわいらしさ。それから薄いそばかすが散っている女性は気の強そうな目力がある。

いや、ルックスは各種取り揃えました的にばらけているけど、確かに共通項がある。皆さん押しが強そうだ。まあ、でなきゃこうして私を取り囲みはしないだろう。その行動からして一見タイプが違うようでもそれは外見だけであって、内面的には共通項があり、それがザザさんの好みといえるのかもしれない――いや。

いやいやいやまて。もっとでかい共通項がある。

でかい共通項ってか、乳　で　か　い。

「ですからね、カズハ様も彼が紳士的だからといってあまり勘違いされないほうがいいのではないかと」

「はあ」

「悪気があって言ってるわけではないんですよ。ただ、ねえ、勇者様に期待されすぎるっていうのは」

「ほお」

「そうそう。勇者様にとってもお気の毒だと差し出がましいようですが心配してるんですよ」

「ほおほお」

「だって、ねぇ？　そのお体ではまだ彼を満たせないでしょう？」

「ほほぉ――え？」

見事なロケットおっぱいや、たわわにこぼれそうなおっぱいや、ドレスに押し上げられて汗疹ができそうな谷間やらに見蕩れてたら、いきなりぶっこんでこられて目を瞬かせてしまった。

「長命種ならともかくザザはヒト族ですもの。年齢的にもそんなに待てるものでもないですしねぇ」

「あら、でもその気になるとも思えませんし」

「やだ、それもそうよね」

つむじからつま先までなめるように見おろしてくる目つきは、みなさん一様に嘲りの色。

すげぇ。流れるようにシモネタ突っ込んできた。品位とかそういうのは令嬢教育にはいっていいないのか。それともこれも女の闘いにおいてのお約束故なのか。平民も貴族も戦闘スタイルはさほど変わらないものなのか。

「――業ですなぁ」

「は？」

「いえ。少し感心しちゃって。ああ、そうですねぇ。この身体では確かに」

「……ええ、そうでしょう？」

自覚あるのって顔されてるけど、そりゃあねぇ。

「三日と空けずに部屋に来てくれてますけど、本当なら毎晩でもと言ってましたし、私も応えたい気持ちはあるんですが」

「みっか」

「あ、でも彼の休みには前日の夜から、彼のタウンハウスで過ごすんですけどね」

「タウンハウスって」

「え？　結構前から持ってるって言ってましたけどご存じないですか？」

「……西地区にある？」

「ええ、あそこいい眺めですよね。城下が一望できて」

「全く使ってない屋敷だからと聞いてましたけど、宿舎を出られたのかしら」

「いいえ？　宿舎住まいなのは変わりませんけど、管理する人は雇ってますし、いつでも使えるようにしてたらしいですよ……もしかして皆さん招かれたこと」

「――そんなわけないでしょうっ。ええ、あそこは敷地こそ広くないですが人気の場所ですしね。景観がよくて」

「ですよねぇ。お付き合いされてたんですもんね」

「そ、そうよ」

「お付き合いしてて自宅に招かれてないわけないですよね。すみません私ったら。ああ、そうそう。でも皆さんがいらしてた頃とは少し変わったと思います」

強張った笑みで目配せしあう視線は、さっきのものとは違ってきている。下腹に力を入れざるを得ない。

「部屋を私にひとつくれたんで、それに合わせて内装も変えたんですよ。あとバスルームも私の元いた国の様式に合わせて改築したんです」

「部屋を……？」

「内装まで……？」

「バスルームを……？」

源泉を王城まで引き入れる大浴場は先日完成していて、城内でも好評なのだけど、同時に私たちの部屋のバスルームも日本式に改築してくれていた。

「ええ、あちらでは夫婦や恋人が一緒にお風呂入るのは珍しくないんですけどね。彼、それがすごく気に入ったらしくて」

まあ、夫とは一緒に入ったことありませんけどね！

露天風呂で孱ごしにおしゃべりしながらまったりする楽しみをもう知っていたのもあるし抵抗ないだろうと誘ってみたら、思った以上に気に入ってくれたらしく、次の休みに泊まりに行ったらもう改築されていた。びっくりした。時々のぼせさせられる羽目になることも予想外でびっくりした。

「一緒に……」

「こちらではあまりないそうですね。いいものですよ。湯船にゆったりと二人で浸かって他愛のないおしゃべりでもいいし、まあ、色々と、ね？」

知ってるのですよ。

お付き合いしていても、休日にしか会わないし、平日の夜に時間をつくることなどなかったことも。

ザザさんがあのタウンハウスに女性を入れたことがないことも。

騎士団情報ネットワーク恐るべし……っ。

言葉を探しているであろう女性たちに、こてん、と首を傾げて微笑んでみせた。

「うらやましい？」


彼女たちが真っ赤になって震え出した隙にその場を離脱すると、その先の廊下の角にはザザさん、ザギル、幸宏さんと翔太君がいた。にやにやザギルがもがくザザさんの首に腕を回していて思わず吹き出してしまう。もう。せっかく笑うの堪えて離脱したのに。

それはそうと幸宏さんに目で問うと頷きが返ってきた。用事はつつがなく済んだらしい。

そのままエルネスの執務室まで来て、他のみんなにさっきのことを報告されたんだけど。

「なにそれ」

「いや、俺に怒るなって」

不機嫌な低い声で詰め寄るあやめさんに、幸宏さんが後ずさる。

「男がみんな胸とか体ばっかり見てると思ったら大間違いだよ。馬鹿にしてる」

翔太君も口を尖らせているけど、気に入らなかったのはそこだったたか。道理で道すがら無口だと思ったら。

「おう、女は乳だけじゃねぇぞ。わかってんじゃねぇか小僧」

「だよね！」

同意を得て力強く頷く翔太君にザギルも頷いてるけど。

（……ザギルのいう『だけじゃない』ってのと翔太のは違うと思うんだよなきっとな……）

（……ですよね）

頑固なくらいに真面目な翔太君と真逆のザギルは妙に仲がよかったりするのだけど、おそらく普段からこうして微妙に食い違ったままだったりするんじゃないかな……。

「……そんなようなこと和葉が言われたの？」

「やー、そんなはっきりとは？」

「言ってたからね!?　和葉ちゃんほんとに聞いてなかったの!?　煽ってたんじゃなくて!?」

「身体が子どもだとか貧相だとかなんて、見りゃわかるだろってこと話されてもつまんないじゃないですか。もうちょぃひねりとかキレがないと……全員見事におっぱいおっきかったんで見蕩れちゃってたし……」

「えぇぇぇ……」

「和葉ちゃんが、おっぱいっていったー！　おっぱいだってー！」

きゃーっとほっぺたに両手をあててくねくねする礼くんの真似して、きゃーと頬を押さえてみた。男の子はみんな好きだよね！　翔太君は実に残念そうな顔してるけど。

「こいつがその手のことで怒らねぇのは今更だろ。確かに全員乳でかかったしな。氷壁の趣味なんじゃね」

「なっっ違いますからねっカズハさん違いますから！　たまたまですよ！」

「え、ええ、そんな強調しなくていいですよ……大きかったですけど」

「ザザさんおっぱいすきなのー!?」

礼くんの天真爛漫攻撃が炸裂した！

「――ちがいますって!!」

「そうよねぇ。ザザは見た目にはこだわらないわよ」

「エルネスさんって、ザザさんのモトカノみんな知ってるんですか」

あやめさんがきらきらの目でエルネスを見つめるけど、どんなとこでも美点に変換できるあたりがぶれなくていいよね……。

「当たり前でしょ」

「なんで当たり前なんですか！」

「ザザの出す条件は『会うのは月二回のみ』だけだもの」

「「えっ」」

「うわあああああ！　なんで！」

「あんたいい加減諦めなさいよ。付き合い長いやつはみんな知ってるんだから」

うんうん。それに騎士団情報ネットワークだけではなく厨房マダムたちからも聞いてる。人気者はつらいですな。

そしてザギルがおもむろに勇者陣の顔を見渡して、へらっとまた意地悪な顔で笑う。

「氷壁よ。よくわかんねぇけど、乳でかいのが好みって言っておいたほうがまだマシだったんじゃねぇの？」

「――べ、別に条件ってわけじゃ」

「休みの日にしか時間つくらないって聞いてたけど、もっと少なかったんですね」

「カ、カズハさんなんで……神官長！　またあなたですか！」

「ちがうわよー有名なだけよー」

「うふふ。私とは三日と空けずに会うって言ったら、あの人たち悔しそうにしてたー」

「あ、ちゃんと反撃してたのね」

ちょっとほっとしたような顔するあやめさん。ほんっとかわいい。そんならいいのよなんて腕組みしちゃったりしてるし。

「ばっちりですよ。途中で笑っちゃって離脱しましたけど」

「笑ってって」

「だって、ぐぬぬって顔するんだ、も、ふっ……だめ、ちょっと思い、だし」

まさかリアルでそんなぐぬぬ顔を拝めるなんて思わなかったから耐えられなかった。思いだすと今もわき腹がつらい。

「……そ、それならいいけど。というか、私たち和葉と付き合ってるザザさんしか知らないから月二回って意外。しかも条件提示」

「……別に条件って明言したわけじゃないですって。そのくらいしか時間つくれないって前もって言うことはありましたけど」

「つくれないいんじゃなくてつくる気なかったんでしょうが」

「今よりももっと忙しかったってわけじゃなくてですか？」

「そっそ。仕事のほうが面白いから。そのころのザザ知ってる面子からしてみたら今のザザは意外どころじゃないわよ」

今度はエルネスにザザさんがぐぬぬ顔してて、もう私はだめだ。わき腹がけいれんしている気がする。

「僕学習したよ」

「どうした翔太」

「付き合う人はやっぱりちゃんと選ばないと駄目。後で付き合う子が困る」

きりっとそう決意を新たにする翔太君は、もしかして一番イケメン素質高いのかもしれない。ソファにめり込んだザザさんを見て笑い袋になった幸宏さんを「幸宏さんも気をつけたほうがいいと思う」と切って捨ててる。

「まあ、あの女たちなら月二回でもいらねぇなぁ。どうしてもっつんなら一回つまないでもねぇけどよ」

「どこまでも上からくるね」

「ああいう無駄に気位だけ高い女は感度悪くてつまんねぇ上にめんどくせぇからな」

「ほんとどこまでもサイテーだね!?」

「翔太！　俺らあれよりましだろ!?　なぁ!?」

「ユキヒロ。勝手に僕とまとまらないでください」

「ひどい！」

「幸宏さん、下をみたらきりがないんだよ」

「ひどい！」

いつも通りにそんな感じでわちゃわちゃして、テーブルにあるクッキーやら軽食を食べ散らかして。

さて、と、ザギルがクッキーの粉がついた手を払いながら立ち上がって私の鼻を軽く弾いた。

「ちょっと出かけてくらぁな。あんま調子のって魔力使うなよ」

「ふぅん？」

「――んだよってぉお!?」

隣の椅子に座らせてその膝に乗り上げ、思いっきり重力魔法で加重した。秘技こなきじじぃ！

「おまっ、重っ！　おっも!!」

「どこ行くのか教えて？　お願い」

飛行訓練を渋るザギルとザザさんを説得するときに幸宏さんが教えてくれた攻略法。小首かしげてわずかに上目遣いからのお願い。前回は効いた。なのにザギルからは鼻の根元にしわを寄せた嫌そうな顔しか返ってこなかった。えー。

「――てめぇ、それ前にもやったな。誰の入れ知恵だ？」

「幸宏さん！　まさかの初回限定だったよ！　だめじゃん！」

「ばらすなって言ったじゃん！」

エルネスの後ろにささっと回り込みながらも顔だけ覗かせたあやめさんを、きろりとザギルが睨みつける。

「――おう、姉ちゃん、チクったな」

「け、ケダモノを野放しにすんなって飼い主に言っただけだもん！　言わないなんて約束してないもん！　ばあああか！」

「ほんっと覚えてろよてめぇ！」

「はいはいはい。ツンデレツンデレ」

両手でザギルの顔を挟んでこちらを向かせた。もー。ほんとにこの二人はー。

「あんたが大怪我してはこそこそ回復してもらいにくるんだから、あやめさんだって黙ってられるわけないでしょうよ。こんなかわいい子に心配かけさせるんじゃない」

結構前から、ぼろぼろになってはあやめさんに治療してもらいにくるのを繰り返してるって話は聞いていた。

戦闘力の高さは勿論だけど、逃げ足も速いザギルをそこまで追い込める相手や場面なんてそうはない。なのに、どうしてそんな怪我をしたのかも言わず、怪我したことすらもあやめさんに口止めしていた。医療院付きの医者や神官では追いつかないレベルの怪我を負ってるくせに、こそこそと回復を頼みに来るザギルのことを、あやめさんは涙目で告げに来たのだ。

『聞いてないの？　止められないの？　ねえ、和葉、あいつ死んじゃうんじゃないの？』

そう鼻をすすりながら訴えた。

危険が迫っているのなら、警告を出すはず。ならば、迫る危険ではなく、わざわざ危険地帯に自ら踏み入っているということだ。

「あんたのやり方に口出すつもりもないし、そうするのは必要だと思ったんでしょ。だから様子を見てたんだけどね。怪我もぎりぎりを見極めて撤退してるんだろうし」

「……だったらそれでいいだろうがよ」

ザギルは嘘をつかない。大切なことを黙っていることはあるけども。約束だって破らない。できない約束はしないだけ。

チンピラ紛いの振舞いばかりしているくせに妙に義理堅くて、契約は破らないという自分ルールを頑なに守ってる。

脳みそまで筋肉に見えるのと裏腹に慎重派で、自分の行動の先に何が起こるかを常に把握しようとする。それはそうしないと生き残れない育ち方をしたからだと本人は言うけれど、ほらツンデレだから。今となってはその能力を、自分のためだけではなく私たちの安全のために使っているから。

「あぶないとこなんでしょう？　じゃあぼくらを連れてけばいいのに。ぼくら強いもん」

生キャラメルを包み紙からはがして口にいれた礼くんが、こともなげに口をはさんだ。天使。そりゃあザギルの眉だって下がるというもの。

「……お前らほんと情報屋の意味わかってねぇ……っ、本隊が真っ先に突っ込んでどうすんだよ」

「失敬な。ちゃんとわかってますぅ。でもあれでしょ。あんたがそこまで無理するってことはモルダモーデ絡みなんだよね？　主の獲物を横取りしちゃ駄目でしょう」

「――氷壁。お前の女だろうよ。なんとかしろ」

お前のオンナ！　うきゃっとつい弾んじゃったのが顔に出たのか、眉の下がったザギルの顔がさらにものすごく残念な顔になった。そしてザザさんは渋苦い顔をしてる。

「止められるものなら止めてる。……止めて陰でこそこそされるより目の前で見張ってたほうがまし。そういうことだ」

なんだろうな。前にそのフレーズ聞いた気がするな。なんでそんな共通認識みたいなことになってるんだろう。


あやめさんにザギルの話を聞く前から、私たちはひっそりと情報収集を重ねていた。ちょうど城内への出入り規制が緩んだことだし、今日は幸宏さんが研究所のツテを使って呼んだ人と親睦を深めていたわけだ。世間を広く学ぶことは勇者に与えられた特権だからね。有効に使わせてもらった。廊下でのアイコンタクトからして予想通りの答えを得られたのだろう。

場を仕切り直すべくお茶のお代わりを用意する私を見て、幸弘さんは「えっ俺？」って顔してきたけど、話聞いてきたのはあなたでしょうって私も顔で語ってかえした。

「あー、長命種ってほんとに長生きなんすね。さっき会った人、御年百六十二歳って話だけどなんならエルネスさんより若々しかっ「は？」あ、ごめんなさい」

「……ユキヒロが呼んだのは混血の私と違って純血のドワーフだからね。長命であればあるほど若い姿でいられる期間は長いものよ。というか、彼が作るネジに興味があるって話だったと思うけど、そうじゃなかったのかしら」

「それも勿論きっちり！　あの見事な仕上がりのネジにふさわしい職人っぷりだったっす！」

眉毛を片方だけ上げたエルネスに、幸宏さんが背を正した。

「でもそれだけじゃなくて、百五十年前の勇者を直接知る人に話を聞きたかったんです」

困惑に目を交わすエルネスとザザさんに最近調べていたことと、その結論を報告する。それがこの執務室に集合した理由だ。そしてこれはザギルのお出かけの理由にもつながるのだろうと思う。

「……勇者陣の秘密を教えてくれるって流れでいいかしら」

「秘密っていうと語弊があるかな……不確定な情報は無闇に流せなかっただけだから」

「ユキヒロ、それは知ることで僕らがあなたたちに対して何か変わるかもしれないからってことですか」

「いやいや、そういうんじゃないっすよ。話したところで、ザザさんたちが俺らを変わらず大事にしてくれることがわかってるからこそっす。でもモルダモーデは過去の勇者の成れの果てで、俺らも魔族になるかもしれないなんて可能性は、できるだけ小さく潰してから話したかったんです」

幸宏さんのプラズマシールドは、衝撃波だけでなく魔法攻撃は勿論、物理攻撃も通さない。

何度も実験したのだから確かだ。

弱点はただひとつ。勇者の顕現武器だけはプラズマシールドを破壊できる。

ふざけてじゃれあってた時にわかったことだったから、たまたまザギルはその場にいなかったし私たちもすっかり忘れていた。だって私たちが幸宏さんのプラズマシールドを破壊するなんて事態はありえないし、それなら大したことじゃない。

私の左腕を切り落とした時、モルダモーデそっくりのあいつらのレイピアは確かにプラズマシールドを切り裂いた。

その時ですら気づかなかった。気づいたのは襲撃の後始末がついてしばらくたってから。まさかと思うのと同時に、鞘すらもっていなかったのに突如としてレイピアが顕れたことに驚いたのを思い出した。

私たちが中空から武器を顕現させるのと、全く同じ現象だったじゃないか。

思い出してみれば何故すぐに気づかなかったのか不思議なほどだ。

前線がある程度落ち着けば、国外へ旅立った勇者もいるとエルネスが教えてくれたのはいつだったか。

私は食材や調味料を探していけば自然と勇者が持ちこんだ文化も遡ることになったし、幸宏さんは技術が持ち込まれたものかそうでないかと検証していくうち過去の勇者たちのことも調べるようになった。

召喚された勇者陣のうち何人かは国外に旅立ったとされ、その後の記録はほとんど残されていない。それはどの代も、どの国でも同じだと気がついたのは割と早い時期だったと思う。今の私たちと同じく大切に扱われていたのであれば、それはちょっと不自然だ。全く戻ってこなくなるような原因が召喚国にあったのならば、それは反省点として文献に記されているんじゃないだろうか。少なくともエルネスなら過ちを次代が繰り返さないようにする。

勇者の武器や固有魔法についてのマニュアルもあるのに、肝心の成熟について文献が残ってないのは何故なのか。歴代の勇者たちの内面が語られたものはほぼ残っていない。それは前にも気づいていたし、ザザさんやエルネスたちの私たちへの接し方を考えれば不思議なことではなかった。大切な人が抱えた絶望を、不特定多数に語り継ぐようなことは避けるだろう。

ただ、もしそうだとしても勇者たちの名前や容姿まで記されていないのは少し変。

召喚国で家庭をつくり骨を埋めた勇者たちのことは、その人生の足跡が大雑把ながらも残されている。

それなのに旅立った勇者たちのことは、旅立つ以前のことまで遡って消したかのように語られていない。

勇者はいた。けれどその勇者の個を示すような情報は、選んだかのように抜き取られている。

例えば私が召喚国に生涯残っていたのなら【十歳前後の容姿の女性、食文化・舞踊芸術方面で貢献、重力魔法を固有し、顕現武器はハンマー】程度の情報が記されていて、国外に旅立ったとなれば【女性、食文化に貢献、固有魔法をもつ】くらいまで情報がそぎ落とされている。

だったら当時生きていた人に話を聞いてみようとなったわけだ。

私も今日までにバレエを習う神官のツテを使って二人ほど長命種の人に会ってみていた。ハズレだったけど。幸宏さんが話したネジ職人は、親しかったとわけではないけれど夜会で会話したことがあると、懐かしそうに誇らしげに語ったらしい。

穏やかで物静かな印象の青年。その印象だけなら首を傾げるところだけれど、蒸気機関を取り入れたその人の顕現武器はレイピアで、薄茶の髪に魔色は金だったはずだという。城に勤めていた侍女と交際していたからてっきり永住してくれるものだと期待していたのに、彼は旅立ってしまったと。

職人が語った彼の名はジョゼフ・M（モルダモーデ）・スレイ。記録では「男性、蒸気機関を導入、固有魔法もち」となっている。名前は他の勇者と同じく記されていなかった。

勇者の絶望を知っていて当然だ。彼はいわば私たちの先輩だったのだから。

「——なによそれ。勇者が魔族になるような、この国を攻撃させるようなことをしたってこと？　私たちは、私が守ってきた約定は」

「違うよエルネス。この国が何かを勇者にしたとか恨みを買ったとかそういうのじゃないんだと思う」

「だってそれじゃなきゃ」

「それなら滅ぼしてるよとっくに。私ならそうする。できるから」

暴走する前に自分を殺さなくてはならないと思うくらいに、私の力は凶悪だ。そしてその私よりもモルダモーデは強い。

なのに、滅ぼすことなく侵すことなく前線で遊んでいる。腹立たしさでいったらザギルの上をいくだろう。

「残った勇者とも話したことあるって言ってましたよ。ジョゼフはアレだからなぁって笑ってたそうです。円満に旅立ったらしいっすね。記録に残ってないのはそれこそ『勇者の意思』を当時の関係者が尊重してくれたんじゃないかなぁ。エルネスさんたちみたいにね」

「……じゃあなんで魔族になんてなったんだよ」

幸宏さんの推測が不服だとばかりに問うザギルに、私が答える。

「それはちょっと当人に聞かなきゃわかりそうもないね。不可抗力かもしれないし、そうしたくてそうしたのかもしれないし。ただまあ、私のことを欲しがったたってのは、魔族にしたいって意味だったのかもね。あんたが怖がってたのはそれでしょう?」

「怖くねぇわ!」

ぐわっと噛みつくように叫ぶけれど、いくら『聞かれてねぇし?』が得意技のザギルでも、ひどい怪我を何度も繰り返してまで黙っているのは理由があったはずだ。私たちの能力を十二分に知っていて、それでもなおというのなら、タイミング的に襲撃の時にザギルも私たちと同じく何か気づいたからだと思った。

「ザギル、ぼくらは魔族になんないよー和葉ちゃんも城にいるほうが楽しいっていうしー」

礼くんがザギルを覗き込んで頭を撫でて、ザギルはやめろクソガキって牙見せながらもその手を払わないから笑う。

「しかしあんたもよく気づいたね。私らだって今でも半信半疑なのに」

「……お前らの魔力の質が似てんだよ。俺な、常に調節してねぇと他人の顔が見えねぇんだ」

諦めにぐったりと脱力してザギルが話しだすと同時、エルネスがメモを構えた。

「詳しく。味じゃなくて？」

やっぱりぶれない。

「普通は魔力が曇ってて邪魔だから調節しねぇと見えねぇ。でもお前らは違う。色はついてっけど透明で顔がちゃんと見える。調節しなくてもな。モルダモーデにやられたとき、俺死にかけたろ。調節なんてする余裕がなくなってたはずなのにヤツの顔が見えてたって思い出したのが、こないだの襲撃の時だった。お前が顔布の下が見えたって言ったから。今じゃ無意識に調節してっから気づくのが遅れた」

「見えすぎちゃって困るの～ってやつなのねぇ」

「なんで歌う」

なんの歌だっけか。忘れた。

「まあ、とにかくですよ。まずはザギルが通ってたところに行ってみるってのはどうでしょうね。お弁当もつくりますし！」

ダダダダンジョンでGO

　ザギルが死にかけたモルダモーデの来襲の夜から、古代遺跡の隠し扉は開かなくなっていた。言葉通り受け取るのなら、あいつはリゼを回収にきていたのだし、リゼがいないのなら開かないのももっともだと納得していた。エルネスはまだ調査が進んでいなかったのにと悔しがっていたけれど。

「どうして開くのよっ、なんで開けられるのに言わないのよっ」

　ザギルが呪文を唱えれば、開かなくなっていたはずの古代遺跡への扉が開く。それを見てエルネスは両手で頭を抱えて絶叫した。

「……知らねぇよ。試してみたら開いた」

「あんた私がどんだけこの中を調べたかったと思ってんの!!　信じられない！　なんで言わないわけ！」

「聞かれてねぇし」

「あんたはいっつもそれよ！　いっつもそれ！　空気読みなさいよぉおお！」

　古代遺跡に入れなくなれば、当然ヒカリゴケの新たな採取ができなくなるわけで。手元に残った分だけのサンプルを大事に大事につかってたからね……。

三人横に並ぶのがやっとの石壁とヒカリゴケの通路を、オレンジ色のランタンの灯りが照らす。研究所員がまだ入っていけてなかった深部にまで来たのだけど。

「……くっ、げ、んきだせって。あやめ」

「もううるさい！　笑ってるし！　幸宏さんのばか！」

今にもこぼれ落ちそうな涙を湛えて叫び盛大に鼻水をすするあやめさんは、その勢いとは裏腹にちんまり翔太君のジャージの裾をつまみながら進んでいた。

先頭はザギルとして前衛に礼くん私。最後尾にザザさんと幸宏さんを配置して、間にエルネス、翔太君、あやめさんの並びだ。

私が捕らえられていた部屋の先の通路には、トラップも魔物も盛りだくさんに配置されている、はず。

けれどザギルの指示通りに進んでいけば、それらにひっかかることがなくて、本当に配置されているのか不思議になるほどだった。

「あ、あんなにかわいいのに。や、やっと抱っこできた、のに」

「あやめさん。憧れってね、遠くにあるほうがいいこともあるんですよ」

「……きっと臭くない種類のだってどっかにいるもん」

「どうなのエルネス」

「過去報告にはないわね」

「探すものおおおおお！」

「愛深いなおい」

スライムは足が速い。警戒心も強い。だから討伐遠征の時に見かけても近寄れたことはなかった。ところがこの古代遺跡では狭い上にあまり隠れるところがないからなのか、それともそういう習性の種類なのか、逃げないスライムがいたのだ。ちなみにスライムは魔物カウントじゃない。襲ってこないから。

きらっきらに瞳を輝かせて、抑え込めてない興奮をにじませて、じりじりと手を伸ばして、満面の笑みで抱き寄せたあやめさん。まさに天使のようだった。

なのに、抱き寄せた瞬間、悲鳴と共に振りかぶって遠投してた。天使の笑顔も一瞬。

エルネスとザザさんがやけに言いにくそうに止めようとしてるとは思ったんだよね。

スライムって種類にかかわらず、軒並み臭いらしい。生ごみと排泄物と腐敗物を全てミックスして香水の原液をぶっかけたような刺激臭だとのこと。触る前にわからなかったのかってなるけど、どうやら触られて初めてその臭いを醸すんだとか。

もしかしてこの古代遺跡のトラップのうちのひとつなのかもしれない。ひっかかるのはあやめさんだけな気がするけど。

幾枝にも分かれる石壁の通路を迷いなく進んでいくザギルの手はがっちりと私の襟首を掴んでる。

「……ねえ、そろそろ手離してよ」

一瞥して鼻を鳴らすザギルはやっぱり手を離してくれない。

「触んなっつうのがわかんねぇ馬鹿を野放しにしたらこっちが死ぬわ」

「もう触んないっていってんじゃん！」

スライムの臭さに嘆くあやめさんがやっと気を取り直して、よーし先進むよーって元気よく、力強く一歩前へと進もうとして。

ヒカリゴケの灯りが妙に瞬いて見えた部分に、つい気をとられて。

壁には一切触るなと言われてはいたのだけど、あまりに何事もなく今まで通過してたものだからすっかり遠足気分になってしまっていたことは否定できない。

それに、こう、触っちゃダメとか、そっち行っちゃダメってわかってるのにふらふらーっとすることってあるじゃないですか。

なんだこれ？　って、瞬いたように見えた部分に無意識で触れてしまった瞬間、足元の床が同時に消えた。通路の床全体ではなく、大人一人分くらいの穴がすこんと開いたのだ。さすがダンジョン。

まあ重力魔法で自分を即座に浮かせたのだけども、ザギルが私の首根っこを掴んで、ザザさんの石壁が蓋をしたほうが早かった。二人とも反応速度半端じゃない。開いた穴の底は真っ暗で見えなかったけど、穴の壁面からクモの巣のように上を向いた刃が幾本も渡っていた。……さすがダンジヨンである。

　めちゃくちゃ怒られて、ザザさんにはもう抱きかかえて進むって言い張られて、視野やフォロー範囲が広い彼の片手を塞ぐのは駄目だって却下になって。で、今の首根っこ摑まれる体勢に落ち着かされた。

「ねえねえ、ザギル、次押してもいいボタンあったらぼくに押させてよ」

「ああ？　いいけどよ……なんでだ？」

　トラップの他に、石壁の一部みたいに偽装された隠し通路が開くボタンなんかもあったりして、それすらも把握してるザギルに礼くんがおねだりする。

「ボタンあったら押したいもん！」

「わかる」

「ほんと反省しろやお前」

　いや押したいでしょうそれは！

「――っと、小僧、わかるか」

「うん……マンティコア、かな。あの角の先に一頭」

「おう、よくできた。そこまでの通路にトラップはない。やれ」

　ザギルの号令で飛びだした幸宏さんがマンティコアの気を引き、通路に姿を見せる獣の背後をとった礼くんが尾を切り落とし、至近距離で発動した魔法矢が眉間を貫いた。

「さっすが勇者サマ。楽勝だな……ひたすら掃除してた苦労が泣けてくるわ」

「離してくれたら私だってできる」

「うるせぇ」

「掃除？　トラップ用の魔獣とは別物ってことか」

「だな。トラップで出てくるのは大体魔物だ」

「その違いは？」

マンティコアがいた先の通路の暗がりをランタンで照らしながら問うザザさんに、ザギルが答えて、幸宏さんが続けて問う。

「トラップで出てくる魔物はどっかからまた補充されてきてるらしくてな。時間をおけばまたトラップが有効になる。魔獣は通路でうろついてるけど、そいつらは潰せばもう出てこねぇ。……これでもかなり減らした」

「怪我はそのせいか」

「……いくら俺でも魔獣は勇者サマほど瞬殺できねぇし」

「なんでまた一人でするかなぁ。俺ら連れてくれれば探索も通路のマッピングも楽だったろうに」

転がるマンティコアの首を念のために落としてから、それを脇に蹴ってどかす幸宏さんが呆れ声を出した。

「俺ァ、基本つるんで動くの慣れてねぇんだよ。気が散って効率が落ちる」

「ほんっと、ツンデレ極めてんね」

「だからそれなんだよ！　意味わかんねぇけどむかつくっつの！」

苦笑する幸宏さんに、くすくす笑う翔太君。ザザさんとエルネスまで肩を竦めてる。

気が散るってことは、気を回してるってことだからね。単独行動のほうが慣れてるってのも本当ではあるんだろうけど、私たちの安全に気を配りきれないから連れてこなかったし、魔獣を掃除してたのは私たちが来たときのためなんだと思う。

「で？　そろそろ教えなさいよ。どうして探索しようと思ったの。私の研究班が探索してるときには興味なさそうだったじゃないの」

「……このもう少し先に広間がある。そこまで行くぞ」

ザギルの示した広間には通路と隔てる扉はなくて、私が捕らわれていた部屋のように家具なんかもなくて。直径五メートルほどの魔法陣らしきものが薄ぼんやりとした光で床に描かれていた。

「踏むなよ。それだけで発動する」

「……私たちが召喚されたときの魔法陣に似てる、かな？」

「似てるけど召喚陣ではないわね。……転移、かしら。文献に残ってるのと合致する部分がある」

転移や召喚の魔法陣は、完全には解明されていない。古い文献に部分的に残されているだけで、勇者召喚の陣も描いたものが誰なのかわからないらしい。

エルネスとあやめさんは魔法陣を猛然とメモに書き写し始めてる。

「ここな、真上は訓練場の横にある森だ。ちょうど城を襲った魔族や魔獣が現れたあたりになる」

「え、なんでわかるの」

「んあ？　今いるとこが地上のどのあたりかわかんなきゃ探索になんねぇだろよ」

「「……は？」」

「んだよ」

「え？　え？　この坂あり階段ありの入り組んだ迷路を地上の位置関係と連動させられんの？　3Dで把握できるってことかよ」

「すりーでぃーってのは知らねぇ。一人で集中しながらじゃねぇと無理だけどな。前はロブやヘスカが邪魔だったたっつったろ。でなきゃてめぇがどこ歩いてるかくらい覚えられるわ普通に」

「いや普通じゃないよ!?　なにそれほんとチートだな！」

トラップの位置を覚えてたり、無効化させたりするためには、探りながら見つけて、なおかつ一度発動させなきゃいけないわけで。現れる魔物やうろついてる魔獣を排除しつつ正しい道順を見つけ出して、それをメモとるわけでもなく全て記憶した上で、地上との位置関係まで連動させているとか。

勇者いらなくねぇ？　って呟く幸宏さんに力強く頷くしかない。

「この魔法陣を踏めば、真上に転移する。あいつら突然現れただろ。これ使ったんだろうな。単独でモルダモーデが出てきたときもそうだ。……前にお前が見つけたガラクタの光もそのあたりに最初現れただろ？」

「……確かに」

「どうやって確認した。自分で陣を踏んだのか」

「その辺にいた魔獣ひっぱってきて踏ませた。真上に魔力が移動したのがわかったから、俺も陣踏んで追っかけて始末した。うろついてる魔獣は、城を襲って来た奴らの残りだな。制御してる魔族が消えたから遺跡の中で散って、はぐれになったってことだ。だから始末さえすれば増えねぇ、と」

「え、ザギルさんここから地上を感知できるの？　僕、なんか感知範囲狭くなってきてるんだけど」

「俺もなってるぞ。ヒカリゴケの魔力が邪魔だからな。でもまあ、あたりをつけて集中すればなんとか追える」

「えー……」

翔太君はぎゅうっと眉根を寄せる。鼻の穴も開いててちょっと笑いそうになった。

「制御の熟練度次第だな。鍛えな」

「鍛えてなんとかなる気しないよ……ザザさんやエルネスさんはどう？」

「うーん……多分無理ですね。そもそも地上からここまでの距離が僕や神官長の感知範囲を超えてますし」

「えっ、ザザさん深さはわかるってこと!?」

「大体は。さすがに地上と位置関係を連動させるまではできませんよ。本当に腹立たしい」

「幸宏さぁん……」

「うん。わかるぞ翔太。なんかアイデンティティ揺らぐよな……」

「も、もしかしてエルネスも遺跡内の位置関係とか歩いてるだけでわかるの？」

「は？　できるわけないじゃない。野獣たちと一緒にしないでよ」

「あ、よかった。こっちではそれが標準なわけじゃなかったんだ……」

魔法陣を書き写し続けるエルネスにさらっと流された。そうか。野生の力なのであれば私たちがわからなくても不思議はないのかもしれない。

「なんかこいつと一緒にくくられてる気がするんですけど、僕のは訓練の賜物ですからね」

「遺跡の中そんなに探索することあるんですか」

ここ以外にも国内に遺跡はあるけれど、それらにはヒカリゴケとか呪文の仕掛けとかはないって聞いてる。

「遺跡に限らず、洞窟内とか色々ありますから」

よし、とメモを閉じたエルネスが、ザギルに片眉をあげて視線を送った。さっきの「何故探索しようと思ったのか」の答えを促してる。

「あーっとだな……おい、何してんだ」

「え、そろそろお茶しようかと」

背負ってた荷物を降ろして、魔法陣を踏まないように敷物を広げてたら礼くん以外の全員に微妙な顔された。何よ。ちょっと話長くなりそうじゃないの。

かちゃかちゃと軽い金属音を鳴らし、持ち運び用にコンパクトに重ねられるマグカップを敷物の上に並べていく。

「ティーポットまでかばんに入ってたんですね……」

「和葉、私紅茶がいい」

「ありますよー。お湯お願いします」

「和葉ちゃん和葉ちゃんおやつある？」

「チョコファッジとナッツタルトあるよ」

「チョコがいい！」

水は魔法で出せるからね。こちらの世界のアウトドアは荷物が少なくていい。みんながいそいそと落ち着き始めてるのに、何故かザギルは所在なげな顔してて。

チョコファッジを差し出して、いらないの？　と首を傾げて問うてみたら、「……いる」と不貞腐れたように受け取った。いるんじゃん。


「襲撃してきた魔族よ、モルダモーデと同じ顔だったんだろ」

「うん」

あの顔に意表を突かれて腕を切り落とされたことは、当然みんなに話してある。顔布の下は私以外誰も見てはいなかった。

みんな思い思いの場所に陣取って、紅茶やコーヒーで寛いでる。寛ぎすぎじゃね？　遠足すぎじゃね？　って幸宏さんがさっき呟いてた。何気に一番常識人。

「でもあれは当然モルダモーデじゃねぇ。あいつは馬鹿馬鹿しいほどの再生力はあったけど血は通ってた。なのに襲撃してきた魔族は粉になって散ってっただけだ」

格が違うって言ってたし、北の前線に出てたような魔族はあれと同じなんだろうとか、そのあたりの推測は前にも話し合ったことがある。魔族を殺すには殲滅魔法なりで消し飛ばすしかなくて、その消失を視認できたことはなかったらしい。

「その粉がな、あれだ。あのガラクタ、リゼが回収されていったとき、残されてた残骸。あれを拾ったとき、魔力の消える瞬間が見えたっつったろ。あのときと散り方も光り方も、同質といっていいくらいによく似てた。全く同じってわけじゃないんだが……ああ、説明しづれぇな」

「そうね。その残骸は調べたけど、ヒカリゴケとは違った。まあ、ヒカリゴケそのものがなんだかわからないままなわけだけど」

「……兄ちゃん言ってたろ、ナノなんとか?」

「あー」

困り顔で頭をくしゃくしゃ掻く幸宏さんは、わかるわけじゃないってエルネスさんにも言ったけどさ、と続ける。

「ヒカリゴケは生物、じゃないと思うよ。俺らの世界でいうナノマシンに近いんじゃないかな。えーと、すっごく大きな括りで言えば蒸気機関みたいな、機械、だよ。作られたものってこと。でもいわゆる勇者の知恵由来じゃない。俺らの世界でもあんな技術はないからね」

「例えば色でいうならよ、ヒカリゴケを青として、残骸が散った時には青と黄色、あの魔族が散った時には青と赤、みたいにな、ヒカリゴケの魔力の他に別の魔力が見えた。それこそヒカリゴケを土台にしてつくられたようなものっつかな」

「リゼはオートマタ、作られた人形、で、ヒカリゴケと同じ色の発光をしてた」

把握済みのヒカリゴケとリゼの共通点を口にすれば、それはザギルの推測に添う内容で間違いなかったらしく、ヒカリゴケと魔族との繋がりが語られる。

「俺ァ、モルダモーデの魔力も、あの魔族のも喰ってる。同じじゃないけど似てた。あの魔族は、モルダモーデとヒカリゴケを材料にしたオートマタだったんじゃねぇかって思ったわけだ」

確かにあいつらの動きは定型的だった。

リゼは元々古代文明の技術で作られたオートマタだって話だから、同じようにあの魔族もオートマタなら古代文明の技術だってことだし、幸宏さんの言うとおり私らの知識の外にあるものだ。推測でしかなくても、可能性としてはありだと思う。

「あの魔族とヒカリゴケが関係してるなら、この古代遺跡も魔族が深く関わってる。もともとあのガラクタがここを操作できるって時点でわかっちゃいたが、関わりの深さが違うだろ。あるものを使ってるどころか、魔族の材料そのものなんじゃねぇかってのはよ。ヒカリゴケの研究は神官長サマらがしてるし、俺が手ぇ出してわかるこっちゃねぇ。でもここの探索なら俺ができる。だから試しにやってみようってな。ほんとに開くとは思わなかった」

「だからぁあ！　なんでその開いた時に教えてくれないのよ！　あんたはいつもいつもいつも！」

「俺だってわかんねぇからだ」

ザギルの顔はいつもの不機嫌顔ではあるんだけど。そういう意味ではいつも通りではあるんだけど。ああ、なるほど。さっきから変な顔してるなって思ってたら。

「あんた、自分が扉を開けられる理由がわかんなくて不安だったの？」

「は!?　薄気味わりぃこといってんじゃねぇよ！　なんだそれ！　中途半端なネタ流せねぇって話だろうが」

「そっかそっか。これは後でって思ってたんだけど、よし、羊羹(ようかん)あげようか」

「違ぇ！　くそが！　頭撫でんな！」

「食べないの？」

「喰うわ！」

笑い転げてる幸宏さんに剝いた保存用フィルム投げつけながら、もっしゃもっしゃと羊羹齧りだしたザギルにお茶のおかわりを注いであげた。

「……やってみたらできたってのは、お前の定番だろうが。今更だ」

「まあ、そうよね」

ふん、と鼻を鳴らしたザザさんと、すまし顔のエルネスに、ザギルは舌打ちしてみせた。

「てめぇらがそんなおめでてぇこと言ってどうすんだよ。勇者付だろうが」

「何が？　駄目なの？　ザギルがそうなのは今更だなんてその通りじゃない」

「だよね」

「ぼくも羊羹食べたい」

両手で紅茶のカップをもって、こてんと首を傾げるあやめさんの愛らしさよ。翔太君まで同じように首を傾げててかわいさ倍増してる。礼くんに羊羹をひとつあげる。どうしてこううちの子たちはかわいい子揃いなんだろう。幸宏さんが笑いをおさめきれてないままに、あやめさんたちに答えた。

「ザギルはさ、警戒しろって言ってるんだよ。ザザさんたちの役割が俺らの警護と教育だから」

「何を？」

「誰も開けられないはずの扉を開けられて、敵陣、まあ、こうして寛いでるけど謎の多い危険地帯に誘導できるなんてさ。罠だと疑われることもあるっていうか怪しまれかねないっていうかね」

「ザギルが？　ううん？　ザギルがザギルのことを疑えって言ってるの？」

「兄ちゃんうっせぇ」

「そっそ。ツンデレツンデレ」

「ほんっとそれむかつくな！　ぐぁああ！　撫でんな！」

後頭部撫でてあげたら吠えられたけど、振り払わないあたりがもうツンデレ言われてもしょうがないと思う。翔太君とあやめさんが納得顔で頷いて、礼くんは私の真似してザギルの頭撫でて。ザギルはがっくりと肩落として、ひどく大きなため息をついた。

「全く同じ魔法陣の広間がここの他に四か所ある。全部真上の地上に転移するやつだ。俺が探索終えたのは大体王都と裏の森全域の地下にある分。それ以上外へと延びてる通路はまだ行けてねぇ」

「広いねぇ」

「そりゃ俺がロブたちと最初にここまで来るときに使った入り口自体、結構遠いところだかんな」

「そういやそうか。徒歩で一日半かかるとこって言ってたっけ」

「真上の地上に一方通行とはいえ転移できる魔法陣があるんだ。この近くまで北から魔族が徒歩で来るわけねぇだろ」

そりゃそうだ。魔獣大量に引き連れて徒歩で遠足とかないな。

国内にある様々な古い建物にはよくいると言われているゴースト。その全てがリゼではなかろうが、王城に現れたのと同じように、地下に遺跡があり建物の内部につながる通路なりがあったのかもしれない。

モルダモーデと初めてまみえたあの森は、王城から馬車で数時間ほどの場所。あの地下にもこの古代遺跡とつながる道や転移陣があるのだろう。だから唐突にあの場に現れた。どうかすると遺跡の道は北の前線を越えていくほどに張り巡らされているのかもしれないが、外につながる転移陣を設置してるのに、直接遺跡の中にショートカットで跳べる転移陣をもってないと考える方が無理がある。

大陸中にあるといわれる古代遺跡。魔族はそのどこにでも姿を現すことが本当はできるのだろう。今までやらなかっただけで。……前線を押し下げてこないのは当然だ。陣取りなどなんの意味もない。いつだって魔獣を従えた軍団を大陸中どこにでも放り込めるのだから。

なんて傲慢かつ不遜な輩なんだ。魔族だか魔王だか知らないが鼻っ柱をめりこませてやりたくなる。

「見つけたの？」

「ここは違う魔法陣のある広間が、このもう少し先にある。他の転移陣と同じように魔獣ひっぱって陣踏ませたけど、どこに出ていったかは感知できなかったから、俺もまだ踏んでねぇ。一応王都周辺全域の地上確認したけどいなかった」

「魔族の拠点、なんなら本拠地行の魔法陣かぁ」

「可能性は高いな。跳んだら魔王とご対面かもしんねぇぞ」

「あんたはそれを一人で試すつもりだったわけだ」

ここの探索のことだけではなく、この先にあるだろうことまで黙ってて、そしてきっと一人で進むつもりだった。

「試さなきゃわかんねぇからな。わかったとこまでは全部記録してるし図面付きで残してある。俺が戻らなかったら氷壁んとこに届くように手配してあった」

「なんでザザさん宛!?　そこは私宛じゃないの!?」

おかしくない？　主なのに！

「……お前地図読めんのか？」

「読めるわ!!」

「どこに出るか次第だけどな、情報持って帰ってこれる確率が一番高いのは、俺が一人で調べにいくことだ。――どうすっかお前らが決めな」

お前らが、と言いながら、ザギルはザザさんへと視線を定めている。一人で行こうとしてたくらいだもの。私たちを連れていくのは反対なんだろう。間違いなく反対派に回るであろうザザさんに指揮を委ねるのは自然といえる。

　ザザさんはその視線を真正面から受け止めて、何の表情も見せずに騎士団長の顔を崩さなかった。

「何をどうするのでもまだ準備が足りん。一度城に戻る」

「えっ、帰るの!?　せっかくおにぎりも持ってきてるのに!?」

「どんだけ遠足気分だったの和葉ちゃん！」

「おにぎりおいしいいい！」

「塩加減絶妙な。さすが」

「ねえ、この佃煮、昆布？」

「昆布じゃないですけどね。山菜で昆布に似たやつがあるんです。出汁にも使ってますよいつも」

「和葉ちゃん、梅干しって作らないの？」

「まだ手つけてないんですよ。梅というか杏（あんず）というか、それの旬がそろそろらしいんで作ろうと思ってるんですけどね。みんな好きですか？　梅干し」

　翔太君と礼くんは食べられるけどあえては選ばない程度で、あやめさんと幸宏さんは割と好きらしい。それでも手伝いを頼むと礼くんが張り切って頷いてくれた。

「これがカズハの探し求めてたコメ？　塩だけでも随分甘味があって美味しいのね」

エルネスが上品に食(は)んでいるのは塩にぎり。ザザさんとザギルは肉巻きおにぎりをもくもくと食べている。納得できる米は、一昨日教国から届いた三種類の米の中にあった。思わず勝鬨をあげたよね。厨房で。

「もち米をつくってる地方の近くで生産してたんだけど、あの辺りは私たちと食文化が近いのかもねぇ」

行先不明の転移陣を使うかどうかはとりあえず置いておいて、辺りの魔獣掃除をやりきってしまうことにしようとザギルの監督のもと結構な数を斬り捨てた。私は常に首根っこ掴まれたままで働かせてもらえなかった。酷すぎる。

今はまたお茶していた転移陣、訓練場下の広間に戻っておにぎりタイムだ。

「あちらで召喚された過去の勇者には、カズハたちと同郷の方もいたのかもしれないわね」

「多分そうじゃないかなぁ。味噌とか、調味料ね、調べてみたらやっぱり発祥がその辺りらしいんだよね。気候とか色々条件が揃ったんじゃないかな。あっちは」

「この国は、カズハたちの国の文化とはかなり違うの？」

「影響の強さというか共通点が多いのは、違う国のものだね。ただ、私らのいた国はさ、ここと同じように異文化を取り入れることに抵抗がないというかアレンジしていくのが得意な国だったのよ。だからこの国の文化だって身近というか馴染みはちゃんとあるよ」

「なるほど……カズハの国ではバレエを職業にしたりしないの？」

「うん？　するよ？　まあ、それだけを生業にできるのは一部の人たちだけどね」

「あんたあんなに踊れるのにもっと上がいるってことなの？　文化がかなり違うのならバレエは職業にならないのかと思ったのだけど」

「ああ。そりゃあ、勇者補正の身体能力があるからね。向こうにいる時同じように踊れてたわけじゃないもん」

指に残る米粒を唇でつまむエルネスは少し納得いかなそうな顔している。エロい。

身体能力の違いだけとも思えませんけどねぇ、と呟いたザザさんに顔を向けたら綺麗に口角をあげて微笑まれた。なんて、やだもうちょっとこの人、私殺しにきてる。

「勇者補正の能力だけなわけないじゃん」

ぽりぽりとカリッツァの浅漬けを齧る翔太君。ヒト族には合わないスパイスをかけないと不味いというこの果物は、味見してみれば少々水っぽくて薄ぼけた味ではあったけれど、浅漬けにしてみたらなかなかいい塩梅だった。スイカの皮みたいな感じ。礼くんもご機嫌でもりもり食べてる。

「そりゃ勇者補正のおかげで僕らは思いのままに身体を動かせるよ？　僕だって前より楽に思い通り演奏できてるし。でも、だったらさ、みんなだって同じように弾けたり踊れてなきゃおかしいでしょ」

「だよなぁ。俺、教えられた通りになぞることはできるけどやっぱり違うもんな」

「ピアノ習う女の子ってさ、小さい頃はバレエも一緒に習ってる子多いんだよ。本格的にやるならどっちかに絞ったりするんだけど」

まあ、そうだね。何せ女の子人気の習い事上位にはいるし。両方とも。でもどちらも毎日のレッスンが必要だから本腰いれるならどちらかを選ばないといけない。

「母さんのママ友にはさ、娘がバレエやってた人とかもいてね、だから僕も少しは聞いててわかるんだけど。和葉ちゃんは育ててもらえなかっただけでしょ？」

「いや……そんなわけでも、ないと、いうか」

「あ、あー……もしかしてアスリート育てるには家族ぐるみの協力がいるとかそういうの？」

つい口ごもってしまうのだけど。いや、本当に才能があったとは思わないし、プロ目指したこともない、のも本当、なのだけど。

翔太君はなんでかちょっと不満そうな顔しながら、口をとがらせて浅漬けをまたぽりぽり言わせて幸宏さんに頷き返してる。

「子どもの頃は引っ越しであちこち転々としてたって言ってたじゃん。ピアノもそうなんだけどさ、いいトコいくためにはコンクールで入選するとか、それなりの舞台に立たなきゃ認めてもらえないんだよ。んで、舞台にあがるのだって誰でもってわけじゃないし。僕だって教室に通ってるだけじゃなくて有名な先生に個別レッスン受けたりしてたけど、コネ使いまくってやっと受けれるんだ。引っ越しで教室転々としてたんならバックアップしてくれる先生だってつかなかったでしょ。いいトコいくためには絶対に育ててくれる人が必要なんだ。まあ、うちの母さんは育ててはぶち壊しの繰り返しだったけど」

マグカップのお茶をぐっと飲んで、ぷはぁと息をつき「腹立つんだよね」と続ける翔太君。

「もったいなくてさ。和葉ちゃんは環境さえあれば絶対にいい線いってたはずだもん。わかるよそのくらい。天才は天才を知るっていうでしょ」

「おい翔太お前なんでいきなりかっこよくなってんの!?　ずるくない!?」


ダイヤモンドだって磨かれなければただの石ころ。

天上の世界を切り取ったような絵画だって、今にも動き出すかのような躍動感あふれる彫刻だって、浮世を忘れさせるかのように別世界へ誘う音楽だって、それを求める人がいて初めて『価値』が認められる。

市場価格と言ってもいいそれは、確かに本来の意味での価値とは違うだろう。

誰がなんと言おうと、美しいものは美しく、好きなものは好きなのだと、価値は変わりはしないのだと。それは間違いなく正しい。磨かれずにくもったままのダイヤの原石は、それでも輝きを秘めているし。

けれどもやはり、磨かなければ輝かないのだ。曇りガラスの欠片のようなそれは、その内包する美しさを十二分に知る者の手で、磨き上げられ最適なカッティングをされて初めて真価を発揮する。

何故そんなに手をかけるか。それは求める人がいるからだ。求められなきゃ誰も磨かない。ただの石ころのまま地中深くで眠り続ける。

いわゆる芸術家と言われる者たちは、そんな世俗の価値など念頭に置かず、ただ己の求めるままに絵を描くだろう、歌うだろう、奏でるだろう。実際、死後にその作品を認められる不遇の芸術家は枚挙にいとまがない。磨かれなくてもその才能だけで、自分一人の力だけでそれを示すことができる人だっている。でもそれはやっぱり極々ほんの一握りの天才と言われる人たちだ。

そこまでいかなくてもね、プロにはなれる。世の中は天才だけで満たされてなどいないのだから。

そして天才じゃなければ、やっぱり磨いてくれる人は必要になる。技術を、知識を、教え導いて、世界を切り開く手助けをしてくれる人が必要になる。

ずっと踊っていたいと思ってたのは本当だし、だからどんなに引っ越しを繰り返したって教室には通っていた。私がしつこく親に強請るのはそれだけだった。小学生になる前から、一人で通える場所の教室を自分で探した。送り迎えが必要な場所では通えなかったから。曽祖父以外に送り迎えまでしてくれる人はいなかった。

バレエ教室も色々あって、プロを目指す子が通うようなところばかりじゃ当然ない。ただひたすら物理的に子どもの足でも通える場所に通ってた。

もしかして先生同士の横のつながりなんかもあって、頼めば引っ越し先にある教室を紹介とかしてもらえたりしたのかもしれないけど、さすがにそれは子どもの私にはわからない。

大体どこの教室も発表会は年に一度で、子どもたちはその発表会に向けて何か月も練習する。発表会直後に入って半年でやめたり、発表会直前に入ったり、数か月しか通えないことが最初からわかっていたりすれば、役などつきはしない。子どもの発表会でソロの演目なんてそうそうない。たった一人の子どものためにその足並みを乱れさせたりしない。群舞はみんなでつくりあげるものなのだから。

それでも何度かは発表会に参加できたことはある。衣装はお金をもらえれば教室で買えたけど、当日の舞台化粧はどうにもならなくて、先生に手伝ってもらって自分でできるように覚えた。他の子はみんな母親に舞台化粧をしてもらってた。

激励とともに控室から客席へ向かう親に手をふって、親の喝采を舞台で浴びて、控室に迎えに来てくれた親の腕に飛び込んでいく子たち。

舞台での緊張と興奮をそのままに頬を染め、化粧を落としてもらいながらやむことのないおしゃべり。

それを見ないようにしていれば、和葉ちゃんは一人で全部できてすごいわね偉いわねなんて。

両親が見に来てくれたことは一度だってなかった。

特に秀でているわけでもなく、数か月しか通わないような、親が顔も出さないような子どもに、特別な指導を勧めるような教室があるわけもなく。

プロになりたいと思ったことがないのも本当。

だって見てくれる人なんていなかったもの。

求めてくれる人も磨いてくれる人もいないのだから、踊れればそれだけでよかった。踊る場所があればそれだけでよかった。

舞台も練習場も同じ。広い板張りの床と、サイドバー、壁一面の鏡と音楽。それらがあればもう充分。

才能なんてあるかどうか自分じゃわからないし、あるとも思ってなかったのだけど。

天才は天才を知るっていうでしょとかもうほんと。

私の踊りを喜んでくれる人がいて、楽しんでくれる人がいて、ちゃんと見てくれる人がいて。

翔太君みたいなマジモンの天才にまで認めてもらえるとかもうほんと。

「翔太君」

「うん」

「きっと翔太君はめちゃめちゃイケメンになってモテモテになりますから、いい娘さんを選びきれないときは相談にのりますよ任せてください」

「……う、うん？　ありがとう？」

浅漬けを半分くわえたまま、きょとんとする翔太君。

こっちに来たときはまだ頬も丸みがあって幼さの方が勝っていたのに、いつの間にか顔立ちがシャープになってきている。身長だって随分伸びたよね。私一向に伸びないけど。

普通の母親像なんてもので私を見ていた子が、私自身を見てくれるようになった。

自分が自由に羽ばたくだけじゃなくて、私のことまで飛べと背を押してくれるようになった。

この世界は私を育てなおしてくれているけど、まさか一緒に招かれた勇者にまで育ててもらえるだなんて。幸せすぎて私寿命がもう残ってない気がしてしょうがない。

「いやお前、相談っつったって味見は小僧本人がするしかねぇだろがよ」

「やめて！　選択基準が味だけの人は黙って！」

「な、翔太、あれより俺らましだろ」

「……あのぶれなさだけは見習うべきな気がする」

「ショウタ、気のせいですよ気のせいですからね」


おにぎりも平らげて、みんながそれぞれ手分けしてお弁当箱も片づけて、魔獣駆除もほぼ完了ということでいったん城に戻ろうかって流れだったのだけど。

「あれ？　肝心の行先不明な転移陣がある部屋行ってないよね」

「あー……、今度でいいだろ」

「なんで？」

「帰んぞ」

訓練場に転移するという陣に向けて背を押される。振り仰げばザギルは目をそらしてるし、見回せばザザさんは何か考え込んでて、幸宏さんは気まずそうな顔をしている。

「せっかく来たんだから、その噂の転移陣見てみたいし」

「お前見たってわかんねぇだろが」

「陣はわかんなくても、隠し部屋みたいなとこにあんでしょ？　見たいもん。どんな仕掛けなのか」

さっき言ってたもんね。普通に通路歩いてるだけじゃわかんないところにあるって。ぼくもみたーいって礼くんも笑ってる。

「ほらー、礼くんもそう言ってるしぃ」

「――待てって」

背を押すザギルの手をくぐり脇をすり抜けようとして、足が宙に浮いた。搦めとられるように抱き上げられて、ザギルのつむじが顎の下に見えた。顎を前髪がくすぐる。

「ザギル？」

「待てっていってんだろが」

私の胸に顔を押し付けたましゃべるザギルの声は小さくくぐもっている。サバ折り状態で抱きしめられているけど、苦しいほどじゃない。

「どしたの？」

「……場所は後で神官長サマに教える。知ってたらお前思い立った時に勝手に突撃すんだろ。お前は行かせたくない」

「なんで？　行くかどうか私らが決めていいって言ったじゃない」

背中と腰にまわるザギルの腕は、私の腕の下にある。自由なままの手で、そっとつむじの毛を梳かす。

「やっぱ嫌だ。行くな。俺が行くし帰ってくるから。カズハ、頼むから行くな」

絞りだされるような低く静かな小さい声は、ほんのちょっぴり震えている。抱き寄せる腕に力がこもるけど、やっぱり苦しいほどじゃない。私を全て覆い尽くしてしまうほどの大きな身体なのに、どこか小さな子どもが縋り付いているようで。

こいつはいつもチンピラ口調で、喧嘩腰で人を喰ったようなことしか言わなくて。それでいてちゃんと私がしたいことを優先するようにしてくれる。

契約だからとか主だからとか、そんなようなことをそっけなく言ってはいるけども。

頭のマッサージをするように、両手の指でつむじからうなじまで髪をくりかえし梳かす。胸に押しつけられた顔はそのまま動かない。

これだもの。

あやめさんだってそりゃ心配する。ザザさんやエルネスが疑うわけもない。なんでもかんでもできるし知ってるザギルだけれど、どんなことでもわかってるような顔しているザギルだけども、どうやらこいつでも今ひとつわかってないことがあるらしい。

あんたはとっくにみんなから身内だと認められているのにねぇ。

「いやまあそう言われても、私の獲物は譲れないし？」

「――くそがぁ！　おい兄ちゃん！　効かねぇぞ！」

「言うなって言ったじゃん！　多分無理って言ったじゃん！」

がっと顔を上げるのと同時に放り投げられて、いつの間にか近くにきていたザザさんに抱き留められた。えーっと……。

「……なんかこそこそ話してると思ったら、ユキヒロの入れ知恵だったみたいねぇ」

「ぼ、僕ちょっとどきどきしちゃった……あやめちゃん口開いてる」

「うん……ザギルが何かにのっとられたかと思った」

呆れた顔のエルネスが頬に片手を添えてため息をつき、翔太君とあやめさんはほんのり頬を染めていた。

「あっちじゃ効果抜群の技だっつったじゃねぇか！」

「だから言うなって！　一般論だとも言ったじゃん！」

「わー、幸宏さんサイテー」

「あやめ！　違うから！　俺が使ってるわけじゃないから！　ただのテンプレだろ！」

「幸宏さん……そんなテンプレ小技使ってまでもてたい人だったんだ……」

「翔太やめて！　その目傷つく！」

「ねえねえ、ユキヒロ。そのてんぷれ？　ってなあに？」

不貞腐れた顔で胡坐かいて座り込んだザギルは、私のかばんを引き寄せて中を漁(あさ)りチョコバーをいくつかとりだした。いそいそと寄り添うようにしゃがみ込んだ礼くんに、ん、とひとつ分けてあげてる。てか、せっかく片づけたのに。

おいしーね！　とご機嫌な礼くんの後ろに、何故か隠れるように陣取る幸宏さん。

「や、なんつーの、あっちでのスラングっていうか。こう、異性に人気の仕草というか、これやられるとぐっとくるって定番っていうかね。女の子の上目遣いのお願い、とかさ、言うこと聞いちゃうよなぁみたいな」

「あー、なるほどねぇ……じゃあさっきのザギルのあれは女が男にぐっとくる仕草のてんぷれ？」

「まあ……ギャップ萌え？　みたいな？　いや和葉ちゃんにはテンプレなんて通用しないって言ったよ？　ちゃんと！」

んー？

「いや、私、テンプレとか王道大好きですよ？　まあ経験したことはないですが多分車バックさせるときの姿勢とかね。前髪かきあげる仕草とかね。たまりませんよね。

「えー、意外。なでぽとか壁ドンとか？」

「いいですね」

「……嘘ぉ。和葉絶対気づかなそう」

「失敬な。わかりやすいからテンプレなんですよ。わからないわけないでしょう」

「……じゃあ、ギャップ萌えは和葉ちゃんのツボじゃなかった？」

うん、そこね。そこがわからないよね。

「ギャップも何も、そんなことやりそうにない人がやるからギャップでしょうに。ザギルは元々懐きたがりの甘えたがりじゃないですか」

「「うわあ……」」

「はあああああ？　お、おま、この俺が」

ザギルは目も口もまん丸に開けて、齧ってたチョコバーをぽとりと落とした。いやだわー、自分のことはわからないもんだって本当だよね。

「すげぇ……俺和葉ちゃんのおかんフィルター舐めてたわ……」

「ほらね、やっぱり和葉は気づかないじゃない」

「ザ、ザギルさん、だいじょぶ……？」

「……いや、なんだろうな、俺、なんかめちゃくちゃ眠くなってきた帰りてぇ帰っていいか」

「そ、そうね。いったん帰りましょうか。ほらカズハ行くわよ」

「えー」

「ああ、もういいから。まずは帰るわよ。ザザ、そのままカズハ抱えて陣踏みなさい」

「——え？　あ、はい」

ザギルに放り投げられてからずっと私を横抱きにしてたザザさんが、はっと我に返ったように地面にそっと降ろしてくれた。なんだろう。さっきからずっとザザさんぼんやりしてたというか考え込んでたよね。

「……ザザ？」

訝し気なエルネスの声などまるで聞こえてないかのように、うん、と何故か頷いて、真っすぐに私の目を覗き込んで。

「カズハさん、結婚してください」

「え、やだ」

「——っ」

思いっきり脊髄で答えたら、ザザさんが片膝ついて崩れ落ちた。……え、いや、あれ？　え？

「さっすがカズハ……容赦ないわね」

「え、いやでも、だって」

「……ザ、ザザさん、だいじょう、ぶっすか」

「――想定の範囲内で、すが、予想以上に効きますね……それでも少しは悩んでくれると思ったんですが」

「う、うん。俺もまさかの即却下だとは」

「……くっ」

おそるおそる近寄る幸宏さんの手を、大丈夫だと片手を振って制しながら、ザザさんがよろりと立ち上がった。……なんか、もしかして私何か勘違いしてるような気がしないでもない。

「あの……、念のためなんですけど」

「はい」

「誰と……？」

「そこですか!?　僕とですよ！　僕と！　カズハさん！」

「あ、あー……、そ、そう、でしたか。すみません。なんか間違いました」

「「「うわあ……」」」

やだ。なんでそんなみんなどん引き!?　ひどくない!?　ザザさんは両膝を地面について両手で顔覆ったまま天を仰いでるし、ザギルと礼くんは羊羹にとりかかってる。

「いやいやいやみんなちょっと待って欲しい。私にもですね、言い分が」

「何よ何よ何々、言ってみなさいよカズハ」

「エルネスにやにやしすぎだよ！　だって急な話だし！　ザザさんだって興味ないんだと思ってたし！　でもほら前縁談の取り次ぎとか、してたし、てっきりまたそっちかと」

「ないわー和葉ーそれはないわー今の流れでそれはないわー」

「ぐ」

だって思ってなかったんだもの。そんな話も素振りも今までなかったし。ザザさんとなら別に嫌じゃないんだ。嫌じゃないっていうか、考えないでもないっていうか、ただちょっと——

「うん、僕が悪かったです。カズハさん相手にこの手のことで言葉を略した僕が悪い。僕と結婚してくださいと言うべきでした」

「それを略したと言うザザさんのきめ細やかさに俺は驚きますね……」

「でも確かに欠かせないポイントだわね。カズハ、アレだから」

「アレっていう、な……し、仕方ないし、ほら、私はザザさんの、こっ恋人なんだから他の人とケッコンとかないだろって思っ、ただ、けだし」

「和葉ちゃん、僕も今の流れでそれは無理があると思うよ……」

ちょっと語尾弱くなるくらいにはどうだろうと自分でも思う。そして翔太君が厳しい。

「……僕との結婚が嫌なわけではなくて、結婚そのものに抵抗があるんですよね？　だから考えたこともなかった、と」

「えぇっと……そです……」

拳を膝につけた中腰で少し首を傾げて覗き込まれれば頷くしかない。ザザさんの肩がちょっとほっとしたように下がった。

「それなら想定内です。本当はもうちょっと求婚は待つつもりでしたしね」

「なんと……きょ、興味がなかったわけ、では」

苦笑いしながら目を合わせてくれる。

「結婚に単なる興味っていうのなら今もないですよ。ただ、カズハさんと毎日一緒に同じ場所へ帰る立場になりたくなったんです。それならやっぱり結婚でしょう」

毎日一緒に。

同じ場所に。

帰ってきてくれるのをただ待つのではなく？

「僕の性分としては、それこそ抱え込んで閉じ込めたくもなるんですけどね。でも自由に動き回るカズハさんに惚れたのでそういうわけにもいきませんし」

子どもたちとの生活は幸せだったけれど、結婚生活そのものは楽しくもなんともなかった。

なりふり構わず飛びついた場所は、狭くて息苦しくて、私を押さえつけゆっくりと干からびさせて。

欲しくてたまらなかったはずの場所は、夢見てたものとはまるで違っていて。

現実なんてそんなものだし、それなりの女にはそれなりの男しかつかないものなのだと、今手元にあるものだけを見ていればいいといつも通り受け入れて。

家族が帰ってきてくれることだけを望んでいたから、それ以上は求めるようなものでもないと思ってた。

逃げてきてみてわかった。あんなのもういらない。あんなのは欲しかったものじゃない。何が欲しいのかなど未だに形となって見えてきたりもしないくせに、ただ違うとだけわかった。

けれど同時に思うのだ。それなら本当に欲しかったものに私は相応しいのかと。


両親は、訃報も届いていないし多分どこかで生きてるだろうな、程度の関わりしかもうなかった。持参金として少なくない額をもたせて送り出してくれた後からこっち、国内にいるのかどうかすら知らない。

何不自由なく育て上げて立派に嫁に行かせたからには親の義務は果たしたと、それまで以上に仕事で飛び回る両親の新しい連絡先の知らせはなくなった。

ああ、一度だけハガキをもらった。息子の出産祝いの言葉を綴ったそれが届いたのは娘が一歳になった頃だ。

責める気持ちなどない。

だって今の私と何が違う。

子どもたちは成人して、自立して暮らせる程度の稼ぎがある仕事をしている。だからもう私がいなくなっても問題ないなんて思ってる今の私と何が違う。

私は今の私が一番好きだけど、家庭をもつのに相応しいのかとか、向いてるのかとか、そう考えると否としか言いようがない。なんなら家庭が本当に欲しいものなのかどうかすらもうわからない。

だってあんなに遠かったあの人たちと私の違いがわからない。

なりたかった自分になれているはずなのに、なりたくなかった人たちと結局どう違うのかわからない。


「私、子どももう持つ気ないですよ」

「元々生涯家庭を持つ気もなかった身です。そこにこだわりはないですね」

腰に両腕をまきつけて抱き上げられれば、ザザさんが腰を伸ばしても目線は同じ高さのまま。

「あなたは何をどうしたって自分が納得しなければ立ち止まらない。ならばどこででもその隣に僕がいたい。そして一緒に帰る場所をつくりたいんです。僕がいう結婚はそういう形です。カズハさんが抵抗をもってる形とは違うはずですよ」

うん。違う。その形は知らない。

そっか。なるほど。――そっかぁ。

「僕がそのつもりなことを知っていてくれればそれでいいです。とりあえず僕が恋人な以上は他の男と結婚なんてないらしいですしね？」

「あ、はい」

「じゃあ、そういう訳で一度城に帰りましょうか」

「む。ザザさん」

「はい」

「なんで今？」

「え」

「ぷ、プロポーズは待ってくれるつもりだったんでしょ？　んで、考える時間までくれるのでしょう？　なのになんで今突然？」

幸宏さんに視線を流すと、ぶんぶんと激しく首を横に振ってた。あ、ザギルのとは違って別に入れ知恵ってわけじゃないんだ。

「そんなテンプレないだろ！　俺ならシチュエーションとか雰囲気だって考えるって！　そんなこんなとこでいきなりプロポーズとかないよ！」

「――!?」

「いやザザさんそんな盲点みたいな顔、俺にされても！」

「まあ確かにこの面子とはいえ、求婚にふさわしい場ではないわよねぇ」

「……和葉が雰囲気に気づくと思えないけど、ＴＰＯってあるよね」

ものすごくわかりやすく動転してるザザさんにみんな遠慮ないね！

「か、カズハさん、場を改めてやり直しって」

「あ、大丈夫です。そんなこだわりないです」

「それもまた微妙ですよ!?」

「そんなことよりですね」

「――っ」

「「ひどっ」」

「えっ時間くれるって言ったし！　ちょっとキャパオーバーだし！」

ザギルの小芝居といい、唐突なこれといい、なんで今いきなりそれなのかってことのほうが大事じゃないかって思ったわけで。

「なんかちょっと勘違いされてないかなっていうか、すごく心配しすぎてないかなっていうか。ザギルもザザさんも、そんな今すぐ私が北に突撃するかのように思ってませんか。私学習する女ですよ？　モルダモーデが私の獲物ってとこは譲りませんけど、今の私ではまだ勝てないじゃないですか。大きく賭けなきゃ大きく勝てませんけど、勝機がないのに賭けるほど馬鹿じゃないです。本当に見るだけですよ。みーるだーけー！」

「……どの口がいうんだ？」

疑り深い目を隠しもしないザギルが、おそらく最後の羊羹を礼くんと分け合っている。てか結局食べきったのか。

Let the storm rage on 嵐がくるよ

「では、そういうわけでその魔法陣のある隠し部屋に行きましょう。エルネスとあやめさんが魔法陣メモってー、それ終わったらー、またここに戻って城に帰るってことで」

　さあさあさあもう一度荷物まとめ直してねと、ザザさんの腕の中から降りて礼くんとザギルを急かしてたら。

「和葉ちゃん……」

「ん？」

「……いや、うん、いいや、ザザさん」

　振り向けばなんともいえない顔した幸宏さんが視線をザザさんへ戻して、そのままその肩をぽんと叩いてうなずいた。

「ユキヒロ、やめてください……って、なんですかっやめてください!?」

　エルネス、あやめさん、翔太君と次々優しく肩を叩かれて、きょとんとした礼くんも続いて、最後にザギルがにやにやしながら肩を叩こうとしてはたき落とされてた。

　な、なによう。私がなんか無粋みたいじゃないの。ほんとどいつもこいつも人を鈍感キャラみたいに。

ちゃんとね、考えますよ。色々と。今は無理だけど。ちょっとすぐは無理だけど。

ザザさんが、そうやって考えてくれるのであればちゃんと誠意をもってですね、って、いやなんか今ちょっと目が泳いで合わせられないですけども。

なんとなく目が合ってるような演出になるように、彼の鼻のあたりとか見ちゃいますけども。

ザザさんは、そんな私に少し首を傾げて、目の下あたりを人差し指で軽く搔いてから、ふっと笑って手を差し出してくれた。それに手をのせたら、するりと指を絡ませて恋人繋ぎをしてくれて。

そのまま広間から通路へ出ていくみんなの後に続いた。ほんとどうしようこのイケメン。

通路をうろついていたはぐれの魔獣は駆逐済みで、もうこのあたりにはいないから、陣形を組むことなく通路を進んでいる。私も首根っこをザギルに摑まれてはいないって……このザザさんの手繋ぎはその代わりだろうかいやそんなはずは。

「ねぇねぇ、ザギル、その部屋また仕掛けあるんでしょ？　ボタン？　ボタン押せる？」

「また押してぇのか」

「うん！」

わくわく顔で通路を歩きながらザギルの顔を覗き込む礼くんに、はいはいと流すザギルは、少し胡乱気に振り向いて鼻を鳴らす。

「……もしかしてお前も押したいのか？」

「ちっ、ちがいますぅー」

「ほんとは？」

「最前列で仕掛けを見たい」

いやギミックって心躍るじゃないですか。ダンジョンといえばギミックでしょ？　宝箱のフリした罠箱とかどんでん返しの隠し扉とか発動させてなんぼでしょ？　でしょ？　でしょ？

ザギルの指示通りに、壁の何か所かを触れば音もなく隠し部屋への扉が開いた。ぶっちゃけ仕掛けも何もわからなかった。壁の中からわずかにカタカタと作動音がしただけ。大事な部屋だろうに見せ場とかそんなのはないのか。がっかりだ。

さきほどの訓練場真下の広間とほぼ変わりない広さで、壁を覆うヒカリゴケは少しそこよりも多い気がする。調度品も何もないがらんとした部屋だけれど、小さなアルコーブになっている棚には一客のティーカップと小皿があった。

陣を踏まないように近寄って手を伸ばしかけたら、後頭部をザギルに景気よくはたかれた。また襟首摑まれてザザさんに押しつけられる。

「触んな動くな」

「あれも仕掛け？」

「いや。その気配はねぇな」

「そしたらなんで私叩かれたの!?」

「おう、神官長サマ、とっとと陣書き写しな。ここは踏まなきゃいいとはいえ長居したくねぇ」

魔法陣は他のところのものより一回りほど大きかった。ヒカリゴケの明るさとランタンで、部屋自体に灯りは行き届いてはいるけど、焦げ茶色の床に沈む暗褐色の線はところどころ見えにくい。

エルネスとあやめさんが手分けして陣を書き写してるけど、紋様も複雑で時間がかかるってことでザザさんも手伝い始めた。

ザギルと幸宏さんと翔太君は、部屋の壁を満遍なく観察し始めてる。仕掛けの見つけ方とかを教えてるっぽい。翔太君はザギルの説明に「できるようになれる気がしない」と少し唇をとがらせてた。反対に幸宏さんはふんふんと頷いている。どちらかというと彼は仕掛けの見つけ方よりも仕掛けそのものに興味があるんだろう。機械とか大好きだもんね。

礼くんは開きっぱなしの隠し扉を押さえる係を任命されてドアストッパーのごとく座り込み、私を膝に抱えている。閉まったら中からは開かなくなるとかってこともないらしいので、これは多分扉を押さえるのではなく私を押さえるのが本命なのかもしれない。実に遺憾。

「ねえ和葉ちゃん」

礼くんの顎が私のつむじを掠める。

「んー?」

「ザザさんのお嫁さんになるの?」

「あー……うーん」

ストレートきたなこれ。

「ならない?」

「うーん……まだわかんない」

「ふうん……」

礼くんは私を抱えなおした腕に少し力をこめた。

「どしたの？　嫌？」

「だって……お嫁さんになったら和葉ちゃんお城から出てっちゃうでしょ？　ザザさんのおうちに住むでしょ？」

……盲点っ!?　気づかなかった。そうか。そうなるか、な？

「それはちょっとぼくつまんないな……」

「どうしよう礼くん……和葉ちゃんもそれはつまんないかも……」

言われてみればそうなるかなぁ。もう随分礼くんは親離れというか私離れしてきているけども、私的にはまだ礼くん離れできてないかもしれない。

寝る時だって別々になってるし、日中ずっと一緒にいるわけでもとっくにないのに。

ザザさんの自宅は城下の中でも貴族区域だし、距離だってそんなに離れてない。というか勇者パワーなら城にある礼くんの部屋まで走って五分だ。でもこうして改めて別々の場所で暮らすのかと考えると、うん、これはなんか、寂しいかもしれない。やだー、実の子どもたちにだって、こんな風に思ったことなかった気がする。まあ、あの子たちはずっと実家暮らしだったけど。

むーっと、また私を後ろから抱きしめる礼くんの首に万歳するように手を回して、むむーっと同じように唸って左右に揺らす。

そのうちその揺れに合わせて礼くんも身体ごと左右に揺らし始めて、それがなんだか楽しくなってきたのかくすくす笑い出すから、私もさらに強く左右前後に身体を揺らして。いつのまにか起き上がりこぼしみたいにごろんごろんしながらげらげら笑ってた。

「これがまさかの伏兵ってやつですか……」

「伏兵っつか、一番強敵なんじゃないっすかね」

「我ら四天王の最強ってやつかも」

「あれ？　もう書き写し終わった？」

くすぐり合いにまでなって笑い転げてる私たちを、荷造りまで終えたザザさんたちが見おろしてた。なんだ四天王って。ラスボスの座は譲れませんけども。

「あー、レイ」

くしゃりと自分の前髪を掻くザザさんはどこか照れくさそうだ。

「レイの部屋、用意してありますよ」

「「え」」

用意って、ザザさんのあのおうちにってことか。いや確かに部屋数は充分あったけど。

「警備の問題がありますからね。一緒に暮らすとしてももっと先になるでしょうから、その頃にはレイももう独り立ちしたくなってるかもしれませんが……」

お互いの顔を見合わせて、ザザさんの顔を見上げてと、礼くんと三度見を繰り返した。

「カズハさんの部屋用意したときに他の部屋も内装変えたでしょう」

「あ、はい。……家具入れ替えた部屋、他にもうひとつありました、ね」

あった。あったよ。元々ザザさんは自分の部屋以外の部屋は全然使ってなくて、客室と物置みたいになってて。で、ザザさんの部屋の横にある主寝室の逆隣の部屋を私にって言ってくれてた。

落ち着いた濃い茶色と薄桃色が基調のかわいい部屋。最低限は整えたんで後は好きなようにいじってくださいなんて言われたけどいじりようもないくらいに好みな家具や絨毯、カーテンが揃ってた。で、何故かもう一部屋、余所行き顔してるというかホテルのように好みを感じさせない客室だった部屋の壁紙も張り替えて、そこにあった家具も他の部屋に移して新調してた。すっきりとした白木の家具に鮮やかな青のカーテンの部屋。

(ねえ、部屋くれるってさ、その時点でさ)

(しっ！　言ってやるなってあやめ)

(主寝室の隣の部屋って、まあ、普通に妻の部屋なんだけど、やっぱりさすがのカズハよねぇ)

(そなんだ……で、でもほら、僕らのいた国って住宅事情あんまよくないからそういう風習ない、か、ら……)

「そこうるさいです」

「ほんと？　ぼくのお部屋あるの？」

「さっきも言いましたけど、警備の問題がありますからね。城から出て暮らすにはレイたちが成熟してからになりますよ。でも」

「でも？」

「もう泊まるだけならいつでも泊まれるようになってます。僕の手料理食べに来るんでしょう？」

「うんっ」

がばっと、興奮のままに抱きつく礼くんの背中を、とんとんと優しく叩いてるザザさん。

何気にザザさんより礼くんのほうがちょっと背が高いものだから、ほんとね、知らない人からみたら少しばかり奇妙な光景なのだけど。

多分私だけじゃなくて、他のみんなもそうだと思うんだけど、礼くんは十歳の子どもにしか見えないんだ。リアルな視覚情報を完全に脳内処理で上書きしてる。大好きなお父さんに甘えてる小さな男の子にしか見えない。

「氷壁ぃ、俺の部屋は別に模様替えいらねぇぞ」

「お前の部屋などないわ！　馬鹿なのか！」

にやつきながら部屋の外へ足を向けるザギルに、噛みつくように吠えるザザさん。ザザさんの首に後ろから抱きついておぶさるようについて歩く礼くんの頭を、幸宏さんがくしゃくしゃにかき回す。翔太君は先んじて出た通路の外で、仕掛けがあった場所を指さしながらあやめさんに何か説明してて、エルネスもそれを覗き込んでる。

遠足も終盤、さあ、みんなでお城に帰ろうねって、そんな光景がひどく胸の奥を温かくさせて。

にやつきそうになりながら私もそれに続こうと一歩踏み出して。

なんだか妙にうれしいな。みんなが輝いて見えるようだよって。

「……ん？」

いや、見えるようだよっていうか輝いてるっていうか、照らされてる？　部屋の光度が上がってる？

　思わず自分の手を見て、身体前半分に影が落ちてて、光源は私の後ろにあるのだと気がついた瞬間、ふわりと足元が浮いた。

　ヒカリゴケの淡い緑光とも、ランタンの暖かな橙色とも違う、新品の針のような白銀の光が輝度を徐々にあげて私の足首に、腰に、絡んでいくのを呆然として見て。

「カズハ！」

「——てめぇ！」

　ザザさんとザギルから突き出された手に、反射的に手を伸ばした。

　いやこれ、不可抗力だよね。私のせいじゃないよね。

「寒っ!!」
　足元にある魔法陣の煌々とした光が収まると、透明で薄く青みがかった床が寒々しく広がっている。
　その部屋は小学校の校庭ほどの広さで、私が二人分抱きついても手が回らない太さの円柱が、魔法陣を中心とし放射状に一定の間隔に並んでいた。表面にはヒカリゴケが斑(まだら)に這い、そのわずかな隙間から床と同じ素材のように思える冷たそうな肌が覗いている。

目の前の光景が変わったと同時に展開された半球状のプラズマシールドの中で、私と礼くん、エルネスにあやめさんを取り囲むように、ザザさんたちがお互いに背を預け合い、周囲を警戒しながら身を寄せた。

「れ、礼くん、れりごーだよれりごー」

「う、うん、れりごーだ。寒いね」

ジャージの上にマントもそれぞれ羽織っているけど、部屋の冷気に追いつかない。がちがちと歯を鳴らしながら、礼くんのマントにもぐり込めば、礼くんも私をカイロ代わりに抱きしめる。おお。礼くんさすがに体温高い……身体は大人なのにってか、男性は体温高めだからか。

陽の射さない古代遺跡で、しかも地下にあるわけだしと、春の陽気にまるでそぐわない暖かい恰好をしてきたつもりだったのだけど、全くもって足りなかった。真冬の防寒具が必要だった。

「なんだそのれりごーって」

「氷の城のうた」

「ふうん」

「うたう?」

「――どうやらお出迎えはないようだな」

「うん、シールド解除するよ」

「ねえ、うたう?」

「氷……じゃないわね、水晶かしら?」

しゃがみこんだエルネスが床を人差し指でなぞる。

あやめさんも寄り添ってしゃがみこみ同じく床をなぞって頷いた。どうやら氷の床ではないらしい。それはそうか。普通に歩けるしね。寒いのはこの部屋が氷製だからなわけじゃないようだ。

「ショウタ、感知には？」

「なにも」

「れ、れりごーれりごーきゃほんでーららららー」

「うたえないいんじゃん！」

場を和ませようとしたのに！　みんな冷たい！　この部屋の冷気並み！


体を浮かせるのは重力魔法の使い手である私の得意技でもあるけども、今回は私が自分で浮いたわけじゃない。踏まれてもいない魔法陣が発動して、その光が私を捕まえて引きずり込んだ。

思わず掴んでしまったザザさんとザギルの手に、礼くんもその手を重ね、その腰に幸宏さんがしがみつき、幸宏さんに翔太君とあやめさんとエルネスが鈴なりに連なって。

結局全員この光り輝く氷の部屋に招かれてしまった。

いや床は氷製じゃないみたいだけど。多分似たような見た目だし、柱も違うんだろう。この部屋の寒さは、透明度の高い氷でできてるからではなく、純粋にこの部屋自体が寒いっぽい。

「北、なのかしらね」

ほおっと、吐く息が白いのを指先にかけて確認してから、エルネスはゆっくりと周囲を見渡す。

油断なく視線を配っているのはみんな同じだけど、その爛々とした輝きには好奇心が溢れてる。さすがエルネス。

「くそ、こっちからだと踏むだけじゃ発動しねぇのか」

ザギルが発光を終えた魔法陣を苛立たし気に踏みにじる。

「この部屋だけがなんらかの方法で冷やされてるってのも、理由がよくわからないし、そうなると気温そのものが低い地域にいるって考えるのが妥当っすよねぇ」

「ザザさん、今の時期の北の前線ってこのくらいの気温？」

「ちょうどこのくらいの時期にいたことはありますけど……ここまでじゃなかったですね」

ふわりふわりとそれぞれの唇から流れていく白い吐息。

細かな水滴が口の周りにはりついていく。

まつ毛が、瞬きのたびにぱしぱしと絡みかけるのがわかる。

息を吸い込むと、鼻の中にクモの巣がはってるかのようになるのは、鼻毛が凍りつきかけてるから。

奥歯がかみ合わなくてがちがちするんだけど、なんでみんな平気な顔してるんだろ。

「――っカズハさんっ身体強化して！」

「へ」

礼くんのマントの中から顔だけ覗かせてた私に、ザザさんがぎょっとした顔して叫んだ。

「おいおいおい顔凍ってきてんぞ何やってんだ」

「わっ!? わああっ和葉ちゃんっ和葉ちゃんっ」

「礼！　こすらない！　ちょっと和葉なにしてんの！」

上から覗き込んだ礼くんがマントで私の顔を拭こうとするのを、あやめさんが掴んで止めて、みんなしてぺたぺたと、頬やら額やらに手を当ててくれる。

「ふぉぉ……あったかぁい」

「カズハ、さっさと身体強化かけなさい。体温あがるし、周りの空気も暖まるから」

「……まじで？　だだからみんな平気な顔してんの？　てか、しし身体強化ってそういう」

「今更何言ってんですかあああ！」

いやそんな急に言われても、あれ、どうやんだっけ。あやめさんもマントに潜り込んで抱きしめてくれる。

「和葉っ早くっ」

「う、うん、ちょっと待っ」

「てめぇ身体強化まで無意識につかってたのかっ!?」

普段無意識につかってるのを意識しちゃうとできなくなるってあるよね。行進のとき足並み揃えようと思うとぎこちなくなっちゃうみたいなあれね。やばいさむいねむくなってきた。

「うるぁあああああ！　走れっ!!」

「――ひゃああああああああああっ！」

「和葉ちゃあああああん！」

礼くんのマントの中からむしりだされて、そのまま天井に叩きつけんばかりに高く放り投げられた。

走れって。飛んでんですけど。上下ぐるんぐるんする勢いで。

放り上げられた勢いのまま回転する身体を制御して、高い天井に叩きつけられる直前に四つ足で着地した。ぱりぱりと細い紫電が手足に走る。

無事発動できました。寒いのおさまった。めっちゃ目ぇ覚めた。身体強化発動がこんな風に目で見えることはあまりないらしいのだけども、私の場合は最初からこうだ。クラッチを切ってギアをあげるように、強化の段階をあげるたびに紫電が走る。ちょっとスーパーな感じだから気に入ってるのに、ザギルには「……それ見えたら動きの予測立てられちまうだろうよ」って不評だった。予測立てられる前に動けばいい話だと思う。

そのまま重力魔法も加えて、みんなのもとへすとんと降り立つ。確かに手足もぽかぽかするし体の芯がじわりとあったかい。これかぁ。

「ほんとだあったかい！」

「僕教えた記憶あるんですけど！　なんでですかっまた聞いてなかったんですかっ神官長っ!?」

「使えてるものを私がいちいち教えないわよ！　あんたが気づきなさいよ！」

「和葉ちゃんもうだいじょーぶ？」

「だいじょうぶー！　これあったかいねー！」

「ねー！」

「ねー！」

礼くんとお互い両手で相手のほっぺたを包みあう。目に見えない薄い毛布を纏っているように、頬と手の間に暖かな空気の膜がある。これはいいものだ。

「和葉ちゃん、一冬越えたのに気づかなかったの？　今までどうしてたの」

「冬は寒いもんじゃないですか。訓練とか体動かしたらあったかくなるのも当たり前だし？　身体強化のおかげであったかかったとは気づきませんでした」

「お、おう」

「カズハさんの聞いてないときの顔はだいぶ分かるようになったと思ってたんですけどね……」

「まああんだけ自在に操ってたら気づいてないとか聞いてないとかは思わないっすよ……」

「……ふふっ？　あっ、いたい、いたっ、やめ」

ザギルに無言ででこぴん三連発された。ひどい。

ほら、家電製品って取説読まなくても基本機能って感覚で使えるじゃないですか。ビデオの再生とか早送りとか。炊飯器の炊飯スイッチとか。それで充分だし困らないし、そしたら取説読まないし。

正直、身体強化は意識して使ったことなかった。紫電がなかったら使ってたかどうかもわかってなかったと思う。あれね。実は基本機能の他に色々な機能があったってことなのね。タイマー予約とか炊飯器でケーキとかそういった感じの。

「あれ？　でもそれならみんななんで冬の間がっつり防寒してたの？」

要らなくない？　防寒具要らなくない？　着込めば着込むほど動きにくくなるしさ。

「……お前ら勇者サマは魔力ばっかみてぇにあるから大したことねぇけどよ。俺ら常人は常時発動してたら魔力どんだけあっても足りねぇだろが」

「常人？」

「もっかい放り投げるか？　あ？」

むぅ。身体強化は戦闘中ずっとかけ続けるくらいだから消費魔力量は少ない。けど、普通は一時間びっちり肉弾戦なんてしないよね。そりゃね。そうなると？　勇者陣は平気だとしても？　今このいつ城に戻れるのかどころか、あったかい場所に行けるかどうかすらもわからない状況で？

「……みんな魔力足りるの？」

「だから最低限の強化しかしてないわよ。時々切ってるし」

「自己回復でとんとんになるように調整してますから。そう訓練してるんですよ」

「えっと、足りてる？　あげようか？　食べる？」

「ああ、大丈夫です。慣れてますし」

「ほんと？　足りなくなる前にちゃんと言ってね。ザギルもお腹すく前に食べなさいね」

翔太君がぼそっと『ぼくのかおをおたべよ』と裏声で呟いて、幸宏さんが鼻水吹いて「うわっ凍る」と焦ってる。

よかった。エルネスやザザさんにも魔力渡せるようになってて。これはうれしい。

「ざっと見渡した感じ、この部屋からの出口は見当たらないな……どうだザギル」

「んー……仕掛けあるかもしんねぇけど、近くまでいかねぇとわかんねぇな。おい小僧。見つけ方教えたろ。手分けすんぞ」

「う、うん。がんばる」

「そうか。じゃあ私も教わったら」

「無駄」

「でもほら」

「動くな触るなそこにいろ」

「和葉ちゃん……ほら、適材適所ってあるから」

不服！　和葉不服！

「ああ、カズハさん。レイのマントの中にいてください。レイ、いいですね」

「はあい」

ぱふんと礼くんがマントでくるむように私を抱き込んだ。さっき凍えてた時と同じ二人羽織。ザザさんは綺麗な笑顔をみせながら、私の襟元あたりのマントの端を整えてくれる。

「レイには魔力枯渇こそ心配ありませんけど、唐突に寝ちゃうかもしれませんし、カズハさんも魔力温存していてください。いざってときには魔力の譲渡をお願いしますから」

「う、うん？　そうですか？」

「ええ、それが一番助かります。やはり魔力不足の懸念が減るだけで随分違いますから」

そうか。魔力タンクのお仕事だな。いつもはザギル専用だったけど、もうみんなのタンクになれるんだ。
「カズハさんにしかできませんからね、お願いしますね」
「なるほど！　お任せください！」
「うわ、ちょろ「ユキヒロ、ここを起点に周囲警戒を頼む。アヤメはその補佐。他は僕も含めてザギルの探索指示下に入る」い……了解っす」

私たちが降り立った魔法陣は部屋の中央より少し外れた位置にあり、ザギルは魔法陣から放射状に並び立つ柱を目印にザザさんたちを散開させて、探索を始めた。

とりあえずはより魔法陣に近い壁のある方角へ向けて、だ。

テレビで見たことがあるのだけど、事件現場を捜査する鑑識官とか、大奥で針をなくしたお針子たちとかが、一列に並んで這うように探すあれ。見落としがないようにってやつ。あんな感じになるようにそれぞれの感知範囲を重ねている。

ザギルが私の居所とか感知したりするのに結構魔力は消費するって言ってたと思うんだよね。この探索はどのくらい消費するんだろう。ザザさんだってエルネスだって勇者ほどじゃないにしろ魔力量はかなり多いのだと知ってるけど。

探索しながらじわじわと私たちから距離をおいていく彼らの姿を、ときどき柱が遮っている。視界を遮る位置があるゆえに、幸宏さんとあやめさんは拠点であるこの位置で周囲警戒を怠らない。

柱をびっしりと覆うヒカリゴケは、その量の多さのせいなのか古代遺跡の石造りの中よりも明るく周囲を照らしている。氷のような床がその光を照り返して増幅しているから余計なんだろう。

四方を隈（くま）なく照らすそれは、淡く優しい色合いではあれど私たちに影を落とさない。

「思うんですけど」

「うん」

「探索って魔力消費そこそこあるっていうじゃないですか」

「そうねぇ」

「でも今身体強化も併用してるでしょ」

「だな」

周囲警戒をしているあやめさんと幸宏さんは聞き流すような相槌をくれる。

「柱のヒカリゴケを燃やすってのは「やめて!?」」

かぶりつくような悲鳴をあげられた。

「いやでもあったかくなればその分「やめてね!?」あ、はい」

「ほんと考えてんだか考えてねぇんだか」

突き当たった壁を探索し、行きとはルートをずらして探索しながら帰ってきたザギルは、脱力顔でそう言った。収穫はなかったらしい。次は別方角へ向けて探索を始めるところ。

ザザさんは「実行前に確認しただけ偉いです」と褒めてくれた。なんか真顔だったけど多分褒めた。いや微妙なことはわかってる。ちょっと納得がいかない。礼くん「ねー」じゃない。何に同意したの今。

「そうは言うけどもね、さすがに柱を燃やすのは火力厳しいかなって」

「燃やすことから離れろ」

「和葉ちゃん……出口見つからないとこで何か燃やすのはちょっと酸欠とかさ色々とさ」

「どんだけキャンプファイヤー好き」

「待って待って、私をなんだと思ってるの!? そんなでかい火じゃなくて! ほら、焚火くらいの? こうして取って床に積んでさ――っ」

こんだけ広さあれば多少の焚火したところで問題ないでしょうと、両掌をへらみたいにして手近な柱からヒカリゴケをこそぎとった。

その下は、やっぱり隙間から覗いていた部分や床と同じ材質の氷みたいな薄青。

意外と残滓もなくするりと光る表面。

おわかりになるだろうか。

例えば深夜にカーテンを開けた瞬間の暗い窓の向こう。

例えばシャンプーを洗い流して顔を上げた時に覗いた鏡の向こう。

心霊番組見た後に妄想するような定番のアレ。

硬質な反射光の向こう側から現れたのは、トラの体軀と蝙蝠の羽根をもつ獣の、みっしりと毛に覆われたヒトによく似た面構え。

おもむろにこそぎとったヒカリゴケを元の位置にこすりつける。

つかなかった。ぽろぽろと散らばって床に落ちた。

「――やっぱ柱ごと燃やす?」

「これ、生きてんのかな」

翔太君が恐る恐る柱をつつく。

「どうだかな」

「お前でもわからんのか」

「ヒカリゴケのほうの魔力が邪魔だ。多分柱そのものにもはいりこんでんな」

理科室につきもののホルマリン漬けのように、透明な柱の中で吊るされているのか浮いているのか。柱の中は液体なのか固体なのかまさかの気体なのか。後ろ足で立ち上がっているような姿勢のマンティコアの眼は光無く虚ろだ。

仕掛けがないか確認しながら、他の柱のヒカリゴケも落としていくと。

マンティコアが四体、ハーピィが二体、フェンリル六体、ケルベロス三体、他にもまだ私が見たことのない魔獣もいたし、しかも幼獣までいたし、それから——

ヒカリゴケを削り落としながら魔法陣から離れるごとに、少しずつ柱は太くなっていく。魔法陣あたりから見ると全部同じ太さに見えてたのに遠近感マジックか。

エルネスとあやめさんは一柱ごとに細かくメモとっていってるから、あまり二人から離れすぎないようにちんたらと中身の確認をすすめていった。

これねぇ、この光景ねぇ、ＳＦ映画とかによく出てくるよねぇ。

こんな培養液に沈められている臓器の一部だったり、はたまた胎児だったり。

ノンフィクションでも研究が進められている分野があるよね。

「生きてるんじゃないかしらねぇ」

メモの手を休めず、観察する眼の鋭さもそのままにエルネスが呟く。

「少なくともなんらかの手順を踏んで外に出せば生きてる状態になると思うわ。ほらここ」

ペンの先で指す柱の根元には、いくつもの小さな魔法陣がぐるりと刻まれていた。

「全体効果はわからないけど、ところどころに見たことのある紋がはいってる。育成、安定、促進――もっとも古文書で部分的に見ただけだし、再現もされてないけどね」

「いくせい、そくしん……培養」

あやめさんが視線をあげて幸宏さんと私に縋るような顔を見せる。幸宏さんは天井を仰いで、また私を窺う。うん。まあ、いいんじゃないかなって意味で肩をすくめて見せると、だよな、と小さくため息をついた。

「あやめ、エルネスさんとなら一緒に背負えると思うんだろ」

「うん」

「じゃあ任せる」

「アヤメ？」

しゃがんだまま眉間に皺を刻んで弟子を見上げたエルネスは、すっと顔の力を抜いて緩やかに優美に立ち上がった。

「エルネスさん、これ、魔法とか魔力とか魔法陣でつくられているものだから、もちろん向こうの世界でのものとは違いますけど」

「ええ」

「魔法ではなく、科学技術で研究がされていたものと根幹は同じだと思います。科学と魔法でアプローチは違っていても」

「つまりこれは何をしているのかアヤメたちには予想できるってこと？」

「クローン技術、になるんじゃないかと。あ、でも、ここまでの結果にたどり着いてはいなかったです。こういうことができるように研究がされていたというか、うーん……あのね、エルネスさん」

「なあに？」

「向こうの世界でも、禁忌に触れやすいとされるものなんです。生命を創り出せるものだから、それはうかつに踏み入ることが許されない領域です。研究するのにもいろんな制約があって、それもあって、ここまでの成果は出せてなかったはず、です。向こうでも」

エルネスはヒカリゴケが剥がされている柱の数々を見渡して、頷いてみせた。

「そうね。どうやら危うい未知の領域そうだわ」

「私たちはふわっとした理屈しか知りません。だけどこの世界ではその程度で魔法が発動しちゃいかねません。しないかもしれないけど……やってはいけないことに踏み入っちゃうかもしれません」

マントの中で礼くんの腕にきゅうっと力がはいったのを感じて、とんとんとそれを優しく叩いた。

あやめさんは、一息空気をくっと飲み込んで。

「エルネスさん、私、ふわっとした知識が怖いです。何が起こるのかも、自分で手に負えるのかどうかもわからない。できるようになってはいけないことができるようになってしまう、そんなものを私が伝えるかもしれないのが怖いです。だから」

「アヤメ」

「はい」

「弟子の罪は師匠の罪。その程度引き受ける覚悟もなく弟子はとらない」

「――はいっ」

「知恵はそもそもいつでも罪を内包しているものよ。それでも追い求めるのが研究者の性であり業。そして弟子が道から外れないよう導くのは師匠の務め」

「はい」

「だからアヤメ、追いたいものを追いなさい。求めたいものを求めなさい。私がちゃんと見ているし、あなたが私を超えるまで全責任は私がとる」

華やかに艶やかに、自信と力強さを溢れさせて笑うエルネスの言葉はまるで神託のよう。

「でもまあ、五十年は超えさせないけどね」

「エルネスかーっこいい！」

「当然よ。崇めなさい敬いなさい奉りなさい」

（五十年ってまた絶妙っすよね。エルネスさんてエルフはいってたんでしたっけ。今五十、すぎ？）

（ユキヒロ黙って。神官長は僕が騎士見習いの時にはもう神官長でしたし五十過ぎと自称してました）

……ザザさんが騎士団入団したのは二十年以上前って言ってた気が。

そうねそうだね。七十でも百でも、五十過ぎであることには違いない。

「「ぱねぇ……」」

エルネスの高笑いが柱の間を渡り抜け響いていく。

柱の中には、あらゆる成長段階の魔獣と――モルダモーデたちが眠っている。

マンティコアやケルベロスの魔獣なんて個々の区別などつきはしない。全部同じにみえる。飼ったことないし。犬猫みたいに顔つきの違いがちゃんとあるかどうかなんてわかるわけない。
だからこの柱の中に封じられた魔獣だけみるのであれば、クローンとは言い切れないだろう。人工授精なりなんなりの可能性もある。
だけど、明らかにモルダモーデと同じ顔、明らかにモルダモーデが幼児であったころ、少年であったころ、と違和感なく成長過程が把握できるアルバムのようにいくつも並べられたモルダモーデ入りの柱があるわけだから。そりゃこれはクローンだろうなって結論になるわけで。

元の世界でのクローン技術の最新状況はどこまでいってたのか一般人である私たちにはあずかり知らぬところではあるけど、人間への適用は禁止されてたはずだから、やろうと思えばできるのか、それとも何かが違ってできないのか、そのあたりもわからない。陰謀論者ならどこかにある悪の組織ならできるに違いないって唱えるのかもしれない。

私たちの前に現れた複数のモルダモーデは、きっとこいつらなんだろう。最初に会ったのがオリジナル。

北の前線に出没していた意思の疎通ができない魔族も、歴代の勇者たちがオリジナルとなったクローンなんじゃないだろうか。モルダモーデは格下って言ってたし。

ただ、あちらでいうところのクローンとはまた違うんだろうとも思う。

クローン羊はちゃんと親個体と全く同じに出産までしてたはずだ。羊だから自我がどうのとかは確認しようがないけれども、肉体的にオリジナルとクローンの違いは全くないって報道されていた。

あの格下なモルダモーデたちは光の粉となって消えたし、あの憎たらしいモルダモーデはちゃんと血が流れていた。あちらでの技術と同じ理屈でつくられたものなら、そんなことにはならないだろう。

ああ、でも逆に魔獣は血肉があったから、モルダモーデとは別な手法でつくられているのかな。

遺伝子というものや、体細胞を使ってのクローンというものなんかのざっくりとした説明をしているあやめさん、補足をいれていく翔太君や幸宏さんの声を聞きながら、礼くんのマントの中から柱の中のマンティコアを見上げている。

成功したのって羊と牛だったかな。マウスもいたんだっけ。家畜の大量生産の可能性とかが見込まれていたんだよね。

………。

「——そうなると、ここは『武器庫』といったところか」

「魔獣やら魔族やら、『工場から直送』っすか」

もう一度この広い部屋を見渡して、柱の間隔と、天井と床と壁を確認。

柱じゃないんじゃないかな。これ。柱っぽいけど魔獣入りだし。

「あー、床なぁ、よく見てみたらこれ全面に魔法陣色々仕込んであんな」

「そうね……必要な部分だけ起動して行先なりが変わるのかも」

つまり、柱を多少壊したところで、この部屋が即崩壊することもないはず。

「これ柱の魔法陣って傷つけるとかして無効化できないのかな。生きてるんでしょう？　さすがにこの数の魔獣やらがこの部屋で一斉に動き出したら、いくら僕らでもキツイ」

「き、傷つけるですって!?　まだ解析してないのよ!?」

「神官長うるさいです」

「どうだろうなぁ、下手に傷つけると起動しちまったりするトラップとかもあっからな」

「マンティコアは肉に毒あるけど、他はどうなんでしょうね」

「ザギル、トラップは見つけ……カズハさん？」

「ハーピイとか鳥肉っぽくならないですかね」

「……和葉ちゃん？」

「ケルベロス……犬？　犬は赤白黒の順で美味いんでしたっけ……」

「か、和葉？」

「ちょっと柱一本崩して中身を」

「「「「待て待て待て待て」」」」

礼くんのマントから出てハンマー振りかぶったところで、腕にエルネスがぶら下がって止められた。すごい。エルネスめっちゃ動き速かった。この私の速さに食いつくとはさすがに研究愛が深すぎる。

「やっやめなさいよあんたなんでほんと力業なの！　すぐ力業なの!?」

「いっぱいあるし……試しに一匹くらい」

「試食!?　今それ試食の話してる!?」

「カズハさん！　魔獣食べれませんから！　前言ったじゃないですか！　食べれませんから！」

「確かにマンティコアはピリっとして苦かったですけど」

「試食済み!?」

「いつの間にしたんですか!!　なにしてんですか！」

「俺でも試そうとは思わんかったぞ……」

「初めて討伐したとき……火球で焼けたとこがあったから……」

「結構初期だった！」

むぅ……他の魔獣ならいけるのあるかもしれないと思ったのに。

渋々ながらもハンマー消したのに、エルネスががっちりと腕を摑んで離してくれない。

「エルネス……いくら研究命だからってそんな必死にならんでも……ちょっと引くわ」

「あんたには言われたくないからね!?　なんで今試食なのよ!?」

「人を食いしん坊みたいに言わないでもらおう！　ザギルじゃあるまいし！」

「お前ほんとそのあたり一度体にわからせんぞこら」

「お前もほんとその口一度縫わんとわからんか」

「あ?」

「なんだ」

「あー、はいはいはいはい、ザギルもザザさんもそれは後でねあーとーでー！　で、どしたの和葉ちゃん。とりあえず探索続けて出口なり出方なり確認するのが先だと思うんだけど」

幸宏さんがメンチ切り合ってる二人の間に割り込んだ。

「いやそれはそうなんですけど、探索は私できないし」

「暇だったとか?」

「まあ、そうなんですけど」

「そうなのかよ！」

「なんというかですね、落ち着かなくて」

「へぇ……和葉いっつもこゆときどーんとしてるのに」

「だって今食べるものなんにもないんですよ!?」

「……は?」

「……確かに食料確保は重要ですし優先度高いですけど」

「俺ら引っ張り込まれたんだぞ。襲われる心配が先じゃねぇのかよ」

「だって寒いでしょ！　寒いとエネルギー使うし！　そしたらおなか減るし！　おなか減ったら体温下がるでしょ！」

「う、うん。そうだね」

「私駄目なんですよ！　手近に食べられるものがないと落ち着かないんです！　お腹すかせたときに出せるものがないのとかほんっと嫌！」

結婚前の実家や曽祖父の家ではいただいたお歳暮なりで缶詰とか保存食が豊富にあったし、結婚後は常備菜を冷蔵庫に詰め込んであった。勿論非常食だってしっかり管理してた。

こっちに来てからだって、城内では何の心配もないけど遠征時には携帯食を常備してたし、勇者陣プラスアルファでおやつ一食分を賄える程度は確保し続けていたのだ。騎士たちにだって必ず自分の分は持ち歩くように声かけてた。そのたびにすごくなまあったかい目で見られてたけど。

なのに今、よりにもよってそれが全部喰いつくされた今、ここに引きずり込まれたんだ。

こんな調理どころか狩りも採取もできないところに！　いつもの遠征なら、森の中ででも魔物狩ったりなんだりで確保できるのに！

空腹は最高の調味料。適度な空腹感と満腹感、規則正しい食事時間は健康的な生活に欠かせない。だから空腹はいい。でも、それはその時にちゃんと食事をできるのが前提だ。おなかすいたと言われて、何も食べさせてやれないとかもう考えるだけで怖気が走る。

「お、お前の元いたとこって裕福だったんじゃねぇの？　飢え死にしそうになったことでもあんのかよ」

「なんかこういう動物いなかったっけ……やたらと餌蓄えたがるやつ」

「食べるものがないというか、食べさせられないのが嫌ってあたりがほんとあんたらしいわね……」

「和葉ちゃん、ぼくまだおなかすいてないよだいじょうぶだよ」

「ああっ礼くんかわいい！　だいじょうぶだからね！　必ず何か見つけるからっ」

天使っ私の天使がおなかすかせたままなんて許されないっ！

「クローン技術はね、食糧問題の解決法としても考えられてたのっほらっここ寒いしきっと牛とか育てられないしもしかして食べるものなんとかしようとしてたのかもだからちょっとこれ一匹試して」

「やめてえええカズハっハンマーしまって！　しまって！」

「和葉ちゃんっ待ってっなんか明後日に思考が高速回転してるからっ」

「カズハさん、ヨウカンまだありますから」

なんですと!?　もう一度顕現させて振りかぶったハンマーをそのままにザザさんを見上げたら、いつも通りの優しい顔で笑ってた。

「一応人数分は持ってますよ。団員たちに必ず携帯するようにいつも言ってるのはカズハさんでしょう。僕だって用意してますって。せっかくカズハさんがそのために作ってくれたんですし。だから落ち着いて先に探索をすませましょう」

ね？　と言われて、頷いてハンマーを消した。なんだろうこのイケメン。いいんだろうかこのイケメン。

すぅっと焦りや不安が消えて、あの新しい家具と壁紙の匂いのする部屋で毎日を過ごす私たちの姿が、やけにリアルな映像で脳裏に浮かんだ。

使い勝手良く並べられた調味料、磨かれた鍋とフライパン、広めのシンクで二人並んで食器洗いをして。

暖炉の前のソファで、広さは充分あるのに寄り添って寛いで、グラスが空けば彼が注いでくれて。

確かにそれらはここのところの休日の過ごし方なのだから、やけにリアルどころかほんとにリアルではあるのだけれど。

体感しているのに、何故かどこかなんだかテレビ画面の向こうの出来事のような絵空事のような、そんな風に思えていた景色が毎日続く。それが急にすごく身近なものに感じられた。

（ザザさんってどこ目指してるんだろうな……）

（おかんオブおかん……？）

翔太君と幸宏さんのひそひそ声に、つい、なるほどと納得して顔を向けたら「違いますからね違いますから」って、また礼くんのマントの中に戻された。なんだろう、この、しまっちゃわれた感。

「三日や四日喰わなくても普通に動けんだろ？」

「いやさすがに三日四日は無理だよ俺たちも……」

心底不思議そうな顔したザギルを、幸宏さんが窘めつつ探索が再開された。あいつの普通は勇者にとってすら普通ではないということをちょっと認識したほうがいいんじゃないだろうか。というか、勇者陣が大食いなのって勇者パワーのせいだろうしなぁ。食べることが必要な分、じゃあ食べられない時にどうなるかとか今まで試したこともないからわからないけど、少なくとも食い溜めはできないと思うから空腹に強いわけではないはず。

強大な力を奮うには相応のエネルギー源が必要なわけで。そりゃ水魔法があるから水は心配ないし、人間三、四日食べなくても死にはしないけど『普通に』動けはしないだろう。

「ザギルさんはそもそも普通じゃないからじゃないかな……」

そう呟いた翔太君はザギルに鼻つままれてた。

状況はけして楽観視できるようなものじゃない。

ここが北の前線よりも北方だとすれば、それは完全に未知の地域だ。

過去、三大同盟国の全てにおいて、北方前線より北に踏み入った者はいない。地図すらないのだ。どのくらいの広さなのか、気候はどうなのか、地形はどうなのか、ましてや魔族の生活拠点も魔王の住まう場所もわからない。あるのかどうかすらわからない。

そんな中で油断こそしてはいないし警戒も確かにしているのだけど、特に張り詰めるような緊張感があるわけでもなく。

淡々と、時に軽口を挟みながら周囲の探索を続けられるのは、私たちが勇者である驕りからなのか、それとも平和ボケした日本人の危機感のなさからなのか。

どちらも違う。

だってこの部屋に飛ばされた時、なんの合図もなく即座に陣形を組めたように、まだ未探索だった柱のあたりの魔法陣が輝きを増して浮かび上がった瞬間、探索の起点となっていた私や礼くんを中心に集結してプラズマシールドが展開された。

何が起きたとしても、これまでの訓練や生活で積み上げたものを活かすことができる。この世界でそう育ててもらったという自信が、私たちを落ち着かせ、勇者としての能力を最大に発揮させるのだ。

私たちをここに引きずり込んだのと同じ真っ白な光が、床からわずかに浮かび上がった碧い魔法陣を覆うように半球状に広がる。眼の裏を灼くような白い光は、魔法陣の碧を上書きして白く染めてから輝度をゆるゆると下げて、半球を収縮させていった。

おそらく私たちがこの部屋に来た時も、傍からはこう見えていたのだろう。

一瞬前には何もなかったはずの柱と柱の間。白い光に溶けたかのようだった碧い魔法陣は、線香花火が落ちる瞬間のごとくもう一度輝きを増してから、床に沈んで消えた。その中心地だった場所に立つのは、青紫に波打つ巻き毛とフリルも華やかに床まで裾が届くドレスを纏う小さな体。私の腰くらいまでしかない。

「――っわあああああっおばっおばけっ」

「ごふっ!?」

私を抱き込んだ礼くんの腕に渾身の力が入った。ちょ。くるし。ぎぶ！　ぎぶぎぶぎぶ！

「まっまえにきた！　これきた！　おばけっ！」

私を隠さなくてはとばかりに、懐から出てた私の頭にマントをかぶせて抱える礼くんは勇者パワー全開である。愛が苦しい。いやまじで。

「れ、レイ！　落ち着いて！」

「礼！　和葉息できてないからっ」

もがいてる私に気づいたザザさんとあやめさんの声で我に返ったらしい礼くんの力がゆるんだ隙に、すぽんとまたマントから頭を出す。あぶなかった。この愛は私が勇者だから耐えられた。

「この間も思いましたけど……僕は見えない性質な訳じゃなかったんですね」

私の息がついたのを横目で確認したザザさんは、また前に視線を戻す。ああ、そういえばゴースト見えない性質だって前に言っていたものね。多分何かの仕掛けなんだろうなぁ。リゼを直接見たことがあるのは、この中では私とザギルとザザさんと礼くんだけ。

「これが、リゼ？」

「いや、違うな」

プラズマシールドの向こうに佇むゴーストから、視線を逸らさないまま問うエルネスにザギルが答えた。

陶器の肌に薔薇色の頬、光を跳ね返すガラスの瞳は胡桃色。巻き毛はきらきらとしているけど、その輝きは水分のない人工的なもの。まっすぐ私たちに対峙して向き合っているけれど、視点は宙に結ばれている。

そのオートマタには少し不似合いな大きさのトレイを、両肘を直角にして持っていた。

「髪の色が違うし、服も新品みてぇだ。それにあのガラクタはいつも這いつくばってて立てなかったからな。別モンだろアレは――」

そう、アレは。

あのトレイに載っているのは。

「白玉団子……っ!?」

「そう、シラタ、マ……――んだぁ?」

トレイに鎮座しているつやつやの白い団子を、勇者補正の視力で、目を眇めつつ凝視する。典型的な月見団子形式でピラミッドに積み上げているそれは、きっちりと丸められて重力に負けず球形を保っている。しっとりとした表面でありながらさほどお互いにくっつきすぎてはいない。

一玉つまめば、名残惜し気に他の団子と肌を引き合いながらもぷつんと離れるだろう。

「餅……じゃないと思うんですよ。多分あれは団子……白玉粉、上新粉……どっちでしょう」

「……ねえ和葉、それ今大事？」

「大事ですよ！　上新粉とか白玉粉とかまだ再現できてないんです！　試してみたけどさすがに粉は作ったことなくて」

「いやだから……今それ？」

上新粉は米、白玉粉はもち米が原材料だってのまでは知ってたけど、製粉方法までは知らなかった。小麦粉のように粉挽きしてみたけどなんか違うのだ。

私もそこそこマヨネーズなどの調味料をはじめ手作りチャレンジは一通りしたとはいえ、粉まで自力でってのは試してなかった。米粉も手作りしていたママ友がいたけど、そこまでやる親ってのはやっぱり必要にかられてというか、子どもが小麦アレルギーだったりするんだよね。うちの子どもたちはアレルギーも持っていなかったし。確かねぇ、粉挽くだけじゃ違うの確か。実際、挽いただけでは微妙でザンネンな粉にしかならなかったし。

「……攻撃、してきそうにないね」

トレイをもったまま棒立ちでいるオートマタに、幸宏さんは警戒を緩ませない。プラズマシールドは勿論まだ解除していない。

「やっぱ教国でしょうか」

「……なにが？」

「もち米も白米も教国だったでしょ。だからあれも教国から持ってきたのかなって」

「……やっぱ今それなのね」

カザルナ王城では、もうゴーストことオートマタにおやつとミルクのお供えをしていないけれど、もしかして帝国や教国にもお供えの習慣があったのかもしれない。

「まあ、王国に直行の転移陣があるなら他の国にもあるわな」

つぅか古代遺跡あるとこにはもれなくあるんじゃねぇかというザギルの推測に、ザザさんたちも頷いた。

なぜお供えをするのかと前にザザさんに聞いたとき、「食べるから？」と言っていたし、確かにこうして持ち帰ってくるのであれば食べていると認識されるだろう。……でもオートマタが食べるんじゃないのかな。水じゃなくてミルク寄こせとかえり好みしてたけど、「誰か」に持ち帰ってきていて、その「誰か」の好みなのかもしれない。それが誰かだなんてもう考えるまでもない。

オートマタは直立不動で真正面から私たちと対峙したままだ。

……ひとつくらいつまんでもばれないのではないだろうか。一口食べれば餅なのか団子なのか、白玉粉なのか上新粉なのかわかるのに。素早く近寄ってひょいっと。

「動くな前出るなそこにいろ」

「レイ、離さないように」

「私今声出てたっ!?」

はあいと礼くんの腕がきゅっと私を抱きしめ直した。なんで。むしろ私の動きを警戒してるとばかりの三人の言動に、目をかっぴらいて愕然としてしまった。

「……和葉ちゃん、多分俺らも団子にはさほど執着してないから。後でいいから。ね」

「ぼくお団子好き」

「うん。礼君ちょっと我慢ね。また和葉ちゃんが暴走するから」

「わかったー」

「なんですか幸宏さんも翔太君も団子馬鹿にしてるんですかいいですか白玉粉は求肥作れるんですよ」

「え。求肥ってあれでしょ、なんかふわふわで硬くならないおもちみたいなあれ。あれ白玉粉なの」

「そうですあやめさん、あれです。バニラアイスをくるむアレができます」

「「「えっ」」」

「そこ！　まんまとつられないっ」

前方から視線を外さないままのザザさんが、食いついた勇者陣を窘めた。でも絶対ザザさんだって気に入ると思う。

「ザギルっお前何じりじり前出てんだっ」

「……一個かすめてくりゃわかんだろ」

「あんたたち……帰ったら教国に照会出すからっ緊急で出すからっいいわねカズハっ」

「あっはい」

いやまあ、それでもいいんだけど、やっぱりあのもち米や米があった地域は和食系強いんじゃないかなぁと思うんだよね。

同じ素材があっても、そこから加工食品への道のりはその地域によって違う。気温や地域性なんかも関わってくるのだろうし、その地域の者たちの文化が違えば当然好まれる味も違ってくる。肉じゃがの肉しかり芋煮の芋しかりお雑煮の味付けしかり。日本国内ですらそうなのに、この世界では種族すら入り乱れているのだから、同じ食材があったところで食べ方が同じとは限らない。むしろ同じほうがおかしい。

過去の勇者が持ちこんだ調味料や料理があちらこちらで根付いたのだって、勇者由来だからってだけじゃなくて、たまたま馴染んだ地域があったからこそだろう。

あれが白玉粉もしくは上新粉ならば。

それはきっと和食系が好まれる地域なんじゃないかな。加工という手間をかけるのならば好みの方向で加工するに決まってるんだから。まあ、大体気になってる地域ではあったんだよね。もち米や米があった時点で。そして何気にあの地域は割と海も近くてですね。

「むぅ。やはり行ってみたいかもしれない」

「……教国？　あんたまだダンゴ？　から離れないの？　読みなさい？　空気読みなさい？」

「うん、教国。あー、アレ、攻撃してこないんじゃないかなぁ。リゼもそうだったしね」

オートマタはいまだぴくりとも動かないまま。団子乾くだろうに。

「気になるなら潰してもいいけど、出口案内してくれるかもよ？　古代遺跡でも案内役してたし。そんなことより国外に旅行は難しいの？　過去の勇者も他国に援軍とか行ってなかったっけ」

「そんなことって流すとこじゃないわよ!?」

「教国も帝国も全力で警備はしてくれますし大歓迎されますよ。ただうちとしては……成熟してからにしてもらえると助かるというか、召喚国としては気が進むことではないです。勿論カズハさんたちの希望が最優先ですけどね」

とザザさんが教えてくれるけど、どうした騎士団長、眉尻がちょっと下がってるぞ。私をくるむ礼くんのマントを顎で押さえつつ覗き込むと、「旅行、ですよね？」と確認された。

「そりゃそうですよ。遠征的なのだとお仕事じゃないですか。そしたらきっと迎えてくれる側の国としては舞踏会とかなんか色々おもてなししちゃいそうで、それはめんどくさいし。こうね、特に目的なく見て回ってみたら意外な出会いがありそうじゃないですか。地元の食材とか料理とか」

「出会いという言葉が食い物に限定されるあたりが和葉ちゃんだよね」

幸宏さんまでヒトを食いしん坊扱いする。ひどい。そりゃしたいのはグルメ紀行だけども。

「あー、帰ったら調整はしますね。でもちょっと時間はかかると思うんで」

「やっぱりプライベート扱いでも同じですかね？　例えば新婚旅行「今なんと!?」と、か」

ぐりんと首だけこちらに回して、慌ててオートマタに視線を戻して、でもまたぐりんと首だけ回して三度見のガン見された。怖っ！　何それ！　鳥!?　鳥なのその首の回りっぷり！

「ユキヒロ、新婚旅行とはあちらでも結婚したばかりの夫婦が祝いや記念でする旅行で間違いないですか」

「う、うん。間違いない、っす」

「え、なんで私でなく幸宏さんに確認するの」

「よしっ認識に齟齬なし！　迅速に帰りますよ。帰って調整します、ええ、すぐに設定します伝手もコネも権力もありますので、なんとでもなりますしますできますザギルお前ちょっとあの人形なんとかしろ動かせ」

「無茶ぶりすんじゃねぇよ」

騎士団長の覇気がすごい。

壊せってんならともかくなんとかってなんだと、ザギルがぼやきながら屈んで床に薄く流れる魔法陣へ指先を添わせた。膝に力をためつつのクラウチングスタートの姿勢は、本人の野獣っぷりもあいまって獲物を狙う肉食獣のようだ。なにすんだろ。

「なにすんの。食べるの？　どれを？」

「うっせ……魔力流れる気配はなさそう――っと」

「動く！」

ひゅっと息を呑みつつ抑えた囁き声で警告を出したのは翔太君。

訪れた一拍の静寂に、小さな駆動音が走った。チチチチチと細かく空気を震わせる駆動音は、リゼのそれよりもはるかに滑らかだ。あいつのは軋む歯車の音だった。

――カチン

はまるべきところに何かがはまったような詰まる音とともに、案外と淀みない動きでオートマタが斜め後ろへと踵(きびす)を返す。

昔テレビで見たロボットは頭の位置が上下に揺れることなく、むしろバレエのターンのごとく優雅といってもいいほどの動きだった。床に触れそうで触れない長さのスカートの裾からは足さばきは見えない。あれは二本足で移動してるんだろうか。まさかのキャタピラだろうか。それほどに重心移動が水平だ。リゼは匍匐(ほふく)前進だったし、あいつのスカートの中は確認できてないからわからない。

こちらを認識してたのかどうかはともかく、オートマタの視界から私たちは外れた。オートマタなんだから実は後頭部に目があるとかあるかもしれないけど。全員固唾を呑んでその動きを注視していれば、既定のレールにのるように、ザギルたちがまだ探索していなかった方角の壁に向けて移動していった。

「――俺ァ、追っかけっけどお前らどうする。陣に魔力流す気配もねぇからココはひとまず安全だろ。俺だけなら先に様子見て確実に戻ってこれるぞ」

「ここで二手に分かれる意味なんてないでしょう」

「……気は進みませんが、今はそれが最善ですね」

意向を聞く素振りで、暗に自分が斥候するのを提示するザギルに対して、攻め一択のエルネス。さすが蹂躙(じゅうりん)と殲滅の女王。ザザさんも選択の余地なしと幸宏さんたちに陣形の指示を目線で出した。

礼くんにまで視線を送って頷くのに、何故私には指示が出ないのか。視線が頭上を素通りするのか。何故。

古代遺跡で登った螺旋階段も相当な長さだったけれど、光源もないのにランタン要らずの明るさを保っている通路は緩やかな弧を描きつつ延々と続いている。

今までいた部屋と同じように水晶のごとく薄青い床は、その硬質さとは裏腹に足音を全く響かせない。

スカートの裾を捌く動作もないオートマタは滑るように私たちの先で歩を進めている。ルディ王子に付き従っている上級侍女みたいなそつのない先導だ。私たちがたたらを踏むほど遅くもなく、かといって周囲への警戒が疎かになるほど速くもなく。どうぞ内装や調度品をお楽しみくださいとばかりに。ないけど。綺麗でも愛想のない壁と床だけだけど。

「ねぇねぇ和葉」

小声にしようとしても抑えきれずに普通の声量になってるあやめさんは、なにやら頰を染めてきらきらと目を輝かせてる。

「いつ決めたの？　何が決め手になったの」

「何がですか」

わからないわけじゃないけど、ちょっとすっとぼけてみると、もおっとばかりにぷっくり頰を膨らませたあやめさんかわいい。

「だってついさっきじゃない。結婚保留したのついさっきなのになんで急にって思うじゃない。全然その気なかったんでしょう？　でも結婚するって決めたんでしょ？」

オートマタが手をかざして壁に切れ目がはいって示された通路、あの魔獣とモルダモーデ入りの柱の広間から脱出して、予想以上に何事もなく結構な時間をオートマタの後をついて歩いていた。あやめさんの声はどこかに吸収されているのか響きはしない。こんなに広く長い先の見えない通路なのに。

「その気なかったなんて言ってないですよ。考えたことなかったからイメージ湧かなくてピンとこなかっただけで」

「じゃあもうピンときたの？　なんで？　何がきっかけ？」

「食いつきますね……」

「いいじゃなーい。私も知りたいわ。何よ何よそんなそれっぽいようなことなかったわよねぇ」

「なんだろう幸宏さん、こんな状況では女の人のほうがやっぱり強いんだねっていうか」

「翔太、俺はお前の中の平均的な女性像がまだ大丈夫か心配だよ……」

年齢と経験を考えれば幸宏さんと翔太君も大概肝据わってるとは思うんだけどなぁ。てかまだ大丈夫ってなんだ。礼くんは私を変わらずマントの中に抱き込んだまま、足の甲に私の足を乗せてご機嫌で歩いてくれてる。天使。

「うーん、そんな不思議ですかね？」

「和葉はもっといっぱい考えるんじゃないかと思ってたんだもん」

「え、いっぱい考えましたよ？」

「早くない!?　決めるの早くない!?」

「不思議なのって時間の長さなんですか!?」

「エルネスさん、私が不思議がるのって不思議なとこ……？」

「え、ええ、そうね、私も不思議だから不思議じゃないんじゃ、ないかしら」

「黙って聞いてたら……神官長？　余計なこと言わないでくださいね。なんですか僕が相手だと不足だとでも」

「ヘタレは黙ってなさいよ。どうせあんただって知りたいくせに」

「くっ」

割って入ったのにぐぬぬとなったザザさんに笑った。知りたいと言われてもなんで不思議なのかがわからないんだけど。

「むぅ、そんなに早かったですかねぇ。というか選択肢が揃ったら後は選ぶだけでしょ。むしろなんで時間がいるんですか」

「エルネスさん、選ぶのが悩みどころというか時間かかるとこだと思うんですけど違うのかな」

「間違いではないわよアヤメだいじょうぶ。カズハが常に男前なだけだわ」

「和葉ちゃんの辞書に『悩む』ってのがないんじゃないかな」

「考えてんだか考えてないんだかわかんねぇのがこいつの通常運転だしな」

「四方から流れるように無礼ぶっこまれた!?」

イメージ湧かなかっただけで湧いちゃえば、するっと選べるもんじゃない。意味がわからない。

そんな、ねぇ？　そんな乙女じゃあるまいし揺れるようなものないでしょう。

だって彼の隣はとても居心地がよいのだもの。息苦しさなんて全然ないんだもの。

正直子どもを持たないのなら結婚という形が必要なのかとも思いはする。私の持つ家庭のイメージはもう知らず知らずに元の世界で持っていた家庭の形に固まってしまっていて、それがザザさんと過ごした休日とは全くかすりもしないものだから。だから『結婚』なんてものに結び付いていなかったんだと思う。

でも、その休日が毎日になることがザザさんのいう結婚の形なのだと思ったら、すとんと落ちてきた。

あんなものは欲しいものじゃなかったとやっと気づけたはいいけど、じゃあどんなのが欲しかったのかとなればまるでわからなかった。だって知らなかったからね。そんな形もありだなんて。

待たなくていいんだよ。一緒に帰るから。

洗った皿を受け取ってくれるんだよ。空いたグラスを満たしてくれるんだよ。

私にとっても居心地のよい巣ができるんだよ。私だけでつくる巣じゃないから。私の居心地のよさを考えてくれるから。

一人で必死に守らなくてもいいんだよ。ちゃんと私が大事にしてるものがどれか知っていてくれているから。

そんな形は知らなかったもの。そりゃイメージ湧くわけがない。知らなきゃ欲しいなんて思うはずもない。でもわかってしまえば、見てしまえば、知ってしまえば。

あ、これ、欲しかったものなのでは？　ってわかるじゃない。

「えっと、きっかけ？　決め手？　というなら、あれですかね」

「どれどれどれどれ」

「羊羹持ってたんで」

「「「そこ!?」」」

ちゃんとね、私がおなかすかせてる子ほっとけないのをわかってくれてたんだもの。大切なみんなの分の羊羹まで持っていてくれた。私の手が届かないところを補うように準備してくれていた。私だけで頑張る必要ないのだと、行動で示してくれていた。

と、そこまで説明するのはなんだかこっぱずかしいし、今わざわざみんなに披露することもないだろう、彼はわかってくれてるだろうと、端的にまとめてみたのだけど。

「た、確かに食料確保は男の甲斐性とも言えるかもしれないわね……」

「いやそれなんて野生動物」

「俺こんなんに野獣呼ばわりされてんの納得いかねぇ」

「和葉らしい、の、かな……」

「――持っててよかった……っ」

絞りだすような声に振り向いたら、ザザさんが拳を天に突きあげてた。

R.I.P.など捧げない

夏の灼ける光でもなく、春秋の柔らかな光でもなく、ただひたすらに静謐な光が幾筋も薄雲の合間から降り注いでいる。

レースのカーテンが重なるような天使の梯子の合間に見える空は、高く抜ける青。

空を円形に切りとるのは亜麻色と胡桃色の茶色が縦に織りなすごつごつとした岩壁で、その崖の上から白銀の樹氷がこちらを覗き込んでいる。

延々と続いた通路は、オートマタが開いた扉で終わりを告げた。

そろそろかなり飽きてきてたところに広がったのは、断崖絶壁を背負う氷の城。

金魚鉢状に抉られた岩壁から掘り出したような城は、茶色の岩壁から徐々に色を無くし薄青く輝く壁でぐるりと私たちを見おろしている。城というよりは神殿のようかもしれない。

私たちがたどり着いたのは金魚鉢の底の中心、中庭になるのだろうか。今いる回廊からでは風を感じられないけれど、ガラス細工みたいな低木がそこかしこに植わっていて、その葉がしゃらしゃらと乾いた音を奏でている。

「……これは」

「いやはや美しいですなぁ」

「和葉ちゃんて時々台詞まで漢（おとこ）らしいよね」

どんな時でも警戒を怠らないザザさんですら息を呑んで、一瞬オートマタから気が逸れてしまうほどの絶景。慌てて私たちが前に出ないように左腕で制していたけれど。

「何これっ植物なの!?」

そんな制止などものともしないエルネスが、即座にかじりついた馬酔木（あせび）にも似た小さな釣鐘状の花を重たげに揺らす低木は、葉から幹から花まで城と同じ半透明で、無機物のようにしか見えない。さすがに無警戒に触ったりはしていないけど、めっちゃ顔近づけてる。師匠の後を追いたいあやめさんは、ザザさんの腕の後ろからぴょこぴょことすり抜けようとしては止められていた。わかる。私だって礼くんに抱えられてさえいなければっ。

突き進むエルネスの後をじりじりと追う形で私たちも中庭に踏み込んでいく。

何故エルネスが斥候役なのか、それでいいのかと聞いたら「止められないなら役に立ってもらうしかないでしょう」とザザさんにさらりと返された。まあ、エルネスも無闇に突撃するわけでは当然なくて、周囲を観察しメモりながらだから、うん、適役なのか、な。

流れる雲が落とす薄い影は、ゆっくりと中庭を横切っていく。しゃらりしゃらりと囁くような葉擦れの音。

「崖の上の風も強くはなさそうだね」

「ですね――さあ、行くぞザギル号！」

びしっと上空を指させば、私を安定の子ども抱っこしたザギルがはいはいと受け流す。ほんとノリ悪い。別に私一人でも上空偵察はできるって言ったのに、見るだけじゃ偵察になんねぇしとか無礼きわまりないし。

オートマタは回廊から一歩中庭に踏み出した途端に、ぴたりと動かなくなった。素早く団子を一粒摘まんで食べたらまたザザさんに怒られた。オートマタは反応しなかったのに。ちなみに白玉粉でした。間違いない。

オートマタが動かないのだからと、その間ひとまず中庭はエルネスを中心として探索し、私はザギルとともに上空へあがることにしたのだ。

「ほんっとゆっくり上がってくださいよ何があるかわからないんですから……ってやっぱり僕が一緒に」

「お前じゃ距離と魔力消費の見通し立てれねぇっつってんだろが」

「大丈夫だよザザさん、ここなら僕も感知できる。あの崖の上一帯にはなんの気配もないから」

眉尻を下げてるザザさんは、翔太君に後押しされつつ私の手をきゅっと握りしめてから離してくれた。念を押すようにザギルを一睨みするのも忘れない。

「さくっといってきますよ。お任せくださいっ」

びしっと拳で胸を叩いてみせたのに、「その自信満々さが嫌なんですよ任せたくないんですよ」とのたまわれた。

「失敬な」

「日頃の行いだろ――っうぉおおおって、てめっ、合図くらい出せや！」

いつも通りの加速で一気に上空まであがっただけなのにザギルは文句が多い。地表からも「ゆっくりって言ったでしょおおおおお」って悲鳴が聞こえた気がするけどまあいい。ほら、ぐずぐずしてると余計怖いとか心配とかしちゃうからね。歯抜くときとかささくれ剝くときとかもそうでしょ。

「……ったく、あー、こりゃまた果てねぇな」

「だねぇ……、あっちが南、か」

崖上よりも上空で、ザギルとともに三百六十度見渡して、太陽の位置から南と思われる方角に身体を向ける。

どこまでもどこまでも、樹氷の森が銀色に続いていた。

見下ろせば、ぽかりと空いた穴を取り囲む真っ白な樹々と城の壁が同化している。これはわかってて探さないと見つけられないに違いない。まあ、上空からあの城を探す手段を持ってるのは魔族だけだろうけど。

「んーー」

「んんーーーー」

二人で顔を突き出すようにして目を細めて遠くを見通す。ザギルは獣人の視力で、私は勇者補正の視力で。

快晴、とまではいえないお天気。地平線と空の間はうっすらと靄がかかっている。

「山、山脈、見える、かな？」

「見える気がすっけどなぁ。てか、お前方角はちゃんとわかんだな」

「任せろっていったじゃん。あれでしょ。大山脈を隔てて向こうがカザルナでしょ」

「帝国や教国かもしんねぇけどな」

確かに三大国と北の地は大山脈で分断されているし、私たちのいるこの地点が東西のどのあたりにあるかもわかんないわけだしね。なんなら北の地は前人未到なので大山脈より北にまた山脈があるかもしれないし。でもきっと南にどんどん進めばそのうち三大国のどれかには着くと思われる。

ザギルの指示でもう一度全方向をじっくりと見てから、上昇するときよりは緩やかな速度で中庭に戻る。ザギルの足が地につくよりも早くザザさんに抱き降ろされた。

「どうだった」

「あー、大山脈が見えるか見えねぇかっつうとこだな。辺り一面森だ」

「てことは、火は焚けるかな……水は大丈夫だろ、食えるものとれりゃいいけど」

幸宏さんがサバイバル計画を立てはじめる。

「ひどく静かだったけど、一応生き物の気配はありましたよ。梢が妙な揺れ方してるとことかあったし」

「さすが狩人。翔太の感知もあるし、狩りはできそうだね」

「私が一気にみんなを運んで距離稼ぐってのもありかと」

「幸いこのメンバーですし、ある程度の行軍は耐えられるでしょう。それは最後の手段ですね。天候もありますし、野営の装備くらいは欲しいとこですが」

「後で城の中漁りましょう。勇者たるもの箪笥やらなんやらがんがん開けるのは基本ですし」

「だよね」

「だね」

「え。カズハさんだけでなく？　みなさんの勇者像ってそんなんですか……？」

「と、いうかですね。今上から見下ろして気づいたんですけど、エルネスー」

中庭の奥まで続く小道にしゃがみこんでるであろうエルネスを呼ぶと、ぴょこっと茂みの向こうから頭が出てきた。

「なによ」

「その葉っぱとか触っても平気よね？」

「ええ。毒性はなさそうよって、あっ、ちょっと」

目の前にある茂みをかきわけていく。しゃらしゃらと水気のない乾いた音が鳴る。

中庭には、枝ぶりが梅に似た横幅もあるけど高さもある木が三本だけ。回廊から出入りできる部分こそ直径三メートルほどの空間はあれど、その先は私の肩くらいまでの低木が小人用の迷路みたいに生い茂り、縫うように延びる細い小道を隠している。低木に遮られて、背の高いザギルや礼くんからも見えなかったであろう空間が、上空から降りてくるときにいくつも見えた。

最初に訪れた転移陣のある地下の広間にあった柱や床と多分同じ材質。透明な氷みたいなそれは、今度は棺のような形をして地面に据えられている。

その棺の中には、褐色の肌に牛のような角を二本もつ女性が横たわっていた。

この世界は地球と同じように月の満ち欠けがある。地球に比べて大きな月ではあるけれど、それを見ていれば、ああ、ここも丸い星なんだなとわかる。図書館や資料室で調べてみれば、四季豊かな地域や熱帯もあった。

ただ、一日は二十六時間だし、一年は十二か月だけど一か月は二十九日だ。微妙に違う。そりゃそうだよね。太陰暦やら太陽暦やらが持ちこまれたのか持ちこまれてないのかもよくわからない。言い出したら地球での一分がこちらの一分と同等なのかもわからないわけだし、あちらの暦を換算する意義もあまりないだろうし、何より計算めんどくさくない？　と過去考えたのかどうなのか。多分考えた。私も考えたもの。

勇者の召喚は五十年ごと決まった日に行われる。だから勇者たちの誕生日はその日にすると慣習付けされていた。

「――いた！　こっちこっち！」

幸宏さんが片手を大きく振って声をあげた方向へとみんなが集まる。

中庭は何気に広くて訓練場ほどもあり、私たちは二人一組になって点在する棺を探しては確認していた。低木に覆われた棺を見つけるごとに、胸元あたりに彫られた銘を読み上げてエルネスがメモとる流れ。

「ジョゼフ・モルダモーデ・スレイ、カザルナ王国、二千五百六十三年から――二千七百十四年……今年、だよね」

銘板を指でなぞり読み上げる幸宏さんに、エルネスが頷きを返す。

一番間近で見てる私に、あやめさんが上目遣いで窺う。

「これ、は、地下にいたモルダモーデとは違う、わよね？」

「でしょうねぇ……、明らかに地下のとは扱いが違いますし、この抱えてるのはリゼですから」

いびつな巻き角、薄茶の髪、緑がかるほどの白い肌。骨ばった長い指でそっと抱きかかえているのは毛糸みたいな紫の髪をしたオートマタ。ぼろぼろだったドレスは綺麗なものに着替えて髪も整えられてはいるけれど。

いくつも見つけた棺の中の魔族たちは、みんなそれぞれ何かを大切そうに持っていた。それは瑞々しいままの花であったり、艶やかさを失っていないネックレスだったり、曇りない銀のスプーンだったり。

「……他の棺に銘されている暦年も全て勇者召喚年で始まってる。このモルダモーデもそうね。どう考えても終わりの年は没年でしょう。――本当に魔族はみんな元勇者なのね」

とったメモを一枚遡ってめくりながら、顎にペンの先をあててエルネスが小さくため息をついた。

「他の人もみんなそこそこ若いよね。見た目」

「いってても五十代、くらいかなぁ……東洋系っぽい顔立ちじゃなきゃ俺もよくわかんないけど、どうっすかね、ザザさん」

「うーん、長命種って大体青年期長いですしね……魔族になることで長命種になったのだとすれば、不思議ではないかもしれません。現にこのモルダモーデは百五十年前に召喚されてますけど、見た目はせいぜいが三十半ばくらいじゃないですか。普通は長命種でも寿命間近ならそれなりに老人っぽくなりますけど……そもそも魔族の寿命はわかりませんから」

ぺらぺらとメモのページを行きつ戻りつするエルネスの手元を、あやめさんが覗き込んでる。

「……昔の魔族ほど、長く生きてますよね？」

「そうねぇ……見つけた限り一番古い年代で四百年くらいかしらね。じわじわと没年までが短くなっていってる。二百五十年前の方は——召喚年から没年まで百八十六年」

「ねえ、和葉ちゃん」

「ん？」

「これ、モルダモーデ、死んでる、の？」

しゃがみこんだ礼くんの目線は、棺の中のモルダモーデと同じ高さ。眉間にかわいい皺を刻みつつ、こてんと首を傾げて真横から覗き込んでる。

「うん。多分そう」

「さっき見た地下のもそうだったけど、寝てるみたいだね」

「うん。そうだね」

礼くんはまだご遺体って見たことなかったんじゃないだろうか。城に来たモルダモーデは粉となって消えたし、リトさんは認識票が帰ってきた。

繋いだ手はそのままに礼くんの横にぴったりとしゃがみこんで横顔を見上げたら、ちょっと唇がとがっている。むぅっと小さく唸ってから、下唇をきゅっと噛み締めて。

それから私の手を挟むように両手を合わせた。

「礼くん？」

「――ぼく、こいつ嫌い。でも」

「うん」

「リトさんは恨むな憎むなって言ったし」

「うん」

「お墓ではこうして死んだ人にお話しするって」

「そっか」

ザザさんが礼くんのつむじをくしゃりと撫ぜて、幸宏さんが肩をぽんと叩いてさすった。後ろのほうで「えぇ……？」ってザギルが引いてる声がした。

いやまあ、ザギルにうちの天使を理解できるわけがないからね。うん。

「なんてお話ししたの？」

「お前なんて大嫌いばーかって」

「う、うん？　……そ、そっか」

あれ。なんかちょっと違った？

「それでおしまい。死んじゃったからおしまい！　むかついたらコロシテそれでおしまいだってザギルもいっつも言ってるし！」

「だわな。それならわかるわ」

（うわぁ……ここでザギル語録引用かぁ）

（やめて、幸宏さんやめて。こ、これはこれでありです、うん）

（納得はできるのになんか複雑……）

（（それね））

ザザさん、どうしようって顔してこっち見ないで。

よし、とばかりに立ち上がった礼くんは、繋いだ手と反対側のジャージの袖で目尻を一拭いしてたから、やっぱり天使には変わりない。力強く逞しい天使です。

『じゃあね、カズハ――もっと、遊びたかったよ』

地下で柱詰めになってるモルダモーデにも、城に現れた劣化モルダモーデにもなかった、どこか軽薄そうなわずかに口角をあげた表情。これは確かにあのむかつくモルダモーデだと思う。

絶対私が殺してやると思っていたのに。

あれは最期になることを知っていた言葉なのだろうか。

だからリゼをひきあげたのだろうか。

心残りがあるようなニュアンス滲ませたくせに、やたら満足そうにもみえる穏やかな顔をして。

なんにせよ、言い逃げで勝ち逃げのくそったれめ。

これまでの人生、特に強い憎しみなんてものをもった覚えはない。

元々の性分なのか、実のところ他人にあまり興味がないせいなのか、好悪はあっても憎しみのような強い執着ともいえるものを抱いたことはなかったと思う。

確かにこの世界に来てからこっち、制御しにくいほどの怒りやおさえることができない愛しさで感情を乱されることが増えたとはいえ。

モルダモーデは必ず私が殺してやると決めてはいたけれど、それが憎しみ故だったと言われれば多分違うと思う。

あの傲慢さが腹立たしかった。

あの軽薄さが苛立たしかった。

掠めることもできそうにない力の差を見せつけられることが気に障った。

私の巣に土足で踏み入る無神経さが邪魔でしょうがなかった。

だから。

掃除機をかけたあとは雑巾がけをするように、蚊が飛んでいれば叩いて殺すように、私が排除しなくてはならないと、そうしたいと望んだのだ。

モルダモーデは魔王の側近。本人がそう言った。側近は側近でしかない。最終的な決定権は普通持たないだろう。北の前線で戦いを継続させているのも魔王の指示なのだろうから。そのはず。

別にこれで争いごとが終わったというわけじゃない。勇者に期待されていた役割が終わったわけじゃない。

けれど、まだ北の前線にすら投入されたことのない未熟な私にとって、モルダモーデは今の生活を脅かす最大の象徴だった。ただそれだけだ。

そもそもが憎しみなんて強い衝動ではないのだから、モルダモーデが死んだとなっても特に行き場のない激情が湧くわけでも、虚しさに囚われるなんてこともない。

開けられないと必死に押してた扉が実は引き戸だったことに気づいたみたいな、軽い驚きと肩透かし感があるだけだ。

「えぇー……」

棺の中のモルダモーデと対面した瞬間、誰ともなく漏らしたその声が、多分一番しっくりくる心境の表現。

「許可もとらずに王の食物に手をつけるとはな」

泰然とした口ぶりは厳(おごそ)かささえあるのに、声色は高く幼い。

ざわりとうなじの毛が逆立った。

眠っているかのようなモルダモーデを囲んで、なんともいえない空気を醸していた私たちの背へと、唐突に響いたのは少年とも少女ともつかない張りのある涼やかな声だった。

王都全域を感知範囲とする翔太君や、王城の中全ての気配を見分けるザギルですら、虚をつかれたその声に、全員の神経が瞬時に研ぎ澄まされる。

背にかばったはずの礼くんが、私をマントにしまいこもうとする。いやだめ、ちょっと今は待ちなさい。

即座に展開されたプラズマシールドと障壁が、私たちとその声の主の間を隔てた。

私と礼くんの右側に翔太君、左側にエルネス、斜め後方にあやめさんと幸宏さん。ザギルとザザさんが前方で腰を少し落として構えてる。あやめさんとエルネスが小さく口ずさむ詠唱は葉擦れの音に紛れている。どんな時でも最後の一節まで口ずさんで待機しておくのは、魔法使いの嗜みだと前に言っていた。

その声の主は中庭と回廊の境目に立ちつくしたままのオートマタの隣に構えることなく立ち、団子を一粒口に運ぶ。こちらの緊迫した空気などまるで感じていない風情で、ゆっくりと咀嚼し小さく頷いた。

あらゆる色を重ねた黒の髪は、艶々と天使の輪を映す絹糸みたいにふわりと風を含む。オートマタの手から受け取った団子の皿を見つめる瞳は確かに赤紫に輝いていたのに、視線をこちらに向けて陽の光を受けると深い青緑色になった。

流れる雲が日差しを遮るたびに、瞳の色が瞬くように色を変え——その目線は私とほぼ変わらない高さにある。

ちりちりとライターで焙られてるような痛みが首筋に走る。

だめだ。これは。

ザギルがぐびりと喉を鳴らした。表情こそこちらからは見えないけれど顎の下がひくひくとわずかに震えてる。

そいつは団子をもうひとつ口に運びながら、こてりと首を傾げた後、私たちから少し離れた場所に立つ木へと顔を向け、そちらへと歩みはじめる。

私たちが中庭に足を踏み入れたとき、透明でガラス細工みたいな下生えの草はその硬質な印象を裏切り、さくさくとした芝生っぽい音を立てた。

なのに今、小さな足が一歩踏み出された瞬間、りぃんと伸びやかな鈴音を響かせ、剣先のような葉が溶けてミルククラウンとなり、いくつかの波紋を同心円状に広がらせ、そしてまた草に戻っていく。

一歩、一歩。歩むごとに草から液状に、液状からまた草へと姿を変えていく様は、特別な存在にレッドカーペットなど必要ないのだと、それが立つ場所が即ち特別な場所なのだと、なんとはなしにそう思わせた。これに近い光景、なんか見たことある。某国民的アニメ映画で見たことある。

半円に展開されていたプラズマシールドと障壁はまだ私たちとそれを隔てているけれど、全くもって意識されていないことは見ていればわかる。中庭に三本しか立っていない高木のうち一本の根元までくると、くるりとこちらに向き直り、幹に背を預けて腰を下ろす。と、しゅるしゅると下生えはその丈を伸ばし、見る間に肘掛椅子を形作ってその体を受け止めた。

少しだらしなく足を組み、皿をお腹にのせて、団子をもうひとつ。

咀嚼して飲み込んで。

おもむろに紡がれたのは老婆のような錆びついた声。


「やあ、我は魔王。はじめまして？　今代の勇者たち」

「撤収っ!!」


高らかに吠えると同時に礼くんの腕を振りほどき。

ザギルとザザさんの頭上を飛び越え。

プラズマシールドよりも高く『落下』して。

その高度からの落下速度にさらに加速して。

黒髪の小さな頭目掛けてハンマーを叩きこんだ。


「——ちっ」

「……お前、挨拶もそこそこの上に舌打ちなど不敬にすぎるぞ」

平坦な声音は低く響く成人男性のもの。——色味のないほど白い肌と薄桃色の唇には相応しくない。

会話ひとつごとに変わる声色は、特にその内容に合わせて変えているわけでもないらしい。

艶やかな黒髪、深みのある輝きをもつアレキサンドライトの瞳、瑞々しい白磁の肌と、美麗な色合いを持つわりに、顔立ちそのものは至って普通の子どもの顔だった。極々平凡な白人の子ども。いやここは美少年とか美少女とかが出るところだろう。体格は私とそう変わらない。

驚きを表情に出してはいないけれど、組んでた足は軽く膝を折って揃えられ、つま先がちょっと地面から浮いてる。両手でつかんだ団子の皿も、さっきまで載せてたお腹から少し浮いていた。

「おまっ！　撤収っつって何してんだ！」

「カズハさんっ戻ってっ戻って！」

「練習したのに！　なんで逃げてないの！」

「和葉ちゃんこそなんでそっちなの！　練習と違うじゃん！」

渾身の一撃だったはずのハンマーは、反動すらなくぴたりと目標から三十センチ手前で止められた。

絡みついているのは目の前の木と椅子と足元の草から瞬時に伸びたつる草。私の手首まで巻き込んでいる。

ぴたいち動かない腕とハンマーをそのままに首だけ振り返ると、全員が武器を構えたポーズで足首から膝までと両腕をつる草でぐるぐる巻きにされていた。エルネスとあやめさんはさらに顔の下半分を覆われている。

「……ザギル、あんたってばもうがっかりだ」

「てめぇほんとこっちこいやその口ひねらせろコラ！」

「あんたから逃げ足取ったら何が残んの！」

「あるわ！　いっぱい残るわ！」

一人でも離脱できれば突破口は開けるんじゃないかと期待してたのに。まあ、多分無理かなぁとも思ってたけど。

「勝算はないと見越したうえであがいてみたのか。囮となって他の者を逃がそうとしたか」

私の内心が聞こえてるように答えるのは、台詞に似合わない鼻にかかった甘え声。声がいちいち変わるのって、思ったよりも違和感が強くて会話しにくい。誰だと辺りを見回したくなる。

「勝ちも何もあんたは勝負の土俵にも立たないでしょう。むかつくからかましただけ」

少し浮いてた皿をまた腹において背もたれに深く身体を預けた子どもの顔をしている何かを、せめてとばかりに見下ろす。

予定としては私もすぐ引くつもりだったし、最終的には全員で帰るのが目的なことに変わりはない。ただこの囚われた状態で説明する義理もないし、なんならそれらもお見通しなのかもしれない。

召喚当時、ゴールは魔王討伐かと聞いた私に『まさか。魔王ですよ』とザザさんはそう答えた。

魔王に相対した者などいないというのに、存在すら確認されていないというのに、当然の理のごとく返された言葉は、予測でも予想でもなくまさに理だったのだと今身に染みる。太陽が東からのぼるのを変えることができないのと同列の理。

魔法というファンタジーな世界においても異常な存在である勇者にとってすら、どうこうできるものではない。勝負などというものは対等な立場同士でなくては成立さえしないものだ。鈍いと言われ続けてきた私にでも、肌に叩きつけられるように感じる圧倒的な力の差。差分さえ計り知れない。いや、鈍いからじゃないと思うけど。鈍いってのも認めてはいないけども。

威圧する覇気があるわけではない。突き刺さる殺意があるわけでもない。ただそれがそこにいるだけで私のうなじがちりちりとする。

ケダモノなザギルが怯えたのと多分同じ。きっとこれは本能。

「……アレは未熟さゆえの暴走と評していたが、成熟が進んでもなおそれはやまぬか」

「暴走違うし。戦略だし。てか、その声なんとかならない？　なんでころころ変わるの。落ち着かないんだけど」

「ふむ」

顔立ちとは裏腹に幼い表情はまるでないまま小首を傾げる。あ、あーと声を試すのを黙って見つめて数秒。

「無理だな」

「だっさ！　魔王のくせに」

（――ほんっとやめてくれ）

（おう、いまさらだけど俺時々あいつ怖ぇ）

（あの煽りのスタイル、計算か天然かわかんないよね……）

後ろでこしょこしょ聞こえるのはザザさんとザギルと幸宏さん。聞こえてるあたりあなたたちも大概だと思うの。

「魔王のくせにと言われてもな。そもそもお前らがそう呼ぶことが多いだけのものだ」

「ほほぉ？」

「お前らが勝手に我らを魔王と呼ぶ。名がなくては我らを我らだと認識できぬであろう？　お前らにわかりやすいようにそう名乗ってやっただけのこと」

「なるほど」

世界の半分を寄こすような『魔王』というイメージは私たちだから持ち得るものなのかもしれない。人んちの簞笥漁るのが『勇者』のイメージなのと同じように。それは可能性として考えたことはあったのだけど。

魔族と魔獣を統べる者だから魔王。

ただそれだけの意味である可能性だって充分にあるのだ。だって、何故魔族と魔獣が北の前線を押し下げてくるのか、その目的は誰も知らない。今まで交渉ひとつ成立したこともなかったのだから。

手にしたハンマーを消せば、手にも絡んでいたつる草はその力を緩めてするすると丈の短い下生えに戻っていった。足首に巻きつくつる草はまだそのまま。

「じゃあ、本当の名前は？　いや、魔王ってのも名前ではないだろうけど」

「ないな」

「名前が？」

「ああ、我らを示す言葉はいくつもあるが、どれもお前たちが呼ぶもの。我らに名は必要ない」

「いくつも？　他には？」

ふむ、と薄いまつ毛を伏せて一呼吸。これは話すべきか話してもいいものかを考えてる呼吸だろうか。

「精霊だと讃える者がいるな。神と崇める者もいる。今多く呼ばれているのはこのくらいか。魔王が一番長く多く呼ばれているが」

この世界には、私たちがいた世界での宗教は広まっていない。帝国に国教はなくて、教国は多神教らしいけど、どんな神々なのかとか主神がいてそれを祀っているのかとか詳しいことは知らない。カザルナでは国教こそ定められてはいないけど精霊教が多数派だ。南方諸国は多すぎてわからない。勇者教があるとか馬鹿げた話もあるらしい。

「神かぁ。神ときたかー」

「お前の言う神と同じなのかは知らんぞ」

「奇跡起こせたりする？」

「きせき」

「ほら、死んじゃった人生き返らせたり？」

「できん」

「天候を自在に操ったり？」

「なぜそんなことをする必要がある」

「できる？」

「多少だから自在とはいえんな。疲れる」

「疲れるんだ」

「当たり前だろう」

「ですよね」

振り返るとみんなそれぞれ手や顔のつる草はとれていた。足だけはまだ固定されている。首を傾げて見せたら、全員に傾げ返された。なんかちょっと違うよね？　イメージちょっと違うよね？

「いや、何が不思議ってなんでそんな雑談みたいな問答に展開してるのかってとこですからね？」

「ザザさん、何事もまず対話からですよ」

「お前さっき挨拶もせず我らに殴りかからんかったか」

すごい。魔王から突っ込み入った。


『あの坊やもよかったけど、やっぱり君がいい』

モルダモーデは、私と礼くんを天秤にかけていた。それは何のために選ぶのか。消すためなのか、連れ去るためなのか。

城に現れたエセモルダモーデたちは私に狙いを定めていた。それは私を選んだということ。殺そうと思えば殺せたのだろう。実際死にかけた。けれども、私はこの通り生き残っている。それは即死するダメージではなかったからだ。斬り飛ばされたのは片腕と脇腹。多分、首を刎ねようと思えばできたはず。だけどそうしなかった。さすがに首を刎ねられていたら、あやめさんにだって回復はできなかった。この世界に蘇生魔法はない。なんならさっき魔王自身が蘇生はできないといった。

『俺たちにも予定があってね、少し時間をあげることにしたんだ』

なんの予定だったのか。予定があるといったモルダモーデ自身はもう棺の中に横たわっている。

各世代の勇者たちの中から一人か二人が魔族となって姿を消している。それが自発的なものなのか、選ぶに選べない状況でそうなってしまったのか、そうさせられてしまったのか。――モルダモーデの態度からいって、自らの意思がまるでなかったようには見えない。

勇者の成熟には数年単位の時間を必要としていた。モルダモーデを含む消えた勇者たちは全て成熟してからいなくなっている。

なのに、私たちは召喚されてまだ一年と経っていない。古代遺跡のあの転移陣の光は私だけに纏わりついて引きずり込んだ。みんなは私にしがみついて一緒に来てしまっただけ。

問答無用に襲い掛かった私を軽く行動不能にはしたけれど、攻撃はしてきていない。

ならば。それらのことから考えるに。

「――つまり、あんたは私が必要なんでしょ？　必要だから殺すわけにいかない。モルダモーデは私たちに恩着せがましく時間をやると言ったけど、違うよね。召喚されてから成熟するまでの数年の間に姿を消した勇者は過去居ない。なのに私たちは召喚されてまだ一年たっていない。急いでるんでしょ。あんたたちの都合で、急いで私を手に入れる必要があるんだよね？」

相手が望むものをこちらが持っているのなら、それを武器にするのが基本。勇者パワーがあってもふりほどけないこのつる草が、今まさに全員の足に纏わりついて自由が利かない状態だとしても。

私は私自身を切り札にして、このとりすました顔の子どもと対等に交渉することができるはず。

魔王を名乗った子どもは、泰然と寛ぐ姿勢で無表情のまま私を見上げている。

「だったら私たちは客でしょう。願いがあるならまずはもてなしなさい」

「もてなし」

きらきらと赤紫に青緑に光を弾く瞳で、薄桃色の柔らかそうな唇で、無垢な幼子そのままの顔して、その顔に見合わない低くて渋いバリトンボイスで。

「……もてなし、とは？」

よし！　そっからか！　わかった！　対等な交渉はまず認識のすり合わせからだね！

「いやまあわかんないでもないけどさ、いの一番に要求するのがもてなしってのもどうかと思うよ」
「幸宏さん、おもてなしをなめるんですかどうなんですか。それ日本人として。あ、肘掛け欲しい――よし」
伸びた草が編まれ、溶け合い、その編み目を無くして出来上がった一人掛ソファに深く腰かけた。
座面の端まで膝が届かなくて足先は浮いているけど、まあ、座り心地は悪くない。

魔王に正対する私の左右斜め後ろを囲むように、同じ椅子が人数分作られてザザさん以外は腰かけている。ザザさんだけは私の横に立っている。

「椅子がもてなしというものか」

「お茶とか出して」

「ない」

「……しょうがないな。貸しだからね。礼くん、かばんちょうだい」

「はあい」

移動中私を抱え込む礼くんに預けていたかばんをひきとってお茶の準備を始めた。かちゃかちゃとカップの触れ合う音だけがする静けさの中で、ザギルがなんともいえないような声で呟く。

「……なんだろうなこのダルっとした感じ」

「ユキヒロ、どうなのこれあっちの世界ではこういう」

「やめてもういつもいってるじゃないっすかエルネスさん一般化しないで」

ザギルとエルネスが幸宏さんからあやめさんと翔太君に視線を流すと、二人ともおもむろに首を横に振った。礼くんはカップを並べてくれて、ザザさんはなんか悟りを開いたような顔してる。もうほんとみんなわかってないわ。こちらのペースに持ち込むのは取引の基本じゃないの基本。

「てめぇ、何鼻で笑っててんだむかつくなおい」

「お茶要らないの」

「いるわ」

配給方式でそれぞれにカップが渡ったけれど、魔王はどっしりと構えたまま動かない。

「いるの？　いらないの？」

またこてりと首を傾げた後、ひょいと椅子から飛び降りてきて、両手を差し出す姿が子どもらしすぎて違和感がひどい。指先を温めるかのようにカップを包み、湯気を顔に浴びて覗き込んでる。

「熱い茶は久しぶりだ」

「普段どうしてんの」

「別に飲み食いは必要ないからな。アレらが飲むときにつきあう程度だった」

「必要ないって、さっき団子食べてたじゃない」

「供物を喰っただけだ」

「あんたへの供物じゃないでしょ。ゴーストへの差し入れなんだから。食べたくなきゃ食べないでいいじゃないの」

「あいつらは我らのものだ。あいつらのものは我らのものだろう」

ぷいっと踵を返して席に戻るとかなにそれ。今拗ねた？　なんか今うっすら唇とがってたっぽいんだけど。気のせいか？　え、なにそれ。なんなの罠？

（……あざとくない？）

あやめさんの囁きに思わず頷いた。

尊大な口調は王子様じみていて、ルディ王子っぽくもある。けれど朗らかで放埒な彼とは違って、様々な声音で紡がれるそれは平坦で単調だ。

私も席について一口お茶を啜ると、淡々とした声がザザさんに向けられた。

「お前は座らぬのか」

斜め上にあるザザさんの顔は騎士団長の顔。小豆の時もそうだったけど、護衛モードの時は座らないんだよね。

勇者陣の中で私が最前列で魔王に向かい合っているから、その隣が護衛として最適なポジションなんだろう。戦闘スタイルは指揮官でもあるしどちらかと言えば後衛なんだけど、護衛なら話は別だし。……飛びだす私を押さえる役回りを礼くんから交代したわけじゃないはずだ。多分。そっと肩に指先を置かれているけどチガウはず。おそらく。

「……妻の隣は夫の場所です。お気遣いなく」

「そっち!?」

やだもうなにほんとこのイケメン。何度でも言う。なにこのイケメン。

ふむ、と目を細めた魔王の顔にはほんの少し感情がのっているようにも思える。それがどういうものなのかはわからないけれど。

「かなり血は薄まっているはずだが、随分アレに似ているな。道理で喜んでいた」

「……なんのことです」

アレって、さっきから魔王が言うアレは文脈から言ってモルダモーデだと思う。けど。ザザさんは怪訝そうに眉を顰めていた。

「何代目かは知らんがな。お前はアレの血筋だろう」

「――は？」

「そうなの!?」

思わず袖摑んで叫んだら、ザザさんは思いっきり首を横に振った。

「えっいや知りませんよそんな話」

「あ、あああああ、ほら、モルダモーデって城の侍女と付き合ってたって言ってたっすよね!?」

「ちょっとザザ聞いてないの。先祖に未婚で子ども産んだ女性とか！」

「なにそれあいつやり逃げしたってこと!?　さいてー！」

「あやめちゃんっ言い方っ」

「だってそうじゃないっ」

まさかのモルダモーデゴシップに沸く私たちに、魔王がちょっとだけのけぞって引いてた。

「……うちの一族、騎士とか兵士が多くてですね、早いうちに夫を亡くすこともよくあるんで子どもは一族総出で育てるのが当たり前で」

ああ、魔物発生率が高いって言ってたっけ。ザザさんとこは領主一族だし、貴族だから魔力も多いし、そうなると戦闘力も高めだろうしな。

「なので、領外から子どもだけ連れて帰ってくる女性もそこそこいまして……」

「珍しいことじゃないからわからないと」

「まあ、そうですね……」

カザルナ王国は結婚事情がかなりフリーダムだし、初婚年齢こそ低めだけれど離婚率や再婚率も何気に高い。いやむしろ初婚年齢が低いからか。子どもの成人も早いしリセットしやすいもんね。ザザさんの一族は一夫一妻の夫婦ばかりだと言っていたけど、ザザさん自身今も七人兄弟で、それが標準だということは一族みんな大家族なんだろう。育て手が多くて出戻りにも抵抗ないなら、まあ、そういう家風になるよね。

確か都道府県別の離婚率が高い地域のうちのひとつには、気安く出戻れる土台があったからってとこがあると何かで読んだことがある。

「いやしかしさすがに勇者が相手なら伝わってそうですが……」

「だよねぇ。勇者の血筋って結構大事にされるってエルネス言ってたよね？」

「……だからじゃないかしらねぇ。囲い込まれるのを避けたとか？　矜持の足りない貴族もいるし、勇者本人がいないなら警戒するってこともありえるわよ。そうならないように国で保護しようとはするだろうけど……」

「隠して信頼できる実家に戻るほうが楽よね……」

「そうでしょうねぇ」

「やっぱりさいてーじゃないさいてー」

「そりゃ子どもできたからって逃げたんならそうでしょうけどねぇ」

別にモルダモーデの肩を持つわけじゃないけど、そのあたりはわからないのでなんともってとこよね。あやめさんは元々潔癖なとこあるからなぁ。でも、ぷんと頬を染めてるあやめさんかわいい。

「……アレは知らなかったぞ。子が産まれてたのを知ったのは随分後のはずだ」

「へぇ。どんくらい？」

「さてな。十年だったか、二十年だったか——我らには大した差でもないしわからん」

アレとか言ってる割にモルダモーデを庇ってるのかな。つか、魔王っていうからには長命種なんだろうけど何年物なんだろうかこの魔王は。

「なんで子どものことわかったの」

「オートマタを通じて時々様子を確認してたらしいな」

モルダモーデの棺の方へちらりと視線を送ってから、また茶を一口含み、カップを包む両手をお腹に降ろして。

奴が棺の中でも抱えているオートマタ、リゼのことか。やっぱりリゼは斥候というか諜報役なのか。

「そういえば、オートマタはあんたのものなんじゃなかったの」

「アレにくれてやった。まだ何体も残っているからな。問題ない」

「……ふぅん？　名乗り出ようと思わなかったのかどうか知ってる？」

「知らん——が」

「が？」

「アレが子のことを知ったときにはもうお前らの言うところの魔族になっていた。受け入れられるわけなかろう」

「そう？」

「アレはそう言っていた」

受け入れられるわけがない——その言葉は、受け入れてもらいたい気持ちの裏返しだろう。

「——似てないわよっだってザザさんは自分の子ほったらかしたりしないしっ絶対っ」

「だよね」

「アヤメ……ショウタ……」

あやめさんが不貞腐れた声をあげ、翔太君が続いた。ザザさんちょっとうれしそう。そだよねぇ。

「うん。ザザさんが避妊疎かにするとかないよね」

「……カズハさん」

ザザさんちょっと複雑そう。何故。

「アレも『護る者』だった。お前と同じだ」


魔法には適性が必要なものがある。代表的なものは回復魔法。その適性が一体何に依存するものなのか、遺伝なのか環境なのか、はっきりしたことは判明していない。そして伸びる能力は本人の性質や欲が深く関わっているという説があると、ザギルが講釈してくれたことを思い出す。ザギルは『奪う者』で、私は『与える者』らしい。ちょっと自分ではよくわからないし納得はあまりしていないけど。

本人の性質や欲が何に由来するものなのか、それは元の世界でだって判明していない。遺伝なのか環境なのか。子どもが親と同じ性格になるとは限らない。似ているとしても、それは優しい人間は子どもが優しくあるように環境を整えるからかもしれない。ただその一方で、こうならないようにと心を尽くして育てても親の悪いところばかりそっくりに育つ子どももいる。ええ、経験で言ってますけど。同じように育てても兄弟はそれぞれ性格が違うなんて本当によくあること。鬼子なんて言葉もあるくらいだし。結局はわからないのだ。その者がどうしてそういう性質を持ったのかなど。こっちでもあっちでも。

だから魔王が言う『護る者』が、『奪う者』『与える者』と同じ本人の性質を示す言葉ならば、似てるのは血縁のせいだとはならないと思うんだけど。そもそも本当に似てるかどうかも知らないし。

「魂の形とでも言えばわかりやすいか。血は大分薄まっているはずだから、血のせいかどうかは知らんがアレとよく形が似ている。魔色も同じだろう？　アレは碧が散った金だった」

あ、やっぱ遺伝かどうかとかはわからないんだ。ザザさんの魔色は金色と薄青。確かにモルダモーデは金瞳だった。至近距離でよく見たことないから碧が散ってたかどうかはわからない。

「その、魂の形？　そんなもの見えるの？」

モルダモーデは私の魂が干からびてるとは言ってたけれど。魔王は、すっと人差し指を私から後ろにずらして指し示す。

「――癒す者、求める者、整える者、ああ、お前も護る者か」

あやめさん、エルネス、翔太君、幸宏さん。順番に視線と指先を送る。

「へぇ、俺ってばザザさんと同じなんだ」

「血縁ないのに」

「魂がいくつあると思ってる。全く同じというものはないが似通ってくることもある」

幸宏さんとザザさんが本質的に似たようなものを持っているということなのだろうか。なんとなくわかる。フォロー範囲というか視野の広さとか面倒見のよさとか。

「ぼくは？　ぼくは？」

みんな大概すでに緊張感ないけど、礼くんも気負いなく魔王に尋ねる。両膝揃えて背を伸ばして、わくわく感に満ちている。大物。

「切り拓く者に近いがな……まだわからん。形がまだしっかり固まっていない」

「えー」

「子どもだから？」

「性質なんだから年関係ねぇだろ」

「滅多にいないが、固まりにくいものもいるし変わるものもいる——お前、竜人ごときが何故こちら側に居つけたのかと思ってたが」

「ああ？」

魔王が初めてわかりやすく浮かべた表情は、厭わし気な嫌悪。わずかに眉を寄せて、まるで視界の正面に入れたくもないように、ザギルを横目で見下している。

魔王が背にしている木の肌が小さく抉られて弾けた。一拍遅れて、ぽろりと転がるのはダイヤの原石。

ザザさんの指がきゅっと軽く私の肩を押さえたから、とんとんとその指を軽く撫ぜる。

「もてなしなさいと言ったでしょう。作法がなっとらん」

鼻を鳴らしたのか嘆息なのか。魔王はふんと息をついた。

「……竜人の魂は全て『奪う者』だ。ここともお前たちの世界とも違う世界の理を持つ者。血によって継がれるでなく、肉体を産みだせるでなく、彷徨ってはこの世界の肉体を奪うことで存在できる魂。我らの力によっても世界から追い出すことができん。せいぜいが南でしか彷徨えなくする程度だ。厭うて当たり前だろう」

「なん、だ、それ」

「親を覚えているか」

「知らねぇよ――俺の、生まれたとこじゃ珍しくねぇ」

「育てた者のことは？　どんな種族も育てられなくては生きられない期間はある」

「知ら、……ガキなら覚えてねぇことだって」

「ある日突然、お前は『そこ』にいた。違うか」

振り向いて、椅子の背もたれから斜め後ろを覗けば、ザギルが胃のあたりの服を握りしめている。

ポケットのダイヤを全部摑み放り上げて、魔王へ叩き込んだ。

「あ？　うちの子に何いちゃもんくれてんの？」

叩きつけたダイヤは、瞬時に伸びた無数のつる草が全て受け止めた。うん。知ってた。悔しくなんかない。

音もなく地に落とされたダイヤの後を追うように、つる草も元の丈に戻っていく。転がったダイヤは勿論回収。ぱしんぱしんと手の中に飛び込ませる。リサイクルリサイクル。肩に軽く置かれたままのザザさんの指先からは、ピリッとした覇気が伝わってくる。張り詰めた空気はそれでも一触即発というほどでもない。魔王本人が余裕綽々な顔してるから。なんならハンマー振り下ろした時のほうがまだ驚いてた。

「和葉ちゃん、やっちゃう?」

冷え切った声で剣呑(けんのん)な台詞を翔太君が吐いた。怒るよね。そりゃ怒るよ。翔太君はザギルと一番最初に仲良くなったんだもの。

「いいえ。威嚇です。教育的指導はタイミングが大事ですからね、やらかした瞬間に指導しないと」

「それ犬猫の躾……」

「犬猫のほうがよっぽど空気読みますよ」

「作法とやらがなってなかったのか」

魔王はまたもやあどけなく首を傾げている。

「なってないね」

「ふむ。そうか――我らはお前以外を招いた覚えはないんだが、他の者ももてなさなくてはならんのか」

「あ、今さらそんなこと言っちゃう？　なら帰るけど」

殊更に背を椅子に沈めて顎をあげて見せた。全く挑発に乗らないのは、寛大なのかなんなのか。戦闘で敵う気がしない相手を不用意にキレさせたくはないけれど、全く手応えがないのも交渉としてはやりにくい。

「私にお願いがあるのでしょう？　でも別に私にはあんたにお願いはないの。わかる？　その時点であんたは私がその気になるように話をもっていかなきゃならないの」

「お前も知りたいことがあるはずだが？」

「知らなきゃ知らないでも構わない。私にとって今の最優先事項は全員でカザルナ王城に帰ることだからね」

「……なるほど。作法とは難しいものだな。何がお前を不快にさせたのかわからん。我らがソレを厭うのが気に入らんか」

「いいえ。あんたが誰をどう思おうとあんたの勝手。でも私の前でうちの子にその素振りは見せないで。それから彼はザギル。私たちのこともそうだけど、ちゃんと名前で呼びなさい。私は和葉」

それからみんなの名前をそれぞれ魔王へ告げた。知ってるだろうと思って名乗ってなかった。和葉失敗。でも落ち度があったような顔は見せない。どうせ礼儀作法も私たちとは違うんだろうから、いや礼儀作法なるものがあるのかどうかもわからないし、堂々としてたもの勝ちだ。

「ザギル、か。まあいい。もう魂に楔が打たれているからな」

「くさび？」

「どうやったか知らんが、その魂は世界にちゃんと定着している。我らが厭う竜人とも言えまい。この世界の者として扱おう」

「てい、ちゃく」

ザギルらしくない茫洋とした声。その自分の声に驚いたかのように、ぱちりと目を瞬かせてから、すっと背を伸ばした。いいのかな？　続けさせていいのかな？　と、首を傾げて無言で問えば苦虫を食い散らかしたような顔。胃のあたりを握りしめていた指をほどいて服の皺を撫で伸ばしてる。そして浅く腰掛けたまま、踵(かかと)を椅子の端にかけて片膝をたてて。

「てめぇ、うちの子っつったか馬鹿か」

「あ、そこに戻るんだ」

「うっせぇよ。おう、定着ってなんだ」

「——自覚はあったはずだ。それが何なのかはわからなくても、未知の感覚はあっただろう。もう彷徨うことはない。その身体はお前のものだ」

奥歯を噛み鳴らす舌打ちをしてから斜め下に目線を落とせば、すぐ思い至ったように顔を上げて肩の力を抜いてみせた。

「……ああ、あーあー、アレか」

「何。心当たりあんの」

「あったなぁ。そういやあった。アレのことか、妙にストンとはまった感じが」

「何よ何よ何よちょっと言いなさいよ今すぐ」

エルネスのメモスタンバイに、鬱陶しそうな顔してみせるザギルはすっかり通常運転だ。

「ミラルダっていたろ…………てめぇを温泉まで追っかけてきた女だ。溺れかけさせといて誰だそれってツラしてんじゃねぇ」

「し、失敬だな。覚えてるよっアレでしょアレっ」

「ったく、お前があの女、温泉にぶっこんで……あん時だな。――こう……」

「こう?」

ガシガシと頭を掻くザギルはものすごく嫌そうに食いしばった歯を見せて、ぎろりと私をひと睨みしてからそっぽを向いた。

「あ――……こう、ったら、こうだよ。つか、俺がわかりゃいいだろが。うっせぇ」

「あん時――あの時って、確かザギルめちゃくちゃ機嫌よかったよな」

「別によかねぇよ、兄ちゃんもうっせぇんだっつの」

「わかった！　ザギルがズルかった時！　和葉ちゃんのこと抱っこさせてくれなかったの！」

「むぅううう！　ばか！　ザギルばか！」

礼くんが草をむしってザギルに投げつけたのを、ぺいっぺいっと叩き落とすザギル。あの草、普通にむしれるんだ……。

「黙れクソガキ」

「カズハカズハ、その時見てたのあんたじゃないの。何かないの」

「……さあ？　特に変わったことは何もなかったと思うんだけど」

「ああ、与える者がそばにいたのか。では楔を与えたのはおま――カズハか」

片眉をあげると、言い直した魔王。存外と素直だ。

「ああ、そうだろうな」

「覚えがないけど」

「お前、覚えのあったためしがねぇだろが」

「ほんとこまめに無礼！」

違う世界の理って、と翔太君が口ごもりながら迷うように疑問を挟んだ。

「それって、ザギルさんも僕らみたいに異世界から来たってこと？」

「おー、それならチートっぷりにも納得できるよなぁ。俺ら勇者の存在意義疑うくらいだし」

「知らねぇっつの。言ったろ。俺ぁ物心ついた時にゃ貧民街にいたし、その前なんて覚えてねぇ」

――その魔王サマの言うとおりなら、うろついてたその辺のガキの身体のっとったんだろうけどよ、と、わずかに声を落とすザギルの顔はいつものふてぶてしさをのせてはいるけど、私たちの視線を避けるようにしてるのがわかる。

「僕らの世界でいう輪廻転生とはまた違うのかな……あ、えっと死んでも魂は何度でも身体を変えて生まれ変わるって概念？　思想？　宗教？」

ぐりんと首を回して強い目力で問うエルネスに、びくりと肩を震わせて翔太君が答えれば、エルネスもああ、と頷く。

「帝国や南にそんな思想の宗教があるらしいわね。あの辺りの宗教観は雑多だから」

魔王の言葉をそのまま受け取るのなら、元々ある肉体を乗っ取るってのは所謂輪廻転生と別物ではあるだろうけど——魂が同じで肉体を乗り換え可能だっていうのは、それはつまり生まれ変わり可能ともいえるわけで。

「……ザギル」

「んだよ」

「あんたって年いくつ？」

「はぁ？　知るかよそんなん」

「ねえ、いくつ？　いくつ？　見たまんまだと三十は超えてるよね？　でも長命種なら見た目じゃわかんないんだっけ？　ねえいくつくらい？」

「……おう、神官長サマよ……俺少なくともここ十五年くれぇは今の見た目のままなはずなんだが」

「え、あ、うん……そうね……ヒト族でいえばせいぜい二十代前半、くらいに見える、かしらね？」

「「「え」」」

「うそっ、俺もザギルは三十前後かと思ってた！　ザギルと俺って同じくらいに見えんの!?　ザザさんマジっすか!?」

「あ、あー……、み、皆さん若く見え、ますよ？　さすがにカズハさん以外は成人だとは思ってましたが……正直当初は二十歳超えてる人はいないものと思った、ので」

「成人って、こっちじゃ十三じゃない！」

「……僕いくつに見えたんだろ」

「和葉ちゃんその得意げな顔やめてくんないっ」

「ふふふ、まあ、異文化の壁ってやつですよ東洋系は若く見えるっていうじゃないですかー私だけじゃないっていうかーってか、それよりザギルよザギル、あんた結局いくつくらいなの」

全員身を乗り出して喧々囂々（けんけんごうごう）するのを遮れば、胡乱な目つきのまままため息ついてザギルがザザさんに問いかけた。

「氷壁ぃ、お前南方に遠征来たときあったろ。あれ何年前くらいになる？」

「ああ？　……二十年前になるかと思うが」

「ふぅん、じゃあ、そうだな三十前後くれぇじゃねぇか。俺その頃はまだガキの体つきだったしな」

獣人系は十三くらいには成人の体つきになるって前に聞いたし、二十年前にまだ子どもの体つきなんであればそのくらいって計算か、じゃあ――やっぱりっ。

「あ、会いたかったぁあああ」

「あ？　お!?」

椅子の上に立ち上がってそのまま背もたれ飛び越えて。

「ひいじぃちゃ――っ「むかつく」たあああああっ」

抱きつこうとしたその勢いを超える速度で、額に張り手で叩き落とされた。すぱあああんってめっちゃいい音だった。

「ガキ扱いの次はジジィ扱いかよ振り幅広ぇんだっつのふざけんな」

「だって計算合うし」

張り倒された額を両手で押さえて蹲ってたら、ザザさんが抱き上げて椅子に座りなおさせてくれた。お手数おかけします。同じく蹲ってる幸宏さんは放置されてる。いつも通り笑い倒してるだけだし。

そっくりなんだもの。曽祖父とザギル。曽祖父が亡くなったのは三十五年前だし、大体計算合うし、そりゃ生まれ変わりだと思うじゃない。絶対そうだと思うじゃない。感動の再会だと思うじゃないの。

「――んーっと、和葉ちゃんのひいおじいさん亡くなったの三十五年前でしょ？　で、ザギルさんが三十前後ならちょっとタイムラグあるんじゃない？」

「そこはほら、時差？」

「時差って……あるのか、な……」

「ちょっと、ねえ、魔王、さん？　さっき言ってたわよね。この世界から追い出せないって」

「――っ、あ、ああ、そうだな」

ほぼ空気になってた魔王が、エルネスの問いで再起動したかのごとくに答えた。魔王も惚けたりするんだ。なんかちょっと台無し感ある。

「ならやっぱりカズハのひいおじいさまとは違うんじゃないの？　残念、だけっど……っぷっ、ふふっふふっ」

「えー」

「てめぇ……裏切られたようなツラしてんじゃねぇよ俺のせいかよ」

「がっかりだよ紛らわしい」

「ほんっと理不尽だなオイ」

「で、なんだっけ。お願いだっけ」

「――おまっほんっと……っ」

何故か言葉を呑んだザギルの肩を、翔太君があったかい眼差しでぽんぽんと叩いてる。

ザギルとザザさんも仲良しだけど、何気に翔太君とも仲良しだよね。そういえば翔太君が『整える者』とか言われてたのは、こういうところだろうか。魔物討伐で群れを間引いたりして狩場を整えるのが得意なところのことかと思ってた。

そんなやり取りを見回して、魔王は嫌悪の色を拭い去った無表情で小さく頷いた。何かに納得したのかなんなのかよくわからなくて、こっちが首を傾げてしまう。

「この世界の成り立ちを詳らかにするのは、先代の勇者が選別した次代の勇者に行うこととなってたんだがな」

「ふむ。今でいえば、先代がモルダモーデで、次代が私ってところ？　で、あいつはもういないからあんたがってことか」

「そうなる。我らが直々に授ける、、のは初代以来だ。なかなか勝手が摑めなかったが、どうやらお前……カズハにはこの場、ここにいる全員が揃った場でなくてはならないようだ――それでいいのだな？」

「むしろそれ以外にないでしょ。私たちは全員で城に帰るっていってんだから」

「別に我らは構わん。ただ、知ることは時に毒ともなる。故に、代々の勇者は次代を選別していた。これは我らが決めたことではないが、アレらが譲らなかったのでな」

悠然と、尊大に、小さな両手を腹に乗せて背は椅子にもたれ足を組んで、まるでその先の道筋は見えているとばかりに、そのくせこちらを試すかのように、魔王は言葉を紡いだ。

「知りたいことは全て教えよう。その上で、選べ」

昔々、城の地下に広がる古代遺跡すらまだ築かれていない、それどころかこの世界そのものがま

だ存在していないずっと昔。

それでもこの世界ではない別の世界がいくつもあって。

次々と生まれては、漂い、時に重なり、ぶつかり、次々と消えていく様はしゃぼんのようでありながら、それらの世界の中ではそれぞれその世界の住人が確かに命を営んでいた。

世界を形作る壁は案外と薄いけれど、常ならばその壁を越える者はそういない。けれど全くいないわけでもない。越えたところで世界と世界の狭間を越えられない。そこに存在し続ける力がなければ、漂う世界に挟まれて消えていく。

そんな場所に存在し続けることができる力をもつモノがまずひとつ。どこかの世界から弾き出され。

時間の概念など意味のない場所で、いつしかふたつ、みっつと、増えていくそれらは木の葉が風で吹き溜まるように互いに寄り添っていく。溶け合い同化することもあれば、ただ違う存在のままつながりあうこともある。そうして存在するのみであったそれらは、力を増し、その力は意識を生み、思考を育て、やがて世界の壁を創り上げる。

狭間にできあがったのは新しい世界。これまで生まれてきた世界とは成り立ちそのものが違う世界。元はどこかの世界から弾かれた存在たちは、壁を創り上げたそのあとに流れ着いた存在も受け入れていく。

「……それは、いつ生まれたのか誰も知らない。暗い音のない世界で、ひとつの細胞が分かれて増えていき、みっつの生き物が生ま」

「何をはじめた」

「いえ、なんでも」

ちょっと昔見たアニメを思い出させられてしまった。幸宏さんをちらっと見ても眉間に皺寄せて、はぁ？　って顔してるから、この場に仲間はいないらしい。ジェネレーションギャップつらい。はやくにんげんになりたい。

「……そのはじまりの存在が我らだ。根を下ろす存在が増えれば、世界は安定していく。安定した後に流れ着いたものたちは我らと交わって力を増やす必要もないから、元居た世界での種そのままに根付いていった。植物や動物、あらゆる生物がだ。それぞれ異なる理を持つものたちとはいえ、元の世界から弾き出されたもの同士。諍(いさか)いもなく穏やかに皆暮らしていた――もっとも、それが穏やかなものであったと我らが理解したのはずっと後だがな」


朱に交わっていくように、異なる理は徐々にひとつの理へと収束していく。

違う理同士が生み出す揺らぎは、その収束によってより安定し世界の壁をも厚くしていく。

壁の厚さはたどり着ける存在を減らし、新たな揺らぎが生まれないことは停滞と淀みを生んだ。

根付いたはずのものたちから、新たな命が営まれない。営もうとしない。営みを忘れた種から消えていく。

はじまりの存在は思考する。

己たちと同化せずとも、新たにたどり着いたものたちが根付いていく様には興味をひかれていた。

創り上げた世界を彩っていく存在たちに、自ら同化して力を分け与えてしまう己たちがでてくるくらいになれば、その『興味』は『愛しい』というものであると理解しはじめる。

愛しんだものたちが消えていく。彩りが褪せていく。

失わせないためにはと、はじまりの存在はさらに思考を重ね、新たな揺らぎが必要だと結論付ける。

そうして意図して開けた壁の穴から現れた種は、はじまりの存在である己たちを上回る高度な思考と、元いた世界の理を持ちこんだ。

元々ある樹や洞窟を生かした住まいは石造りとなり。

ささやかな田畑は森を切り開いてより広大となり。

点在していた集落は、より大きな集落となり。

細く踏み均された道は石畳の街道となり。

揺らぎなどというかわいらしいものではない激震といえるそれは、己たちが愛しんだものたちを魅了し、褪せた彩りは以前よりも輝きを増し、より多くより豊かにと、そして奪うことを覚えた。

「ああ、覚えたというのは正確ではないな。教えた、だ。奪う者である竜人が与えた知識と技術は奪うためのものでもあったと、我らが気づいたときにはもう築きあげた時間の半分もかからずに滅びかけていた」

それはおそらく私たちが危惧した未来。

段階を経ず一気に進んだ文明は劇薬になりかねないと、私たちは伝える情報を選別しようとしたけれど、はるか昔にこの世界はそれをすでに経験していたらしい。

さぁっと、冴えた風が頭上から吹き込んでくる。

緩やかに流れていた薄雲が速度をあげたのが、足元に落ちる影でわかる。

しゃらりしゃらり、しゃらしゃら、ガラス細工みたいな低木の葉擦れはテンポをあげていく。

魔王を照らす日差しが明度をあげて、その瞳も、周囲を囲む氷の城壁も、輝きを増して荘厳さを演出している。

「それは、古代文明の話かしら？　例えばこの城も？」

エルネスは、ペン軸の尻で唇をなぞりながら問い、魔王は頷きで答え、んふーと鼻息を荒くしてメモをとる。ぶれない。本当にぶれない。今にも詰め寄りそうなエルネスのローブの裾を、幸宏さんが椅子から若干腰を浮かせて手を伸ばしそっと摑んでる。

「てことは、古代遺跡、城のそばの遺跡とかもそうですよねっ、竜人の文明ってことは、だからザギルが扉とかを開けられたのではっ」

あー、なるほど。あやめさんが師匠に続いて細かく頷きながら立ち上がろうとするのを、翔太君が軽く肩を押さえて再度座らせる。なるほど。役割分担……。

「……和葉ちゃん抱っこ」

「眠くなった？　おいで」

若干よたつきながら寄ってくる礼くんを私の椅子に座らせて、その膝に腰かければ、私のおなかに両腕回して後頭部に頬ずりしてくる。まだ寝ないと言いつつも、背中にぽかぽかと伝わる体温は少し高い。……あれ？　そういえば。

「お前らちょっと空気読めや……」

「ザギルに言われたくない。かばん漁っても何もないってもう。てか、寒くなくない？　この辺寒くなくない？」

「竜人の魂が彷徨う？　のは、古代文明が滅びかけたことと関係が？」

「今ごろかよ！」

「和葉ちゃん……僕らとっくに身体強化切ってるよ……」

「ああ、でも、まず彷徨うといった事象の解説が欲しいわね」

「マジで……いつから……」

「この中庭に入ってしばらくしてからですよ」

振り仰げば確かに断崖からは変わらず樹氷が覗き込んでいるのに、地下での凍りつく寒さが感じられない。暖かくこそないけれど、今のこのジャージとマントで涼しく感じる程度。

「ほんと空気読めねぇな」

「ぶふぉっちょっザギルうまいことというなって」

「……おい、ザザといったか。こやつらはいつもこうか」

「どうかしら。魔王さん。そのあたりから古代文明の詳細まで教えていただけるのよね」

「いつもこうですね」

「そうか……」

ザザさんが礼くんの髪を梳かすように撫で、小腹が空いたのかからっぽのかばんに舌打ちしてるザギル。エルネスとあやめさんが魔王をきらきらの目で急かして、その二人を翔太君が残念そうな顔して見ている。幸宏さんはエルネスのローブの裾をつまんだまま肩を震わせてる。うん。いつも通りだ。

「風通しよくしようとして窓開けてたらいつの間にか暴風雨だった的な？」

「それな。宿舎住まい時代に呆然としたわ……」

翔太君の例えに、幸宏さんがちょっと遠い目で頷いてる。どんだけ油断したんだ。わかりやすいけど。やったことあるけど。

「つまり停滞した世界に開けた風穴を通ってきた竜人が、期待通りどころか期待以上に働きすぎちゃったから排除しようとした。そういうこと？　――知恵の樹の実と蛇みたいだね」

アダムとイブが蛇にそそのかされて手にした知恵の樹の実。林檎だとか桃だとか色々説はあるらしいけれど。あっちじゃ楽園から追放されたのはアダムとイブで、こっちでは蛇が追放された、と。

「それは神話？」

「んー、宗教？」

私が持ちだした創世記を問うエルネスに、翔太君が答える。

「あれ、カズハさんって何か特定の信仰もってたんですか」

「いえ特にはないですね。あれですよ。雑学の範囲内です。あっちじゃメジャーな宗教団体なんで」

「なるほど。では婚姻の儀式とか決まり事というのは」

「こっ!? い、いやこだわり、はない、です」

やだ。どうしてこう唐突にぶっこんでくるのかしらこのイケメン！ よしって顔しないで！

「やっぱ和葉には白無垢が似合うと思うけど、こっちじゃ無理かなぁ。でもウェディングドレスは外せないしそれなら用意できるよね、和葉お色直し何回する？」

「え、何回て何回」

「うふふーねえ、エルネスさんこっちの花嫁衣裳ってどんなのですか」

「アヤメ詳しく。シロムクとは」

え。なんでザザさんあやめさんに聞くの。私の衣装の話では？ 流れるようにあやめさんがかぶせてきたけれど私の衣装の話では？

「種族とか地域によるわねぇ。というかそっちじゃ違うの？」

「はいはいはいはいはい、後でねーそれ帰ってからねー。なんで和葉ちゃんよりあやめが先に張り切るんだよ」

花嫁衣裳ねぇ。元夫とは式も披露宴もあげてないんだよね。そりゃ特にこだわりも希望もなかったので気にしてなかったけれど、それ以前にするしないの意向も聞かれていなかった。……意向を聞かれていないのは今も同じな気もする。のに。こう、やだわちょっと耳が熱い。

「……続けていいか」

「あ、どうぞ」

何故だろう。どんどん魔王の威厳が剝がれ落ちていってる気がする。

「竜人は奪う者だ。この世界に流れ着いたものは、皆この世界の理に影響を与えながらも融けこんでいった。竜人は違う。この世界の者も、その魂も、理すらも己たちと同じものにしようとした。融けこむのではなく、喰いつくそうとした。……それが竜人のいた世界の理だったんだろう。最初に辿り着いた竜人は、召喚魔法陣をつくりあげ同胞たちを呼びよせた。我らが厭うたのはそいつらだ。そいつらが滅びを招こうとしたから弾き出そうとしたが、肉体から魂は弾き出せても世界からは弾き出せなかった——おい」

「なに」

「茶をくれ」

「あ、はい」

何かこの流れがおかしいと思いつつ、仕方ないからお代わりを注いだ。

「……カズハさん、馴染まないでください」

「!? っそ、そんなわけないじゃないですかっなっ何いってるんですか気のせいですよっ」

あっぷなっあっぷな！　なんか変だと！　ちょっと油断してた。いつの間にかもてなしてた。

「弾き出せなかった魂は、それでも元の肉体には戻れない。この世界の理が受け入れない。彷徨い続けた挙句に、我らの力が及びにくい南で他人の肉体を乗っ取ることを覚えた。肉体が死ねば次の肉体へとうつるうちに記憶も薄れ、力も弱まっていったようだな。消滅したものもある。――そいつは残っているうちのひとつだ」

「ほっほぉ……ザギル」

「あぁ？」

「あんた元の仲間に会いたい？」

「馬鹿じゃねぇの知るか」

「だよね。んじゃあ、いっか」

「おう」

確か、南で竜人の先祖返りは生まれるとか、そういう人は反乱起こしたりするとか言ってた。なるほど、南は魔王の力が及びにくいからなのか。遠いからか。

「……いいのか」

「なにが」

「いや……いい」

鼻から小さなため息をついた魔王は、お茶をもう一口すする。

「で、召喚魔法陣が出てくるわけね。そのお話だと竜人の世界から召喚するためのもののようだけど、城にある召喚魔法陣との関係は？　あるわよね？　どう考えてもあるわよね？　誰が改造したの？　魔王さん？　改造したってことは解読できるのよね？　魔王様？　ちょっとこれ城の魔法陣の写しなんだけど」

「エルネスさんっちょっステイ！　ステイ！」

パラパラとメモを的確に操り目当てのページを素早く指し示しながら、また詰め寄ろうとしだしたエルネスのローブを、幸宏さんが今度はしっかりがっちりとひっぱってる。魔王はちょっとのけぞった！

魔王をも圧倒する覇気とかエルネスほんとに素晴らしいとしか言えない。

「……自ら断罪した文明なのに、城の魔法陣に関わりがあるんですか？」

ザザさんの声のトーンがわずかに下がった。

「使えるものは使う」

「まあ……わかる」

声は変われど、トーンの変わらない魔王は、少しだけ目を伏せてカップを覗き込みながら答え、幸宏さんが珍しく眉間に皺を寄せて続いた。いやまあわかるけど。使うよね。もったいないし、使いこなせるものが使う分には力は力でしかない。

「勇者の召喚魔法陣をあなたがつくったということか？　何のためにだ。何故」

「召喚するために決まってるだろう」

意図が飲み込めないかのように片眉をあげる魔王を見据えるザザさんが、静かに怒ってる。

このザザさんは見たことがある。攫われた私を迎えに来てくれたときのザザさんだ。暖かなランタンの灯りに照らされながら、ちりちりと産毛の先を焦がすような怒りを纏わせた、あのときのザザさんだ。

今、清廉と明るい光の下で見る彼は、私たちを囲む氷の城のように硬質な表情で――めっちゃ怒ってる。あのときと同じくらい怒ってる。

(和葉ちゃん……見蕩れすぎ)

(し、失礼……)

いやだってかっこいいから……。

「つまりアレか。お前が勇者を呼ばせたのか。なんの関わりもない人たちを、勝手に、俺たちに召喚させるために」

「必要だからな。竜人の魔法陣はよくできていた。この世界にちょうどよい揺らぎを与えられる程度に進んだ、それでいて違う文明を持つ世界を指定できた」

「ふざけるなっそれでよく竜人が奪う者だと言える！　俺たちに何を奪わせた!!　争いなどない国から勝手に連れ出させたんだぞ！」

ザザさんは、元々召喚自体に反対してたんだよね。

罪悪感などいらないと言っても、あちらに未練などないと言っても、それでも平和な国で暮らせることは替えがたいものだったはずだと。仮に帰せるとなったとしても、帰す気はないけれど、それなのに、向こうと同じものを用意してやれないと。今でははっきりと言葉にはしなくなったけど、向こうの話の折とかに、瞳の奥を曇らせていることがあった。だからまた私たちのために怒ってる。

「……え？　氷壁なんで急にキレて「お前は黙ってろ！」」

（……あんだよ、意味わかんねぇんだけど）

（あ、うん、ザギルさんはそれでいいと思う……）

うん。私もザギルはザギルだと思う。よくこの空気でそれ言えた。むしろ小声にした分、意外に空気読んだ。

「んー……ザザさん？」

頭の上から礼くんのくぐもった声。やっぱりちょっと寝ちゃってたか。首をひねって見上げれば、礼くんが目を瞬かせてた。

「ああ、すみませんレイ。起こしましたね」

礼くんの前髪を梳かす手は優しいけれど、まだ少し声は押し込めた怒りのせいで震えてる。

「おい、レイとやら」

「なにー？」

「こっちの世界は向こうと比べてどうだ」

「楽しいよっ」

「そうだろう。そう感じられる者を選んでいる」

「そういうことではっ」

「――ザザさん？　ぼく楽しいよ？　ほんとだよ？」

「レイ……」

ザザさんの袖をひく礼くんを見下ろすザザさんの眉尻が下がった。

彼が罪悪感を持つ必要なんてない。彼のせいなんかじゃない。何より私たちはみんな元の世界に絶望していたのだから。未練などなかったのだから。むしろありがとうと言ってもいいくらいだ。

だけど、礼くんのことだけは。

元の世界にいたほうがよかったかもなんて馬鹿なことを言っているわけではなく、自分たちの子どもとして育てたかったと思うくらいのこの子のことだけは。

召喚によって、年相応以上に賢いとはいえ、まだ幼い十歳の心のままで大人の身体を持ってしまったこの子のことだけは。

本人が受け入れているとしても。

パパと同じになれてうれしかったと言っていても。

大人と同じに強くなれたと喜んでいても。

子どもでいられる時間の貴重さは、大人になってからでないとわからない。

大人になってからこそ、わかるもの。

ゆっくりと心身ともに育つ時間を、この子は知らないまま奪われた。

今が楽しいと笑う礼くんに、どうしてこの残酷さを今言えるだろう。

自分よりも背が高い子どもに、一緒に暮らそうと言える彼の痛みに、奪われたのではなく捨ててきたのだと胸を張れる私からは何もしてあげることができない。

「――ええ、僕もレイが来てくれてうれしくて楽しいですよ」

ふふーと照れ笑いする礼くんの前髪をくしゃりと撫でて、ザザさんはいつもの笑顔をみせた。

「選んだと言ったわね？　世界だけではなく個人も選んだと？」

エルネスが椅子に深くかけなおし、メモを膝において背を伸ばした。幸宏さんがメモを二度見してる。わかる。

「個人を指定できるわけなかろう。条件を指定しただけだ」

「……条件」

次の問いを躊躇う素振りのエルネスを、ザギルが誰だこいつって顔して見てる。わかる。

まあね、好奇心が常に爆走しているエルネスだけど、それは私たち自身のことよりも優先順位は低いんだよね。それは今私たちが知ってよいものなのか迷っているんだろう。

「で、なんですか。それ。条件って。これ、この魔法陣のどのあたりの記述が」

あやめさんがエルネスの膝のメモを覗き込みながら、軽やかに師匠代行をつとめた。エルネス、あんたは立派に弟子を育ててるよ……。

「召喚魔法陣が発動したそのときに、一定の範囲内に条件を満たす者が四人から六人いることで召喚は成功する。前回と前々回不発だったのは範囲内の人数が足りなかったのだろうな」

あっちの世界で人口が急増したのはいつ頃だったか、小学校の授業で習った気がするけど覚えていない。でもまあ、第二次世界大戦後あたりからは間違いなく増え続けてるはず。

前回失敗した召喚は五十年前。人口が増え続けている頃で、母数が増えれば条件を満たす者も増えるだろうけれど、失敗したからには一定の範囲内ってのが肝なのか。確かに私たちが召喚された時点で住んでたあたりは県境をまたいでこそいるけど、世界規模で考えればそこそこ狭い。それとも他の条件が邪魔をするのか。

ふんふんふんとメモを取り続けるあやめさんは、その他の条件を促すようにきらきらとした目を魔王に向け、その答えに首を傾げた。

「つよいたましいをもつもの？」

強い魂とやらを持つことが条件だと魔王は言った。なんともつかみどころのない条件で、そりゃみんな訝し気に顔を見合わせもする。

私たちはそれぞれごく普通の生活を送っていただけだ。それこそ、こちらの世界で生活する厳しさ——魔物や賊に襲われ全滅してしまうような村や、生き残るために幼い頃から戦う術（すべ）もしくは逃げる術を教え込まれる子どもたちのこと、そんな話を聞けば自分たちの絶望など絶望と言えるのか気がひけてしまうくらいに普通の生活を送ってきた。だからこそ絶望の深さなど他人と比べることじゃないというザザさんだって、あれほどまでに怒りを顕にしたのだ。こちらの身勝手で召喚したのに、あちらの世界と同じような平穏を与えてやれないからと。

そんな私たちの何をもって強さをはかるのだろう。

魔王は当たり前のことだけれど前置きだから仕方がないとばかりに淡々と続ける。

魂の傷が何によってつけられるかなど、その魂ごとに違う。風が打たれて止むか？　火は切り裂かれるか？　水は折れるか？

重要なのは、傷つき、そしてなお再生する力を持つことだ。

打たれ、切り裂かれ、折られ潰されて、そして再生することでその存在する力は強くなる。

「世界を形作る壁を越え、狭間でも存在し続ける力。それが魂の強さだ」


なるほど。それならば私たちをとりまく環境や出来事が、誰かと比べてどうこうというものではないのかもしれない。ただそれでもそれほど特殊であるような気はしない、かなぁ。飲み込みにくさが顔に出ていたのか、魔王の視線は私たちの顔を順に巡っていく。

「——お前たちは世界を渡れるだけの力を持ち、かつ、指定した範囲内で人数の条件を満たし、召喚魔法陣が起動した瞬間、自らを産んだ世界への執着を失った」


言っただろう、こちらに来ても楽しいと思える者を選んだと。

世界を渡れるほど存在する力が強い者を世界は弾き出そうとする。

弾き出されぬよう世界に留まるためには、そこに在り続けるという執着が必要だ。

その拮抗する力のバランスが崩れれば、狭間に放り出される。

我らがここに根付く前、そうであったのと同じにな。

あの召喚魔法陣は、放り出されかけている者たちをこちらの世界に引き寄せ迎え入れるものというだけのこと。

今はもう思い出しているだろう。

お前たちはその瞬間、全てがどうでもいいと思っていたはずだ。

ああ、確かに。確かにそれなら。

「私たちめちゃめちゃ運が良かったってことだ！」

「そうくるの!?」

エルネスがぐりんとこちらに首を回して叫んだけど、そうよね、そういうことだと思う。

「つまりそういうところだってことなんじゃねぇの」

「「「ええ……一緒にされるのはちょっと」」」

何故みんな目を逸らすのか。あなたたちさっきなるほどって顔してたじゃない。見てたんだからね。

せかいのはんぶんをおまえにやろう

「我らと勇者の関係、この世界の理は理解できただろう。さあ、決めるがいい」

指を鳴らすとかそんなポーズをつくることもなく、トスッと軽い音を立てて私の膝に落ちてきた小さな直方体(チップ)。人差し指の先、関節ひとつ分くらいの長さ、薄さは一センチほどの平べったいそれはヒカリゴケと同じ発色をしている。

思わず空を見上げた。雲以外どこまでも遮るもののない空。

「……別に空から落ちてきたわけじゃない」

ですよね。魔王、突っ込み丁寧だ。

「なんでふたつ?」

「カズハとレイ以外にはまだ早いからな。土台が未成熟なまま使っても効果はない」

「ほぉ」

ひとつを礼くんが、もうひとつを私がそれぞれ指先でつまむ。私を膝に抱えたままの礼くんは、親指と人差し指で挟んだものを私の頭越しに裏表ひっくり返してみてる。私も同じく裏表確認して、角を礼くんがもつそれにちょっと当ててみた。ウェハースみたいに軽い感触は頼りない。

未成熟。未成熟ねぇ。ということはここに『勇者の成熟』が絡んでくる、と。

「力が欲しいのだろう。お前たちは確かにそう望んでいるはずだ。――それらはお前たちが望む力を与えることができる。我らの世界の半分ほども手に入れられる力だ」

「『ぶっふぉ』」

「――っ」

吹き出したのは幸宏さんと翔太君。空気読め？　いやまあ、私もちょっと鼻水でそうになったけど。だってあなた魔王が世界の半分をだなんて、ねぇ。

あやめさんは両手で口を押さえて目をまん丸にして……え、感動して、る、だと……？

「んで、これをどうしたらどうなるの」

親指と人差し指でチップをつまんで翳しながら魔王にもう一度問えば、食えばいい、そう端的に返された。大抵の錠剤より一回り以上大きなそれは飲みこむにはちょっと抵抗のあるサイズなんだけど、がりがりいけるんだろうか。

「カズハさん？　まだどうなるのか聞いてないですからね、食べちゃだめですよ」

「……今私口に出してましたか」

「ほんっとやめてくださいね」

いやまあ、どうなるかなんて、ねぇ？　順当に考えれば過去の勇者が魔族になったのってこれでしょう。

モルダモーデが勇者だった頃の姿は知らない。けれど、元は私たちと同じ世界から来た人間なわけだし、せいぜいが肌の色の違い、あとは角と翼がある程度なんじゃないだろうか。見かけだけでいえばヒト族との違いなんてそのくらいだ。

「強くなる、強くなる、ねぇ」

モルダモーデは強さを求めたのだろうか。

「ねえ、モルダモーデは自分の意思でこれを飲んだのね？」

「そう聞いている」

「聞いている？」

「我らがその場にいたわけじゃないからな。我らが直接それを与えたのは初代だけだ。アレはその先代から受け取っている」

だらしなく背もたれに身を預けて視線を流す先には、モルダモーデの棺がある。アレ、とぞんざいに示す口調はその表情と同じく平らかだ。

せかいのはんぶんをてにいれられるちから

なぜモルダモーデはそんなものを求めたのだろう。……いや、違うか。何を求めたのかはわからないのか。魔王が言ったのは、結果としてそういうものが手に入ることというだけだ。モルダモーデが求めたと言ったわけじゃない。

「ただあやつらは皆、自ら選ぶことを重視していたし、こちら側を選ぶであろう者を選別していた。

代々そう引き継いでいる。だからアレは自ら選んだのであろう」

「モルダモーデはそれで私を選別したの？」

「知らんな」

「知らんて」

「間に合わなかった」

ゆらゆらと深みはそのままに赤紫から青緑へ、青緑から赤紫へと揺れるアレキサンドライトの瞳はひたと棺から動かない。

「それを使って十全に力を得られる土台が育った者はお前、カズハとレイだ。アレは第一候補にカズハ、第二にレイを想定していた。それでまずカズハを呼んだが他にもついてきた」

「だからふたつ」

「そういうことだ」

「ぼくも強くなれるんだね？　モルダモーデより？」

私のつむじに頬をすりつけながら訊いた礼くんに、魔王は視線を戻して頷いた。

「であろうな。土台からいってお前の方が強そうだ」

「ふうん……今決めなきゃだめなの？」

「レイ？」

ザザさんが跪いて礼くんに視線を合わせ、チップを弄ぶ指ごと優しく包む。細かな傷があちこちにあるごつごつした大きな手。

礼くんは確かに強さをわかりやすく求めてた。

それは母親から夫の代わりを求められてたから。

母親がつくりだした父親の虚像に憧れていたから。

でも、いまだそうだろうか。

憂いをにじませて探るようなザザさんの視線を、礼くんは何の気負いもなく少しきょとんとしつつも受け止めてから、また魔王へ答えを促すように顔を向けた。

「さて、どうだろうな。それらはつくりだすのにそこそこ力がいる。無尽蔵にいつでも出せるわけでもないし、それら自体がいつまでもつのか試したことはない」

わずかに伏せた瞼が、平凡な顔立ちにそぐわない強い輝きの双眸に陰を落とす。これは逡巡、だろうか。

「ふうん？」

魔王の声音は何の規則性もなく変わり続けるから、その思惑が読み取りにくいのだけれど。

その情感のあまり浮かばない表情は、感情の在り処を疑うようなものではあるのだけれど。

たとえ人としてのそれと同じようなものではないとしても、けしてないわけではないんじゃないかと、この短い時間のお茶会で感じてはいた。

「じゃあぼくこれいらないや」

「……そうか」

「うん。いい」

手の中のそれをどうしようかと少しためらってから、魔王へ、ん、と突き出した礼くんの顎がしっかりと前を向いている気配が頭上にある。

ザザさんの肩がわずかに下がり、そっと詰めていた息のほどける音が後ろからいくつも聞こえた。やめろというのも、とりあげるのも簡単だったのだけど、多分みんなが礼くん自身に決めさせなくてはいけないんだろうと思っていたのがわかる。

本人に決めさせるのが正しいことなのかどうか迷ってもいたと思う。だって礼くんはまだ子どもだもの。

……正しかったかどうかわかるのなんてずっと先のことだけどね。

「だって、みんなぼくのこと急かさないんだよ。だからぼくは急がなくてもいいの。みんなだって、王様だって、ぼくが決めるの待っててくれるもん。待っててくれないんならいらなーい。ねー？」

にこにこして私を肩越しに覗き込む礼くんに、ねーって脊髄反射で笑顔を返したけど。

「ザザさん四十歳なんでしょ。じゃあ後十年でザザさんくらい強くてかっこよくなればいいんだもん。きっとぼくなれると思う」

——十歳という年齢の割に幼げな言動をする礼くん。けれどもその年に見合わないほどに、じっと静かに考え続ける礼くん。そうだよね。君は私たち大人が思うよりずっと色々なことを肌で感じて理解している。

「レイ、おいで」

ザザさんが中腰になって、礼くんの頭を抱き込んで、くしゃりとその髪をかき撫でた。礼くんは私をまだ抱えたまま、うれしそうに身をよじってる。

「……僕は四十二歳です」

「あれ？　間違いちゃった。じゃああと二年分のびるね！」

「ええ、でも僕もその分もっとかっこよくなってなきゃいけませんね」

本当なら憧れの人に追いつくまでに、三十二年もの時間を持っていたはずだった。今のザザさんが出来上がるまでに使った時間と同じだけの時間をかけて、自分の憧れを追うことができるはずだったのに。

たとえ、それがいつか大人になるのは決まっているという実感を伴わない子どもの将来予測でしかないものだとしても、君はそうして自分の時間が十年だと、そして二年ものびたと笑える子で。

そうね、そう。確かに強い魂だ。


礼くんはザザさんより少しだけ背が高い。ザザさんは着やせするタイプながら、礼くんと比べれば体つきに厚みがあるけれど、自分と変わらないサイズの頭を小さな子どもにするように、大切に、それでいて力強く抱きかかえている。低く穏やかなその声は、これまでだって揺るぎない安心を礼くんに与え続けてきた。

私の肩に添えられた彼の手がわずかに震えているなんて、礼くんにはちっともわからないだろう。

礼くん、君が憧れるその人は、今度こそその憧れに値する人だ。

ザザさんにとって、礼くんは幼くて守らなくてはいけない子どもで。

たとえ自分より背が高くたって、力が強く魔力も膨大で、模擬訓練では勇者である礼くんが加減しなくてはいけない側だとしても、困ったことやお願い事ができれば自分目掛けて真っ直ぐに走ってくる小さな子どもで。

きらきらと輝く瞳で自分を見上げ、受け入れられることを疑わない信頼とともに笑顔をこれでもかとふりまいてくる愛しい存在で。

わかるよわかる。

この子が笑っていられるならば何を賭けてもいい。

この子が泣くことのないように。この子が痛い思いをすることのないように。

けれど、この子が歩く道の小石を全て避けることはできないから。

クラスのお友達と喧嘩して泣いて帰ってきた息子を諭して、意地悪する子がいるから学校に行きたくないとごねる娘を励まして、不安げに登校する子どもたちを抱きしめていってらっしゃいをした。

休ませてもよかったのではないか、休み時間に縮こまっているのではないか、今日の給食はあの子たちの好きなラーメンだったけれど、残さず食べることができただろうかと、帰ってくるまで落ち着かなかった。

兄弟げんかを両成敗して、部屋で泣き疲れてる子の気配に内心おろおろしながらも平然とした顔をつくって夕食の支度を続けた。

持ってきた進路希望票を間に挟んでにらみ合いながら落としどころを探して話し合って、常に頭の片隅にある通帳の残高なんて気取らせないようにして。

この子たちの選ぶ道を潰してはいないか、甘やかしすぎてはいないか、それとも厳しすぎぎやしないかと、いつだって自問自答する不安を飲み込みながら笑ってみせた。

ああ、あの時にこの人がそばにいてくれたなら、愛しい子の未来という重荷を一緒に支えてくれるこの人がいてくれたならどれだけと、逸れる思考を無理やり視線とともに魔王へ戻す。姿だけなら本来の礼くんと同じ十歳前後であろう魔王の、観察者じみた眼にぶつかった。

その瞳の色が揺れるからだろうか、それとも声音がひっきりなしに変わるからだろうか。平坦な無表情の下には案外様々な情感が隠れている気がしてきている。気がしているだけで、それが何なのかわかりはしないのだけれど。肩にそっと置かれたその骨ばった優しい指をするりと撫でて。

――うん、大丈夫。わからないままでも別に問題はない。知りたいのは私にできることが何か、だけだ。

「ところでね？　世界の半分とか言ってるけど、その割に魔王ってできることあんまりなくない？」

「……ぶっこむね和葉ちゃん」

「えー、だって蘇生もできないし」

ほんとこいつ怖ぇってザギルが両手で肩をさすってる気配がする。

　でもそうでしょう。この野生動物風味満載のザギルが怯えを隠し切れないほどに、魔王からは膨大な圧が感じられるのに。

　それは世界の半分といったあやふやな形容にも納得がいくほどなのは確かなのだけれど、だけどそれにしてはできることが少ないいんじゃないだろうか。

　天候だって操れないわけじゃないけど疲れるって言うし、私のそこそこ無礼な物言いに不快じゃないわけでもなさそうなのに何の制裁をする気配もない。いくら私に何か求めるものがあるのだとしても、加減した威嚇程度はしたほうが効率的だと考えてもおかしくはないはずだ。

「……ねえ、ユキヒロ。もしかしてあっちの世界の魔王は」

「いないですから。エルネスさん、あっちに魔王実在しないから」

「だってカズハはあんな自信満々に」

「いつもでしょ」

　エルネスはすごいしょっぱい表情をしてても美人だ。

　礼くんの手からチップを拾い、サイコロのように私の手の中でふたつを揺すれば、さりさりとこすれた軽い音。

「我らの力を疑うか」

　魔王は今まで包み込むようにしていたカップを、やけに優雅な手つきですいっと脇に逸らして何もない空中で手を離す。瞬く間に肘掛けから伸びたつる草がカップを受け止めた。これまで会話ごとに変わっていた声音が、全て重なる。聖堂に響き渡るパイプオルガンのような和音は、この金魚鉢の底みたいな中庭の空気を重くさせた。

「力があるのはわかるよ。さすがに。でもそれがどんな力なのかわからない。それで一体何ができるの？」

わざとらしく小首を傾げて見せると、魔王は眉間にわずかな皺を寄せた。

「できることが私のしたいことなのかわからなきゃ、欲しいかどうかもわからないじゃない」

和葉ちゃん……？　小さく小さく窺うような翔太君の声が耳に入る。大丈夫。きっとあやめさんが翔太君に寄り添っているはずだから振り向かない。幸宏さんだってエルネスを窘めると同時に二人の前にいつでも出られる位置をキープしていた。

ザギルはいつも通りに、ほんのちょっとだけみんなから離れたところで、行儀悪くしゃがみこんでるようでいて即座に飛び出せる姿勢でいるのが視界の隅に入っている。

「――なるほど。力は力だとしか答えようがないんだがな」

とん、とん、と魔王は桜色のかわいらしい爪で顎を叩きながらわずかな時間瞑目して空を仰ぎ言葉を続けた。

「力は力だ。何をなせるようになるのかはその者自身による。魂の形と量に依存するといっていい」

「じゃあ、もし私がそれを手に入れたとして、何ができるようになるのかはわからないってこと？　それじゃしたいことができるかどうかは出たとこ勝負だなんて、そんな博打にモルダモーデたちはのったってことなの？」

「アレらのうち、誰一人今まで後悔を口にした者はいない」

「人は言葉にすることが全てではないよ。魔王はどうだか知らないけど」

「そうらしいな」

まるで心の位置は同じだとばかりに、魔王はそっと自分の胸を撫でおろす。

幾人もの声が重なり合う音は厳かなほどに静かだ。

ゆっくりと持ち上げられた瞼の下から、ゆらりゆらりと波打つように色を変える瞳が覗く。

「どこにでも瞬時に移動できる力、数瞬先の未来を知る力、荒野を草原に変えられるほどに芽を吹かせる力、ここことは別の世界を鏡に映し出せる力、動物たちを意のままに操れる力、様々だ。アレらが自ら持つ性質に相応しい力をそれぞれ手に入れ……望みは叶っていた。だからこそアレらは次代を選び引き継いでいた。我らはそう聞いている」

「ふうん？　その自ら持つ性質に相応しい力って、その、護る者とか奪う者とかそういうあれのこと？　それとも私が持ってるような固有魔法のこと？」

「そのふたつは元々切り離せないものだ。その者の持つ性質が望み求めるものを手に入れるための力となる。実際にその力を使って直接望みを叶えられるかどうかは別だがな」

「謎かけか。もっとこう、はっきり具体的に言えないの？」

頑是ない子どもに呆れるかのような小さなため息を鼻でつく魔王に、少しイラっとした。嘘。結構イラっとした。

「どんな力を持っていたところで、どう使うかはその者次第だ。我らにはアレらがそれぞれ何故そう使ったのかまではわからんし、お前たちヒトというものはいつだって望みはひとつではなかろう。我らが知っているのはアレらが望みのうち最低ひとつは叶えられたということだけだ」

なるほど。全ての望みがというわけではないのか。けれど、魔族となって姿も変わり、それまで共に過ごしてきた人たちと離れても、差し引き後悔をしない程度に望みは叶ったと。

「……そこまでして叶えたいもの」

勇者の歴史から姿を消した者たち。勇者はいつも複数が召喚されている。

幸宏さんは前に『複数呼ばれることにもきっと意味がある』と言っていたか。

それは多分正解だったんだろう。そもそも召喚魔法陣は人数を召喚条件にいれているのだから意味がないわけないんだ。

だって私自身が、もうとっくにこの子たちがとてもかわいくて大切になっている。それなのに、ともに過ごした仲間と離れてまで叶えたいもの？

「一度失ったものをまた手に入れた時、お前たちはそれをまた手放せるか」

魔王の視線はひたと私を射抜いている。

重なる声音は忍び寄るように私の鼓膜を揺らしている。

「お前たちはそれまで手に入れたものを失い、それらへの執着そのものも全て捨ててきている。だからこそ、新たな執着はより一層強くお前たちの中に巣くっただろう？」

それは問いの形を借りた断定。

「我らとて、一度はこの世界を失いかけた。奪われかけた。我ら自身が礎となり築きあげ愛しみ慈しんだこの世界が崩れかけたとき、我らはこの身を削り支えた。今もなお我らの力はこの世界そのものだ。もう二度と壊させはしない」

勇者は元の世界への執着を失うことで弾き出されたと言っていた。

ここはどこかの世界から弾き出されたものたちが、寄り添いあって創り上げた世界。

はじまりの存在である魔王も、元はどこかから弾き出された存在で。

それは、そうだろう。産み育て失いかけてまた育てなおした場所。手放せるわけがない。

いつの間にか強い光を宿しはじめた瞳が、お前たちも同じだと、そう言っている。

「ここは世界に拒まれた者がたどり着く場所だ」

確かにさっきそう聞いたばかりだ。それがこの世界の成り立ちであり理だと。

「失ったものを取り戻せただろう」

誰かの息を呑む音が耳に届いて、そんな微かな音を伝えるほどに空気が静かに張り詰めていることに気がついた。

いつかもう一度と思い続けたまま硬くなっていった関節は、何の抵抗もなく開くようになっていた。

「捨ててきたはずのものはいつの間にかまたその手にあっただろう」

全てがどうでもよくなることが召喚の条件だったという魔王の言葉を信じるのなら、ああなるほどと納得していたみんなも今何かを思い起こしているのだろうか。

きゃらきゃらと甲高く響く子どもたちの笑い声。きゅうと私の指を握りしめた小さな手。

自分を奮い立たせるために、何度も何度も思い返してはいつしか擦り切れていったもの。

「思い出した過去の絶望は、再び手にした希望をより強く輝かせただろう」

絶望を思い出せとモルダモーデは言った。

そうかと、改めて腑に落ちる。

「この世界の者は、お前たちを否定することはない。拒むこともない。ただ喜びをもって迎え入れられただろう。我らの力でそう導いている。お前たちが元の世界でずっと手にできず、手にできないからこそ切望し続けたものだっただろう？」


なによそれ。そう小さく零れ落ちた声はあやめさん。

エルネスの、は？　って声は、ため息のように吐き出された。

私の肩に触れていた指の温もりがぴくりと震えてわずかに浮いた。

ずっとずっと不思議に思っていた。

何故この強大な勇者の力を強く求めないのか。いつだって私たちの意思をまず最初に尊重してくれた。

まださほど親しくなってもいないのに、どうしてこの人たちはこんなにも私たちを守ろうとするのか。

当初は戦闘を辞退すると言っていた私なのに、他のみんなと同じように扱ってくれた。

まだ子どもだとなれば、前線へ行くのを反対までされた。

自分たちの仲間が次々と前線で失われていく中、それでも誰一人、私たちを急かそうとはしなかった。勇者としての働きをしない勇者なのに。

それを問答無用で招いたのだから当たり前だとは、命を脅かされない環境で育ったから簡単に言えることだ。

　私たちの当たり前が当たり前であれるほど、この世界の環境はけして優しいものではないはずなのに。

「魔王の力はそこで使ってるの？　その導きとやらで？」

「お前たちが通ってきた遺跡は、三国全ての拠点に通じているからな。それでもかなりの量は消費する」

「あー、そうね。南にまでは届かないくらいなんだもんね。拠点と言ったらうちで言えばカザルナ城になるってことなのね」

　国の指導者を中心に、その影響力が広がっていくイメージなんだろうか。それなら城から離れれば離れるほど、南に行けば行くほど、エルネスがよく言う勇者への誠意が薄れるというのもわかる。あのなんとか砦だってそれなりに遠い場所だったはずだ。

「導きってものが具体的にどんなものかわかんないけど、あれかな、三大同盟国間での約定とか関係ある？」

「直接個々に強制するほどの力は消費が大きすぎるからそれを軸にしている。影響下にあれば自然と従ってしまう程度のものだが、それでも維持し続けることは我らの力をもってしてもそこそこの消費だからな」

「なるほど。つまり魔王の力は世界の壁と三国の拠点を中心とした導きとやらの維持に大半が使われてるから、違うことに回す余力があんまりないと」

「……目に見えぬものを説明するのは難しいとアレらも言っていたが、こういうことか」

何故だか妙な顔つきで魔王が何か言ってるけど、いやちゃんとわかったし。確かに膨大な力は必要となるだろうなくらいがふわっと。なんとなく。そしてなかなかに納得できると頷いていたら、ひどく控えめに服の肩口を引かれた。

見上げれば、ついさっきまで頼もしく毅然としていたザザさんの眉がへにゃりと下がってる。

え？

「なんでそんな顔してんですか!?　お腹痛い!?」

「むしろなんで和葉平気な顔してるの!?」

「何が!?」

見回せば、叫んだあやめさんは若干涙目だし、エルネスは顔を紅潮させてぷるぷるしてるし、そのエルネスを幸宏さんがぎょっとして見てるし、翔太君はおろおろした顔してて。礼くんとザギルはきょとんとしてるけど。え、ほんとなにが？

「なんかこう、なんかないのほら和葉も」

「えー？　ねえザザさん、本当にお腹痛いわけじゃないんですね？」

「そっちじゃなくてっ」

「……何故腹具合に直結するのかわかりませんけど、だい、じょうぶです。ええ」

「わーーっ！　ちょっなにそれエルネスさんちょっと！　それっ何殲滅する気っすか！　おい翔太っ手貸せっ」

「だからっもう！　ちょっと翔太！　翔太もなんか言って！」

「えっ」

ぶつぶつと詠唱らしきものを唱え始めたエルネスの口を、幸宏さんが押さえ込んだ。あやめさんに袖口引っ張られながら、翔太君がどちらに応えればいいのかうろたえている。

……詠唱とかさっぱりだけど長ければ長いほど威力があがるとかなんとか聞いたことあるし、エルネスの呟きはまだまだ続きそうな勢いだった気がする。

ザギルと目が合ったけど、どうせザギルに聞いてもわかんないしと目を逸らした。

「お前なんかすっげえむかつくこと思ったろ今!!」

「じゃあわかったの？」

「何がだよ！」

「ほらみなさいほらみなさい」

「ケダモノがわかんないなんて当たり前でしょ！　だから！」

「ばっかお前、俺だってな、その大概空気読めないのよりかは」

「だって！　そんな嘘みたいじゃない！」

行き場のない両手を握りしめて叫ぶあやめさんの姿は、理性の邪魔をする感情が持て余されているのをありありと伝えてくる。あとザギルに言われたくない。

「嘘？」

「そんなの、嘘だったみたいな言い方じゃない。みんな優しかったじゃない。こっちに来た時、みんな私たちに優しかった」

「うん。そうですね」

「なのにそんな、導き？　だか、なんだか知らないけど！　そんな、アレがみんなにそうさせたみたいじゃない、そんなの」

アレ、と魔王へ突きつけたあやめさんの指を、とりあえずそっと握って降ろした。一応ね、指さすのはよくないからね。礼儀としてね。

「んっと、あー、あーあー、アレですよね。わかりますよほらアレでしょ」

「うっそでしょ！　ほんとにわかんないとか！」

「その目やめてください！　ザギルと一緒みたいじゃないですか！　わかりますって！」

さすがにザギルじゃないんだからここまで聞けば思い当たるというもの。降ろさせたあやめさんの指をそのまま両手で包み込んで、しっかりと目を合わせる。握ってたチップはふたつともポケットにいれた。

「私も恋愛小説とか少女漫画は人並みに嗜みました」

「う、うん」

「『今までわたしに優しくしてくれたのは恋じゃなかったの？　偽りのものだったの？』ってあれですね？　それでちょっとヒーロー役との間に溝ができる山場のあれですよね？　ね？」

「え、あ、そう、そうか、な……って、なんなのなんか違うって言いたくなるんだけど!?　腹立つんだけど!?」

正直、乙女かっと叫びたくなるけど、あやめさんは正真正銘の乙女なので無理なきことだと思うなんて考えてたら、エルネスがぷはっと幸宏さんの手から逃れた。

「馬鹿にすんじゃないわよ！　なめてんの？　死にたいの!?　導きですって!?　私の！　この私の思考が！　信念が！　矜持が！　そんなものに左右されっぱなしなわけがないでしょう！　いい!?　今のこの私を創り上げたのは！　磨き上げたのは！　この！　この私自身なのよ！　手柄持ってくんじゃない！　何年かけて研鑽し続けてきてると思ってるの！」

「何十年なんだよ」

「お黙りケダモノ！」

振り乱した髪をぐんっと後ろに跳ね上げて仁王立ちになったエルネスの啖呵を、あやめさんと二人で口開けて見てた。跳ね上げられた髪は幸宏さんの顔にびしっと当たったし、翔太君は即座に自分の肩に顔を埋めた。魔王も自分を睥睨するエルネスをちょっと口開けたまま見上げてる。

「……ね？」

「……う、うん。やっぱりエルネスさんかっこいい」

うん。かっこよさだけですべてをねじ伏せるエルネスはさすが。もう一度ザザさんを見上げたら、苦笑いしてた。

「まあ、そういうことです」

「はじめて魔獣に襲われた日、騎士たちはみんな躊躇いなく私たちの盾になろうとしてくれました」

「はい」

「ザザさんは身を挺して私を庇ってくれました」

「あー、そうですね。まあ、結果としては不要でしたが」

「ずっと、ずっとそう。私たちが強くなってもそうでした」

「変わるわけがないです」

私の料理を美味しいと喜んでくれた。

私が「おかえり」と迎えるのを安心すると言ってくれた。

人によっては当たり前に手に入るであろうことはわかるのに、私のもとには何故だかなかったそれらが全部ここにはあった。

「私に言ってくれたこと、してくれたこと、与えてくれたこと、それが私にとってはホンモノで全てです」

「……はい」

大好きだから大切にしようとしたし、そう伝えてるつもりだった。

上手にできてたかなんてわからないけど、子どもだった私が両親から欲しかったものを全部あげてるつもりだった。

なのに、子どもたちは私が家事や仕事が好きだからやっていることだと思ってた。

なんにも伝わってなんかなかったってわかったあの時。

それでも私が大切にしていた気持ちは、誰が気づいていなくたって本当にここにあるんだと叫びたかったんだ。


ねえ、その私がそんな思いをあなたたちにさせたいわけないでしょう。

愛し気に口元を緩めたザザさんの手が私の頬を包んでくれて、その温もりが私の芯をあたためてくれる。

ほらね、ちゃんと私が伝えたらきちんとこの人は拾い上げてくれるんだ。

「まあ、そもそも取り出して見せられるようなもんじゃなし、証明できないものにぐずぐずするのは無駄ですから！」

「そこはかとなく絶妙に嚙み合ってない気がするのはなんででしょうね!?」

やだわ。だってほら、子どもが見てるじゃない。

「……ヒトの身で我らに届くことなどありえないとわかるだろうに」

仁王立ちのままのエルネスへ呟く魔王の声は、さっきまでの荘厳さは失せてしわがれていた。

気を持ち直すように息を細く長く吐き出したエルネスは、それでもその仁王立ちを崩さない。

「ええ、わかるわ。だけど、それは侮辱を飲み込む理由にはならない」

「……お前たちはいつもままならない」

幼げで舌足らずな声音ににじむ苦々しさは諦念じみて聞こえるけれど、多分それだけではないのだろう。様々な声音と同じ数だけ複雑な機微もあるように感じさせる。

全てに答えると魔王は言った。その答えを聞いた上で選べとも言った。

だけどそれはきっと、全てをこちらから聞かなくては全ての答えは得られないという意味にもとれるし、実際そのつもりなんだと思う。

だって魔王は私に願いを叶えてほしいのだから。

しんしんと静かに降り積もる雪がゆっくりとその重みで大樹の枝をしならせていくように、囁きが重なり響き合う声は、確かに私を圧し潰すようだった。

この道を選ぶしかないのだと、他の道を暗がりで塗り潰そうとしていたのだとなんとなくわかる。

だって魔王は言っていたではないか。

この世界が愛しいと。

慈しみ見守り育ててきたと。

もう二度と壊させはしないと。

一度この世界を壊しかけた竜人たちの技術を厭いながら、使えるものは使うと言っていた。

だからきっと、これまでの勇者たちは次代の勇者へと繋ぐ場に魔王を関わらせなかったんじゃないだろうか。

ただそれでも勇者たちの選択は同じで、そしてモルダモーデも自分の意思で選んだ。

多分だけど、多分きっと。

失ったもの、奪われたもの、切望していたもの、再び手にすれば二度と手放したくはなくなるもの。

　魔王の導きがあろうとなかろうと。きっと勇者と魔王の願いは最終的に同じものになったのだと思う。


「別に操ってたとも洗脳したとも言っておらぬだろう」

「当たり前じゃないの。されてないんだから」

　呆れをため息にまぜた魔王に、エルネスは強気を崩さない。

　もういいのかしら。いいのかしらね。いいんだろうな。でもいいのかな。多分魔王はきっとおそらく私たちが思うイメージの『魔王』ではなく、所謂『創造神』に近い存在なんだと思うんだけど。

「大体ね――って、カズハ何してるの」

「ん？　お茶淹れなおしてる。はいはいはいみんなカップ返して」

　手渡されたカップを手早く水魔法で濯いでから、新たに淹れたお茶を注いでいくのを繰り返してたら、魔王もとことこやってきてカップを差し出した。

「気に入ったの？」

「悪くない」

「それはどうも」

両手でカップを包んでこぼさないよう慎重に椅子へ向かう魔王を、微妙な顔したエルネスの目線が追う。きっとまだ言い足りないんだろう。

さくりとした歯ざわりは一度だけ。

そのままほろほろとほどけて口の中に広がった。

「カ、カズハさ、ん……？」

よく目を見開いて硬直してることはあるけど、多分いまだかつてないほど目も口も開いているザザさん。

「い、今なに口にいれました？」

「意外とさらっと溶けたんで、お茶いらなかったみたいです」

喉つまりしたら嫌だからと思ってお茶淹れたんだけど、必要なかったらしい。じわじわとした熱がゆっくりゆっくりと喉から後頭部へ抜けるように伝わっていく。

大丈夫ですよと頷いてみせたら、ザザさんが悲鳴のような叫び声をあげた。

「だして!!　だしなさい!!　べって！　べって!!」

「わ、どうしたのザザさん」

「ななななに」

おっきな両手で両頬を掴まれて、太い指先が唇を割ろうと頑張るから、ぱかっと開けて口の中を見せてあげた途端にザザさんが膝から崩れ落ちた。

「なんで予備動作すらもないんですか……」

「は？　ちょっとザザ……カズハ？　あんたまさか」

「味はあんましなかったですよ」

「味なんて聞いてないわよぉおおお！」

「う、うわぁ……マジで？　マジか？　うわぁ……マジで？」

「ぎゃはははは！　喰いやがったか！　やっぱこいつ喰いやがった！」

心底面白げにひっくり返りながらお腹抱えて笑うザギルを見て、私を見て、またザギルを見てと繰り返してるのは翔太君とあやめさん。

跪いたザザさんの肩にさりげなく片手を置いて支えになってもらった。

「和葉ちゃん、美味しくなかったの？　クッキーみたいに見えたのに」

「味しないから不味くもないし美味しくもなかったよ」

「そっかーじゃあ、ぼく食べなくてよかった。でもクッキー食べたくなっちゃった。お城帰ったらある？」

「うん。あるよー。作り置きしておいたからね」

「やったー」

「うん、でも、ちょっと」

「和葉ちゃん？」

鍋の中でふつふつと小さな気泡が上がりはじめるように、じわじわと高まる熱は頭蓋から跳ね返り、勢いを増して全身をめぐる血管にそって伝っていく。

あ、これ、魔力回路かなんて冷静に感じる一方で、思考が少し霞んできてるのがわかる。

「カズハさん!?」

かくりと力が抜けて倒れこんだ私を、ザザさんが受け止めてくれた。

「あのね、礼くん、帰るの、ちょっとだけ、待っててくれる？」

これは知っている。あの城の裏手の遺跡で魔吸いの首輪をされたときに似た感覚だ。

全身を暴れながらめぐる魔力がおへその下の丹田に集まっていく。

視界がぐるぐると回りはじめる。制御、しなくては。

ああ、でも、下腹に集まってきた魔力が、どんどんと嵩(かさ)を増していく。

和葉ちゃん和葉ちゃんと礼くんの涙交じりの声が聞こえる。

だいじょうぶと笑ってあげなきゃ。

だって魔王は私を殺さない。

貴様何をしたどうなってるとザザさんが吠えている。

エルネスに続いてザザさんまで魔王に嚙みつくとか、多分二人には魔王への本能的な恐怖が感じられているだろうに。

みんなの声が重なって聞こえる。

魔王の声が一人合唱のように重なって聞こえてたのとは全然違う。平時ならばこの賑やかさに心地よく埋もれていられた。だいじょうぶだよと声をあげられない。

移り変わる視界は、実際に見えている視界なんだろうか。自分が仰向けなのかうつぶせなのかもわからない。確かにザザさんの腕の中にいたと思ったのに。

みんなが慌てちゃってるから、だいじょうぶだって、いや、待って、なんかこの熱さは少しばかり高熱出したとかそんなんじゃなくて――っ。

「――あっあっづ!! あづいいいいい!」

熱い熱い熱い! なにこれ! 熱湯!? 熱湯地獄なの!?

加速して嵩を増す魔力が、次から次へと下腹から湧き上がる。

今にもあふれ出しそうでいて、それでも表面張力でぎりぎりを保つ水面のように。

血管が、筋肉が、皮膚が焼かれていくような熱。

「っ――」

破裂しそうな眼球を押さえつけた両手に絡みつく何かがある。

瞼は確かに塞がれているのに、自分で塞いだはずなのに、なぜだか視界が鮮明に広がった。

うたたねのときに見る夢みたいだけれど、これは確かに今閉じた瞼の向こう側の視界だとわかる。

礼くんが、ザザさんが、みんなが私に向かって叫んで手を伸ばそうとしているけれど、透明な草がまたつる草のように伸びて捕らえられている。

しゅるしゅる伸びるつる草は、私の腕や手に、足にも巻きついて。それは蜘蛛が獲物を糸でぐるぐる巻きにするようにも、私自身から吹き上がる糸で繭をつくっているようにも見えた。

実際に眼で見てるわけでもない光景の、さらにその上からスクリーンのように紗がかかってまるで見覚えのない映像が重なる。

無声映画みたいなそれは私の意思や理解に関わることなく熱をもって脳に焼き付けられていき、ああ、だからこんなに熱いんだと、自分を見下ろす自分がいる夢と同じに思考が二重に廻っていく。

つる草の糸が染まっていく。

ガラスでできたように薄青く透明だったそれが、ずるりと私から何かをひっぱりだすように黒く染まっていく。

黒い繭は紡がれる先から瑠璃色の糸になり、伸びていくほどに散っていく赤や緑や青が光の束となり、絡み合って色合いを変えていき。

水面に広がる波紋のように波打つ草が光を翻しながら染まっていく。

鼓動のような波紋と呼応する熱が、眼に脳に脊髄に刻みつけていくそれらはこの世界の理なのだと、言葉ではなく皮膚が神経が心臓が理解していく。

多分さほどの時間はかかっていないはず。

だってまだつる草に拘束されているみんなは、抵抗を諦めていない。

私だけに見えていたスクリーンは、持ち上がる瞼とともに消えていった。

熱に叫んで嗄れかけた喉を、弾む息が擦る。

蹲ったまま顔だけを少しあげ、小刻みにまだ震える手をおろして瞬きをすれば、ぐるりと崖に囲まれた中庭が色鮮やかに彩度をあげていた。

モルダモーデたち魔族が眠る棺を囲むガラス細工のような低木も、中庭に三本だけあった木の梢も、氷の城すらも色を与えられ。

低木は馬酔木によく似ていた。艶々した濃い緑の葉に赤や白の小さな釣鐘形をした花が鈴なりに揺れている。

色を取り戻した木の枝からは、早回しのように葉が芽吹き、次々と桃色の蕾がほころんでいく。

幻想的に輝いていた氷の城は、白亜の壁で崖肌を背負い、いくつもの高塔と円錐形の屋根が冷たい日差しを鈍色に照り返している。

「もったいねぇえええ！　お前草やら城やらなんぞに魔力喰わせてんじゃゃねぇよ！」

俺が喰うわと、何故だか一人自由に動けるらしいザギルが私と周囲を繋ぐ糸をちぎってはもしゃもしゃと口に入れだした。いやほんと自由だな!?

子の成長は親知らずだし神も知らない

やってみたらできたとか、口じゃ説明できねぇなってのはザギルの得意技だけど、これがその感覚だろうか。熱が引いていくのとともに、思考のぶれが整い鮮明になっていくのがわかる。

「貴様何呑気にっ」

「あ？　いやお前らが何焦ってんだよ」

「和葉ちゃん和葉ちゃん」

確かに鮮明になっていってると思うのに、口々に私を呼ぶ声に反応ができない。

ぼうぼうと巻貝を耳に当てたときのような音がしてるけれど、確かにみんなの声はしっかりと届いているのに。

黒いつる草の糸はまだ私の手足にぐるぐると絡みついていて、ザギルはそこからするする引いてはちぎってもぐもぐしてた。ハーブティーは草かよって嫌ってたくせに。ぱさりと頬を撫でた感触に、ひっつめていた髪がいつの間にかほどけたのかと払おうとして。

「ん？　んんっ⁇」

髪かと思ってたら、布団蒸しされたみたいにつる草が頭を覆っていた。本当に繭状になってたらしい。だから頭がこれ以上持ち上がらないのか。顎をあげて前を睨み上げた。


瞬きごとに、視界の解像度があがる。

ぎりぎり見える崖上の樹氷と空と雲の境目がクリアだ。

梢で揺れる薄桃色した花びらのわずかな陰影までもが捉えられる。

露を含みはじめた下生えの葉の瑞々しさが細かな光を弾いてる。

世界はこれほどまでに綺麗だっただろうかと、何の感慨もなく思った。

そもそもこんな体勢で感慨だの感動だのあったもんじゃない。


揺るぎなくしっかりと編み込まれたつる草の玉座は、濃い緑と深い赤の葉がグラデーションをなして魔王の小さな体を支えている。偉そうに私を見下ろすその煌めく瞳にまたイラっとした。

「さすがに魔力尽きる気配もねぇなあ」

「ザギルっお前動けるならなんとかしろ！」

「和葉ちゃん和葉ちゃん」

「……あんたも食べ尽くす勢いだね」

「やー、美味いしよ」

「ザギルっちょ、ちょっとあなたそれ私にも一口っ」

礼くんに手くらい振って見せたいけど、生憎腕がそこまで動かない。グーパーして、指は普通に動くことを確認した。

なんだろう。海鳴りに似た雑音の中から飛び込んでくるように、みんなの声はちゃんとクリアに聞こえているのに、どこか距離を遠く感じる。

「ザギルっザギルばか！　ずるい！　和葉ちゃん和葉ちゃんっつ」

「ったく、どのあたりがずるいっつんだよ。坊主、なんともねぇよ。ほら、これ見ろ。紋も変わってねぇだろ。カズハはカズハのまんまだ」

ザギルはひらひらと自分の手のひらにある誓いの紋を礼くんに振ってみせた。あー、そっか。私が私でなくなれば、ザギルとの契約にも影響出かねなかったってことか。やっぱりそのあたりは一番気になるポイントではあったしねぇ。モルダモーデや過去の勇者たちが自分の意思で魔族になったってことは大丈夫だろうとは思ってたけど、そんなのでも確認できたのか。

「あんたそれにそんな効果を予測してたの」

「いや？　でもまあ結果変わらなかったわけだしよ。契約そのままなら俺ァ別に文句ねぇよ。で？どうすんだよ。これ全部引きちぎればいいのか？」

ザギルのもぐもぐは止まらない。これは草の味じゃないんだろうか。ぐっと拳を握りしめれば、ぱちぱちと皮膚を駆け上がる細い火花が、そのまま黒い草に吸い込まれていった。

「うん。自分でもいけると思うけど、これ以上魔力くれてやるのも腹立つし。自分でもいけるけど」

「おう」

ザギルは繭を鷲摑みしてばりばりと引きはがしていく。髪がひっぱられるかと思ったけど、案外するするとはずれていった。ひっつめていた髪はやっぱりほどけてはいたようで、さらさらと肩を覆っていく。

上体を起こしてやっとみんなのほうへ顔を向けたら、礼くんが弾けるような泣き声をあげた。

「和葉ちゃん！　和葉ちゃん！　あたま、あたまだいじょうぶ!?」

「えっ」

ぶほっと頭上でザギルが吹き出してる。みんなも一瞬泣きそうな顔してたのに、一斉に礼くんから目をそらした。ザザさん！　ザザさんまで！

「痛くない!?　痛くないの!?」

ぎっちりと巻きついたつる草がぎしぎしいいそうな勢いでじたばたして、必死に叫んでる礼くんがかわいい。かわいいけど、私のかわいい子を縛り上げてるそれが、無性に腹立たしくなってくる。にっこりと笑って見せて大丈夫だよと伝えれば、目を潤ませながらぐっとしゃっくりを飲み込んだ。よし、いい子だ。

「ほら、これだこれ」

ザギルが私の頭をつついたらしいのだけど、どこか違和感がある。直接頭をつつかれたというより、帽子の上とか何かを間に挟んでつつかれたような――ああ。

つつかれたあたり、耳の上に手をやれば、つるりとしたシリコンみたいな感触がある。撫でて形をなぞれば大きな巻貝のような、これは角だろう。モルダモーデとはどうやら形が違うらしい。そういえば棺の中にいた魔族たちの角もそれぞれ大なり小なり形は違っていた。

ほれ、とザギルが左手を宙に翳せば、地面からその手まで高さ一メートル幅五十センチほどの氷の壁が出来上がる。ほんと器用だ。中心部が白く濁り多少の歪みがありながらも、平らな表面が鏡状になっている。

覗き込めば薄らぼけてはいるものの、両耳の上それぞれにくるんと巻いた羊角とやけに光る瞳の私が見えた。角も、瞳も私の魔乳石色だ。外側に行くほど黒から瑠璃に変わり遊色が輝いている。礼くんが泣いてるのは、この角が痛そうに見えたからなのだろう。まだ腰から下に纏わりついてるつる草をそのままに身体をひねれば、背中にはやっぱり同じ色の閉じた翅(はね)がある。これもモルダモーデの蝙蝠の羽根ではなく、とんぼの翅が何枚も重なったもの。

「！　ジャージ！　ねえ！　ちょっとジャージ破けてない!?」

「真っ先にジャージの心配かよ！」

「あ、だいじょうぶっぽい」

どうやら翅は直接背中から生えてるわけじゃなく、背中との間にわずかな隙間があるらしい。翅自体が可視化した魔力で半実体みたいなものだと、さっき熱とともに刻みつけられた知識が頭によぎった。

「カズハ、さん……？」

ザザさんのあまり聞いたことがない不安のにじむ声。うん。わかってるよ。私が礼くんにすぐ駆け寄りもしないのがおかしく見えるんだよね。

駆け寄って抱きしめたくなる衝動が湧いてないわけじゃない。

でもそれは今、私の中心から少し離れたところにある。

さっきからぐつぐつと煮立ち始めているのは違う衝動だ。


何故、あの子が私のところに来れないの。

何故、あの子たちが縛られなくてはならないの。


礼くんたちを捕まえているのは、まだ色が戻っていない半透明のつる草。

あれが私からあの子を遠ざけている。

いいいいいいいいいいいいいいいい

世界を支えるための力を私から吸い上げておきながら、私から何をとりあげようとしてる？


礼くんたちの声を押しのけようと耳の中でごうごうと鳴っている音は、私の中で渦を巻きながら湧き上がり続ける魔力だろう。

これをどう使うのか、どう使えるのか、もう私は知っている。

これがどれだけの大きさなのか、何ができるものなのか、熱とともにあのチップが教えてくれた。


魔王が望んだのは世界を支える力。いくつもの存在が寄り添ってできあがった魔王は、その力を世界の維持に使っている。

豊かに育まれた世界は際限なく生命を産みだし力に満ち溢れて、けれどそのままではまた淀んでしまう。

また壊れてしまわぬよう、また消えてしまわぬよう、魔王の中の存在たちは自らの力を時には削りながら、世界の均衡を保ってきた。

世界を渡る勇者をその力にふさわしい器に変え、より大きな力を持つ魔族になるべく土台を整えさせる。

勇者は削った力の補充要員だ。

「言うなれば、今の私はスーパーコシミズZ」

「なに言ってんだお前」

世界が強く豊かに大きく育てば育つほど、必要な力は増えていく。

増えていった分の補充は、先代勇者の墓標に記された没年までの時間が示している。

魔族となり増幅した魔力の分長命となったはずの彼らは、代を重ねるごとに前代よりも早く眠りにつき始めるようになった。

一代当たり二、三人はいた魔族となった勇者たちが、モルダモーデ一人となるほどにまで。

よいしょ、と腰回りのつる草を摑める分摑み、束にして握りしめる。

「ほら、ザギルあんたも手伝って」

「いいけどよ、別にもう手伝いいらねぇんじゃねえか」

「食べた分働く働くっ――っしゃ！」

私が握りしめた瞬間、より漆黒に染まったつる草を力任せに二人で引きちぎれば、それまで吸い込まれていっていた魔力が行き場を失い暴れだした。

ちぎられた切り口から色を失い倒れかけた草は、何本かごとに纏まり溶け合い数十匹の氷の蛇となって襲いかかってくる。

「いやあああああ!?　蛇！　和葉っそれ蛇!!」

「あやめ！　細いスライムだと思え！」

「あやめちゃんっ蛇は結構美味しいって和葉ちゃん前言ってたし」

「無理ぃいいいいい！」

いや食べないからね!?　って、蛇を躱しながら返そうとした横でザギルがもしゃってた。さすがに二度見しちゃったけどまあいい。

荒れ狂いあふれ出る魔力をなだめていなして、
それを狙う蛇どもを蹴って薙いで叩き落として、
蹴り上げた足をそのまま蛇ごと地面に叩きつけるように踏み出して

さあ、お前たちは私のもの、私が主、私が支配する。

　ほんの一瞬、城も崖肌も中庭も、ゆうらりと蜃気楼のように揺らいだ。

「……理は理解できたはずだ」

「そうだね」

　ゆったりとした動作で魔王が立ち上がれば、玉座はほろほろと粉となって消えた。

　鎌首をもたげた氷の蛇十数匹が、魔王と私の間に壁となって立ちふさがっている。

「さあザギル号！　やっておしまい！」

「うぜぇ！」

　上体を伏せ滑るように駆け出したザギルが、その勢いのまま蛇を次々なぎ倒す。

　咆哮で弾き飛ばし、ククリ刀で切り払い、地に落ちる前に頭をすくい上げ噛み砕く。

　魔王の無表情が眉間の深い皺で崩れ、きつく噛み締めているであろう口元から舌打ちがもれた。

　ざわりと赤紫の羽根が、魔王の頭上に舞い上がり、
　ろうそくに火を灯したかのように、無数の炎の羽根が中空に浮かび、
　ぱしゅぱしゅとひどく軽い音をたて、
　羽根は半円にしなり次々と斬りかかってくる。
「ザザさん！　幸宏さん！」
　二人は障壁とプラズマシールドで応えてくれた。
　ぐつぐつ煮立っていた怒りが、徐々にふくふくとしたものに置き換わっていく。

顕現したハンマーで羽根を叩いて、かち上げ、横薙ぎに粉と変える。

「ふふっ」

漂う残滓を撫でるように両手を広げれば、赤紫の粉は瑠璃色の細石（さざれいし）となり。

「メテオォッ!!」

ザギルと戯れていた氷蛇が、周囲の草も一瞬で巻き込み魔王を守る壁となった。

音も衝撃も飲み込まれ、埋もれていく細石はそれでも壁に数か所握りこぶし大の穴を開ける。

瞬きの間に滝となって落ちた壁の向こうで、魔王が棒立ちで佇んでた。

あ、真後ろの木に穴開いてる。位置からいって頬を掠めたのか。

「うふふ」

まだだ。まだ足りない。

いやお前俺の位置も気にしろやと、ザギルが地面に突っ伏して叫んでる。

手近な位置の低木をハンマーで、斬（ざん）っとひと撫で。

瑞々しかった濃緑の葉も伸びやかな褐色の枝もころころとした白い小花も、細石と変わり宙に浮きあがる。

魔王の周囲にある草や低木がざわめき始める。

そのアレキサンドライトの瞳を真っすぐに見つめながら、細石の弾幕を降らせた。

ひゅっと細く息を呑んだのは魔王。

モルダモーデたちが眠る棺は、周囲の低木が雪洞のような防壁となってぎりぎりで破壊を免れた。

圧倒的な覇気に怒りを纏わせて瞳をぎらつかせる魔王に、にんまりとザギルみたいに笑ってみせる。

「ねえ、大切な人を質にとられるってどんな気持ち？」

やっぱラスボスはさって、翔太君の呟く声が聞こえた。

何よりもまず躾からですよ。話は全てそれからだ。

不快気に目を眇める魔王の威圧など、もうどうというものでもない。

アレだのなんだのと取るに足らないもの扱いをして見せてはいたけれど、モルダモーデや先代勇者たちは安らかな顔で眠っているのだ。大切にしていたであろうものを抱かせて、綺麗な棺に横たえ、枯れない花に囲ませて。モルダモーデなんてオートマタのリゼまで与えられている。

魔王にとって、彼らがただの補充要員ではないのは明らかだし、現に今とてもとてもお怒りだ。ざまぁ！

「わかったなら、うちの子たちの拘束を解きなさい。あんたと違って私は手持ちの力全部で戦えるんだからね。弁えてもらおう」

「……我らがこの世界を支えているのだぞ」

「知りませんねそんなこと」

なんだってそんなことが脅しになると思うのかさっぱりわからない。世界を壊したくないのは魔王の望みだろうに。交渉下手か。

「あんたんちはあんたが守れ。助けがいるなら下手に出て頼め！」

「その力はもともと」

「もう私のものですぅー！　もらう条件決めなかった方が馬鹿なんですうう」

（……交代？　魔王交代イベント？）

（ぶふっ、やめろよ翔太……っ）

「和葉ちゃん!!」

拘束を解かれた礼くんがタックル紛いに飛びついてくるのを受け止めた。エルネスとあやめさんがきらっきらとした瞳で、私の角と翅に触ってもいいかと手を上げ下げしてる。うん。待ってね。ステイステイ。

見た目は三十歳前後の礼くん。私がどんなに両手を広げても、その大きな身体を包んであげることはできないし、どうしたって私が包まれてしまうほうで。

召喚されてすぐの頃、オムライスを食べて泣いた礼くん。

あの時からずっと、私は君を毛布のように包んであげたかった。

「ほんとに痛くない？　痛くない？」

「うんうん。だいじょうぶだよ」

「そっか！　わぁ、すごいね。ぴかぴかでかっこいい」

私を抱き上げたまま、右から左から下からと角を覗き込んでくる礼くんの肩を軽く叩いて地面に座らせる。

「和葉ちゃん？」

そっと額にかかる前髪を梳いて流し、そのまま頬を撫でた。

少しうなじをひけば素直に私の肩に顔を埋める礼くんの頭を抱きしめて。


君は今が楽しいというけれど。

強くなれてうれしいというけれど。

だから本当は君の選択を大切にしてあげたいと思うのだけど。

だからこれは本当に私のエゴでしかないとは思うのだけど。

世界を支える力として魔王が使おうとしていた魔力は、おさまることなくまだ膨れ上がり続けている。

本当なら魔王はこの力を当てにしていたのだろうけど。

魔王が言ったとおりに、私は力を望んでた。

得られる力は本人の性質や欲に依存するというのなら。

私の得られる力がどんなものかなんて賭けるまでもない。


ぱちぱちと色とりどりの小さな火花が降り散る。

何枚ものとんぼの薄羽が広がって、私と礼くんに巻きつき羽衣となって包んでいく。

ずっと耳の中でごうごう鳴っていた音が激しさを増して、ザザさんたちの声をかき消していった。

尽きる気配もなくこんこんと湧き続ける魔力の流れを丹念に整える。

ザギルだって、私の魔力操作は別に下手ってわけじゃないと言っていた。

手に負えなかった力の使い方を私はもう知っている。


——私のかわいい子。


いつだって真っすぐに私に向かって駆けてきてくれた。

一緒に寝てくれなきゃ眠れないと甘えてくれた。

それでいて、ぼくが一緒だと和葉ちゃんは眠れるみたいと得意そうにしてくれた。

ぼくはもう大きいからねって一人寝を始めても、ルディんとこにお泊りするのと元気よく飛びだしていっても、ここが自分の居場所だと満面の笑みでただいまと帰ってきてくれる。

——私の愛しい子。


丁寧に丁寧に、夜泣きする子の背を撫でるように魔力へ行先を教えていく。

ゆっくりとゆっくりと愛しい子がびっくりしないように私の力を注ぎ込む。

腕の中の頭が小さくなっていく。

ほんの少し寝癖がついた張りのある髪が、柔らかくなっていく。

わずかにあげてた踵が地について、膝をついて。

耳の後ろの日向の匂い。

そうね、子どもってこんな匂いがしてた。

ぎゅうと抱きつく力は意外と強い。

男の子は骨格がしっかりしてて抱いたときに安定感があるんだよね。

もぞもぞと居心地のいい体勢を探すつむじがくすぐったい。

顎でかきわけてキスを落とす。

ねえ、いつかそのうち、礼くんの帰る場所は私のところではなくなることだろう。

大切な場所を自分でつくりあげるようになるだろう。

そのために何かを捨てて何かを選ばなきゃならないときだってくるだろう。

でも君はまだ十歳で、たとえ少しばかり大人びて賢いところがあったとしても、まだ本当に大人になんてならなくてもよい年なんだ。

十年ぽっちでザザさんみたいにかっこよくなるなんて、頑張らなくていいんだよ。
ザザさんが今のザザさんになるために積み上げたのと同じ年数を、君も使えていいはずなの。

――小さくて暖かで一瞬だって目を離せなくて。

私が手に入れた力は私のもので、私の願いだけを叶える力。尽きることなくあふれ出る力が恍惚とした陶酔を引き起こす。

モルダモーデや先代勇者は自分たちを受け入れた世界を守りたかったのだろうけど、そしておそらくそこまでの執着を育てることこそが成熟だったのだろうと今ならわかる。チップの知識が教えてくれたけれど、生憎と私はそんなものより大切なものがあるんだ。

この子が大切な場所をつくりあげるための力を育てられるように
何かを決めなくてはならない時に、手段や方法を選べる知恵を身につけられるように
未来を夢見る柔らかな感情を枯らすことなく抱いていられるように
――泣かないように、痛い思いをさせないように
――ああ、そうだ　泣いていた頃の記憶など消してしまって

――あんなパパやママなんかといた時間なんていらないそんなのより私だけの

「……！　カズハ！」

薄羽の衣越しに強く摑まれた肩と、ザザさんの硬く厳しい声で、たゆたいかけてた意識が戻った。

ッッあっぶな!!　あっぶなかった!!

「っうぁわああ、和葉ちゃんが大人だぁ」

何重にもかぶっていた薄羽を翅に戻していけば、現れたのはくりっとした目とまだ薄めの眉毛、あどけない口をぽかんと開けたかわいい子が、私の腕の中にすっぽりとおさまっていた。

確かにさっきまでの礼くんの面影がある。丸くなった頰の輪郭。まだ喉仏が出ていない細い首と鎖骨を覗かせて、襟元がぶかぶかになったジャージが薄い肩にひっかかっていた。

「――っかわいいいいいい！　礼くんかわいい！　ああっもっとよく顔を見せて！」

抱きしめては離して顔を確認してを何度も繰り返さないではいられない。

「ちょ、ちょっとカズハさん、僕にも」

「まだ！　まだ待って！　ああっ何回見てもかわいい！」

礼くんの本来の姿に魅了された私を、みんなが少し離れて見守っている。

「えー……？　お前でっかくなんじゃなかったのかよ……」

「和葉ちゃんが大人に……あ、でもまだ僕よりちっさくない？」

「いやまあ翔太急に伸びたから」

多分見守って……いいや気にしないと礼くんにくるくる回ってもらっていると、エルネスが力強く私の腕を摑む。

「待ちなさい待ちなさいまず診察させなさいほら」

「和葉！　お腹っお腹出てるから！　ねえ！」

「えっあっ、あ！　痛い！　ジャージちっちゃい！　いやあああっ痛い！」

あちこちの関節に食い込んだジャージを意識した途端、痛みが派手に襲ってきた。


礼くんの本来の年は十歳。見た目三十歳前後だったから、私の二十年分を礼くんにあげた。私は与える者だとみんなが言うのだから、きっとできるようになると信じた私の完全勝利だ。

「お待たせしました!!」

城の中でエルネスとあやめさんに手伝ってもらって、礼くんとジャージを取り換えた。

ジャージ生地は伸びるとはいえ、身長だけじゃなく胸や腰回りも大人サイズになった私には一人で脱げないくらいにきつすぎたし、礼くんに成人男性サイズのジャージは大きすぎたからね。あ、あとエルネスに簡単な診察された。正常と言いたかないけど、まあ健康ではあるんでしょうね、だそうだ。

「切っちゃえば早いっていうのに、カズハがそれは絶対やだっていうから」

「駄目だよそんなのもったいない！　それに礼くんにぴったりだったでしょ！」

「あのねー、ちょっとだけちっちゃいー」

ザザさんに頭を撫でられながら礼くんは、にっこにことして少し足りない袖を見せている。ほら、男子と女子じゃ肩幅とか骨格も違うから……。反対の手は私の手をしっかりと握ったままだ。首を傾げてみせれば、いつものように反対側に首を傾けて満面の笑みで見上げてくれた。かわいいっ！

「……カズハさん？」

礼くんをまた抱きしめて、つむじあたりに頰ずりしてたらザザさんが私の頰に手を添えてきて。

「僕にも妻の顔をちゃんと見せてください」

「――っ」

不意打ちやめて!!　ほんとなにこのイケメン！

だけど硬直しちゃった私の目を覗き込む金の瞳には憂いが浮かんでいた。

あ、うん。そうね。ちょっとさっき暴走しちゃったものね。うっかり礼くんを赤ん坊にしてしまうところだった。大きすぎる力への高揚感にあてられていたのかもしれない。だって赤ちゃんになってしまえば、向こうの親のことなんて忘れて育てなおしてあげられるじゃない。そんな誘惑に負けそうになった私を、ザザさんが連れ戻してくれた。

駄目だよねそんなのは駄目。辛かったり寂しかったり、それも全部今の礼くんを作り上げた礼くんのものなんだから。

翅にくるまれた私たちに何が起きているのか正確にはわからなかっただろうに、ザザさんはしっかりと私がちゃんと正気でいられているのかを見定めていた。

あの呪いでおかしくなってしまったとき、私が私でいられなくなることをどれだけ私が怖がっていたのかを知っているから。もうそんな思いはさせないと、前に言ってくれたことをちゃんと守ってくれた。礼くんには聞こえないくらいの小声でありがとうと伝えたら、ほっとしたように、でもまだ複雑そうに笑い返してくれて、金の魔色は消えて穏やかなハシバミ色になった。

「あれ!? 和葉ちゃんおっぱいある！ ふわあああああおっぱいぽよぽよん！」

「……レイっそれはずるい」

私の胸に顔を埋めてた礼くんが、唐突に改めて気づいたのかちっちゃな手でふわっと持ち上げつつ堪能し始めた。う、うん。ブラないからね、寄せてあげないと気づかなかったかな。てかザザさん、今ずるいって言った？

「いやいやいや、氷壁の好みにゃ全然足りねぇんじゃねぇの。つーかまだちっせぇなお前」

「頭摑むのやめて！ 脳みそちっさいみたいなのやめて！ って、え、あ、ザザさ」

「好み言うな！ 違いますからね！ 胸の趣味なんてないです！」

「ザザさんっ和葉ちゃんぽよぽよんだよー」

「レイ――っ」

「……魔族の姿は受け入れられないと、アレは言っていたんだがな」

「あ」

「うわ。忘れてたでしょその顔！　俺ら魔王とずっと待ってたのに！」

「ちょっと空気辛かったよね……」

忘れてないし。魔王の城なんだから忘れてたわけないし。普通に翔太君と幸宏さんの間に立ってた魔王がやけに馴染んでたからって、やだなそんなわけないじゃないか。

「……選べと言ったのは我らだからな」

再度椅子を作り出して深く腰掛けた魔王は、疲れ切った表情を隠すことなくそう言った。

勇者が魔族へと変わるときに放出されるものは、通常時の魔力量を大きく超え、不足していた世界を支える力の補充にあてられるはずだった。

そんな力の大半を私は礼くんに使ってしまったので、まあ、それは脱力もするだろう。でも力を手に入れるための条件に入れなかった魔王が悪いと思う。

「それでも理(ことわり)を理解した勇者はみんな自ら捧げたものだぞ……」

「知らないよその子よりうちの子でしょ普通」

(言い切るのが和葉ちゃんだよね……)

(おかん属性高いからなぁ。人選ミスだな)

勇者陣はそこそこ平然としている。礼くんは私の膝でコアラみたいに抱きついて、にこにこしたまま眠ってしまった。大きかった礼くんが私を膝に乗せてたのよりは、若干、いやほんの少しばかり膝からあふれてはいるけどちゃんとおさまってる。

私たちは過去の勇者たちより成熟にかけた時間が短い。それはモルダモーデの持ち時間がなかったせいだ。成熟は勇者がこの世界を壊したくないと願う執着を育てる時間。短かったのだからその分執着が足りないのは仕方がないことだろう。そんな執着が短時間で育つわけもなきゃ、私に至っては想像もつかない。平民で小市民の給食のおばちゃんですし。

モルダモーデは蒸気機関の開発に携わっていたし、時代的にかなりの知識階級で人の上に立つ層の育ちだったんだろうと思う。世界という大きな視点でモノを見る素養があったに違いない。おそらくは他の魔族となった勇者たちも。

そしてザザさんとエルネスは、まさにその『人の上に立つ者』なわけだから、さすがにちょっと落ち着かないようだ。ザギルは普通にまだ草食べてる。

「……帰るのだな？　魔族の姿は戦場で見ている者もいる。アレらは受け入れられることはないだろうと言っていたが」

「んー、多分モルダモーデたちの時代ではさ、元の世界でも差別が当たり前にあったのよね。エルネス？　百五十年前は南ほどじゃないとはいえ、カザルナでもそれなりに種族対立とか差別はあったでしょ？」

「まあ、そうね。だからこそ法律や制度ができたわけだし、今だってないわけじゃないわよ。諍いが起きないようにお互い干渉しないだけで」

「は？　俺そんなんこっちで見たことねぇぞ。どこにも死体ひとつ晒されてねぇし」

「南と比べるな」

「多分ねー、モルダモーデたちにとっても当たり前にあったことだから、受け入れられないことに疑いがなかったんじゃないかな。今は結構どうとでもなると思うわ。なんなら黙ってりゃいいし」

モルダモーデがあっちにいた頃は、まだまだそういう時代だったはず。

身近な人に拒絶されるのが怖かったんだろうけどね。そんな心配、私には無用だ。

というか今更じゃないか。私たちはいうなれば勇者族みたいなもんで、こちらに渡ってくるときに既にヒト族ではないものに変わってるんだ。見た目が変わらないからうっかりするけど、元々持ってもしない魔力回路だの勇者パワーだの備えた時点でお察しというもの。

「そうか」

魔王はさらに身を椅子に沈み込ませて瞼を閉じた。むぅ……。

「……別に今すぐに世界がどうこうって話じゃないでしょ。この城にだってモルダモーデの魔力がうっすらと残っているくらいなんだから、フォームチェンジ時の分がなくたって通常時に多少の補充はできるわけで。ちゃんと頼むなら私だって多少の協力はしないでもないし」

「奴の魔力が残ってるって、お前にわかんのかよ!?　嘘だろ！」

「和葉ちゃんほんと上からを崩さないね」

「やだーザギルさんわかんないのー？　嘘でしょー？」

「フォームチェンジて」

「Zですから」

「くそが！　多少でかくなってもむかつくな！」

おそらく私自身が同種の魔族になったからわかるんだろうけどそれは黙っておく。私鈍くない。

「カズハさん、協力ってものの負担は」

「遺跡経由で多少魔力ひっぱられるくらいじゃないですかねぇ。どう？　できるんでしょそのくらい」

「無論だ。というかお前は力そのものが我らと大差ない。これまで削ってきた分にこそ満たないが、存在するだけでもかなり違う……だから構わん。好きにしろ」

気だるげに沈み込みながら、肘掛けにもたれて頬杖をつく魔王の小さな体は、尊大そうな姿勢とは裏腹にさらに一回り小さく見える。ああ……もう。

「あのさ、よそのおたくの教育方針に口出すつもりはないけどね？　少し過保護なんじゃないの。あんたの導きとやらの網をかいくぐって、育ちたいように育ってるじゃない。この世界」

「――なんのことだ」

伏せたまつ毛をわずかにあげた魔王の視線は落ちたままだけれど。

「実際のところさ、三大同盟国の誓約や勇者の約定以外の導きにも結構力つかってるでしょ。成長がやばそうな知恵は、発展を抑えてるよね。発展しないように方向づけてる」

だから産業革命が起こらない。新しいものに抵抗がなく好奇心や探究心の旺盛なこの世界の住人たちならば、とっかかりさえあればたどるであろうはずなのに途絶えている発展。きっと目に付いたのがそれだというだけで、多岐に渡ってそういう部分はあるに違いない。

竜人の文明が急激な成長をもたらして滅びかけたことを忘れるのは難しいだろうから、抑え込むこと自体は理解できないこともない。

だけど、だけどだ。転びやすい子どもが二度と転ばぬよう手をひき続けるのは実は何よりも簡単な解決策なわけで。

「さっきザギルが氷魔法で鏡つくったけどね、この無駄に器用な男がつくったにもかかわらず、鏡には歪みがどうしたって出る。だけど城にある鏡はどれも私たちがいた世界で使っていたものと大差なかったよ」

「無駄にっつったかお前今」

「――そう、ネジやナットも手作業だけとは思えないほど精密な仕上がりだったよ」

「僕もピアノだけじゃなくて楽器全般、どれもすごくいいものだとは思ってた」

「実験器具どころか医療器具まで、あっちで見たのと変わんなかった」

みんながこっちにきてすぐに馴染めていけたのは、多分そういう細かいところで向こうと変わりないものが身近にあったってのもあると思う。みんなそれぞれうっすらそれに気づいていた。

「技術だけじゃない。労働環境や人権意識だって、向こうでは理念としてあっても実現には遠い段階まで到達できてる。勇者の知恵やあんたの導きがないところで、ちゃんと育ってるのが証拠でしょうよ。てか、育ちたいんじゃない？　この世界」

労働には対価を、弱きものには保護を、理不尽な普通を押し付けないのが普通だと、勇者の知恵など必要ないだろうって何度思ったことか。

「少しその導きとやら、加減したら？　それだけでも力の消費が多少違うでしょう」

「……考えておこう」

「ひとつ、教えていただけますか」

ザザさんが、すっと前に出て騎士の礼をとった。あ、かっこいい。

さっきは激昂したザザさんだけど、とりあえず今は敵ではないと判断したんだろう。うん、かっこいい！　イケメン！

でもその強張った顔つきに、騎士団長が持って当然の疑問を投げかけるのだろうと気づく。そうだよね。聞くよねそりゃね。

「国境線の侵略にはどんな意味が？」

「それを聞くのか」

魔王は疲労の色もそのままに、傲慢と冷徹を滲ませた声音で答えた。

「お前たちとて、魔物の間引きをするだろう。増えすぎないように間引くのは上位種の役割だ」

「な……、ならば他の方法でも」

「お前たちは魔物を間引くときに、どれを間引くか選ぶのか？　――どれも同じだ。我らにとって魔物もお前たちも等しくこの世界のものに変わりない。この間引きは理（ことわり）だ。我らに選ばせるな。ああ、勇者が魔族となった後の三十年は、戦線を下げる契約を初代としている。今回も我らはそれを守る。お前たちにとってはこれまでと変わらんのだからそれで引け。だが、この仕組みを口外することは許さん。聞くことを選んだのはお前だ。そのくらいは背負うがいい」

私にもそのあたりの知識はチップが与えていったからわかる。わかるのだけれど、教えたくない情報だ。多分聞かれたら聞こえないふりとかしたと思う。

ザザさんの白くなった握りこぶしに触れようとしたんだけど、彼はその前に大きく息をひとつついて、また礼をとる。

「――っ承知しました。ご教示、ありがとうございます」

それから伸ばしかけた私の手をそっと包んで「やることは変わりませんから」といつもの笑顔を見せてくれた。

「ふん。対価もなく教えたわけじゃない」

「なんでしょう。僕にできることであれば」

「確かあの国でそれなりの地位があるのだろう」

「ええ、まあ」

「オートマタへのミルクと菓子を元に戻せ」

「……は？」

「オートマタへのミルクと菓子を元に戻せ。可能か」

（ちょっ和葉！　やっぱりあいつあざとい！）

（わ、私もそうきたかとはおもいましたっ）

「か……可能ですね。問題あり、ませ……神官長？」

「ないわ！　ないわよ！　ミルクと菓子でいいのね!?　だったら種類も増やすわ！　カズハ特製の菓子も用意するようにしましょう！　だからもっと色々理を」

「もういいお前ら帰れ」


「かーずはちゃん！　おっやっつの時間！」

「はぁあーぁいぃ、ちょっと待ってねぇ」

これでもかとばかりに首を捻って下膳口に頭を突っ込み叫ぶ礼くんに、変な声出そうになるのを堪えた。そんなに頭低くしなくても下膳口につっかえはしないし、なんなら彼は下膳口に飛びついてるから足はぶらぶらしているはずなのだけど、大きかった頃の癖が抜けないようだ。一年近くあのサイズだったからね。

きりのいいところまで芋の皮剝きを終えてから厨房マダムたちに挨拶してホールへ向かう。

ひらひらと手を振る人、手が空いてないからおつかれと明るい声を返してくれる人。マダムたちは私の新しい姿を、あらあらまぁぁまぁと受け入れてくれた。角以外はあんまり変わらなくない……？　とか言ってる人もいたけど、十五センチですよ十五センチ身長伸びてますからねと、そこは主張しておいた。日本人が若く見えるのは世界を越えての共通認識だから仕方ない。

魔族と勇者の関係は王と高位の幹部くらいにしか伝えられていない。公表するのはさすがに混乱しか招かないだろうし。もしかしたら過去にもその関係は伝えられたことがあったのかもしれない。そうだとしたら時の王たちは伝承しないことを選んだのだろう。先代勇者たちの情報が記録からそぎ落とされていたのと同様に。

周囲には勇者の第二形態に進化したということでごり押ししたらすんなり通った。ちなみにZだと言ってみたけどスルーされた。

前使っていたものよりも一回り大きい三角巾をたたんでエプロンのポケットにしまえば、小走りに駆け寄ってきた礼くんが手を取ってエスコートしてくれる。最近ルディ王子と一緒に礼法を習ってるから、実践したくてたまらないらしい。

十三歳で成人とはいえ、貴族や裕福な家の子どもはその年から上級学校に通うことが多い。まだ先のことだけど、もちろん礼くんにも通わせるつもりだし、本人もその気になっている。

本来の年齢の姿に戻った時、礼くんはすんなりそれを受け入れたわけじゃない。

魔王の城でジャージをお互い取り換えながら、少しだけぐずったのだ。

「だって子どもの時間は大切なんでしょう？　だったら和葉ちゃんだって大事じゃないの？　ぼく、和葉ちゃんの時間とっちゃったんでしょう？」

自分を勝手に変えられてしまったのに、最初に出るのは私への気遣いな子だからこそ何でもしてあげたくなるんだよねぇなんて思う。もっと我儘でいていい年のはずなのに。というか息子も娘も十歳どころか成人してからももっと我儘だったよ。

私が十歳の頃は我儘を言う相手がいなかった。多分曽祖父のところにあのままいたら、きっと我儘を言って甘えることができるようになっていたんじゃないかと思う。だけどそんなチャンスを逃してしまった。

我儘を言えるほど安心して甘えてほしいのは、私自身の我儘でもある。十歳の私が得られなかったものを与えることで私が満たされるエゴ。だからまあ、与える者だなんて言い方はなんだか詐欺を働いてるような気分になるのが本当のところなんだけど。

「礼くん、あのね」

ちょっと涙目になってしまっている礼くんの、ふっくらとした柔らかい頬を両手で包んで。

「和葉ちゃんは一回子どもをちゃんとやってるからわかるんだけどね」

「うん」

「とっても大切な時間だけど、二回はやりたくないのが子ども時代なの」

「ええ……？」

「頭が大人で体が子どもなんて、エルネスも嫌だって言うよ！」

「そ、そうね!? まあ嫌だわね!?」

「そなの……?」

「そう! だから丁度いいの! ウィンウィンなの!」

「う、うぃんうぃん……」

いやほんとにもう結構子どももサイズは飽きてたし、「まあそりゃ色々待ちきれないこともあるしね」なんてエルネスの呟きはスルーした。

「……あのね、ぼくね、パパみたいになれたのも、強くなれたのもうれしいのはほんとだったんだけどね」

礼くんは、もじもじと視線を彷徨わせながら、きゅうっと私の袖口を摑んで。

「ルディや王女様のお友達に時々会うでしょ、そしたらね、大人なのにって顔する子時々いてね。ルディはちゃんと説明してくれるんだけど、でもやっぱりちょっとだけ悲しかったの——ありがと和葉ちゃん」

よし、どこの子か後で調べておこうと思いながら、天使を抱きしめ返した。

「バレエの発表会の準備は順調ですか?」

「勿論! 子どもたちの仕上がりも上々ですよ。ご期待あれ!」

くるみ割り人形も海賊も、衣装合わせしているところだ。あんまり早く用意すると子どもってすぐ大きくなっちゃってサイズアウトしちゃうからね。ぎりぎりまで待ってたんだ。女の子たちは貴族令嬢でドレスなんて日常だからテンション上がらないんじゃないかと思ったけど、踊ることを前提とした脚のラインがはっきりと出るオーガンジーとシフォンのデザインに案外盛り上がってた。男の子たちも海賊のワイルドな衣装にノリノリだったたし。

「みたらし団子おいしー！」

「なあ、おい、小僧、それなんだその真っ黒いやつ。炭か？」

「ごま団子だよ。多分ザギルさん好きだと思う」

エルネスが手配してくれて入手できた白玉粉のお団子も好評だ。

やっぱり教国の食材は一度現地でチェックしたいねってことで、旅行へ行けるよう調整している。ザザさんは新婚旅行だって言い張ってたけど、いつの間にか普通に勇者陣とザギルがメンバーに入ってたらしい。ぐぬぬって言ってて笑った。

婚姻届は帰ってきてすぐに、ザザさんが陛下のとこに直接持っていってた。だから私たちはもう名実ともに夫婦だ。式だって旅行前に挙げるから、あやめさんとエルネスが衣装を用意している。一応ちゃんと私も衣装決めのときに同席してたんだけど、次々現れるデザインにひたすら頷いてたらいつの間にか決まってた。

「ザザさん、お団子美味しいですか」

「この弾力がいいですね。ミタラシもいいですけど、僕はこのアンコとヨモギ？　のが好きです」

「実はですね、スペシャルもあるんです」

そっと差し出すのは、求肥のしっとりとして上品な佇まいに隠した驚きのバニラアイス。ザザさんがうっとり目を細めて味わう顔を堪能してからみんなにも振舞った。ザギルがいってぇええってこめかみ押さえながらキレてて、みんなで笑い転げた。

とても楽しくて幸せだから、オートマタへのお供えにしてあげよう。氷詰めの箱にいれてあげれば溶けないうちに持っていけるだろう。

あれでもね、譲歩してるんだ。前線を下げる三十年は、魔族がかつての仲間と直接戦わなくてすむようにって期間なんだよ。間引きが必要なのも本当ではある。世界のバランスをとるために必要なのも本当。だけどそれだけではなくて。

共通の敵は結束と和を生みだす。元の世界でもよく言われてたこと。世界が淀まない程度に三国が発展して、なおかつ諍いを起こさないために敵が必要だった。

だけどこれは秘密の理（ことわり）だ。だって敵でいなくてはいけないから。

多分モルダモーデも子どもが産まれていたのがわかって、時々様子を見に行ってたりしつつも魔王の側近のままでいたのは、あの氷の城で一人『魔王』をしている小さな創造神を放っておけなかったんじゃないかと思う。

「なあ、これあのガラクタにもたせてやるんだろ」

「あ、うん。よくわかったね」

「俺、後で持っていってやるから氷詰めとけ」

笑いそうになるのを堪えて頷いた。

「……カズハさん」

「はい？」

「僕らを選んでくれてありがとうございます」

選んだことが本当に正しかったかどうかなんて、ずっとずっと先にならなきゃわからない。

私は子どもたちを一生懸命育てたつもりだけれど、正しかったかどうかなんて今でもわからない。

魔王に偉そうに言ったことだって先をわかって言ったわけじゃないし、魔王が結局どうするのかもわからない。

だけど、とりあえず私が今ここにいるのを喜んでくれる人がいて幸せだからもうそれでいいんだ。

もしこの先魔王がしくじったって、その時は私が魔王になってやればいい。

異世界だってどこだって、私はこの人らを連れて行けるんだから。

そんなこんなをくるっと包んで飲み込んで、にっこり綺麗に笑い返して見せた。

「最高のご褒美ですね」

お礼なんていらないんだよ。ちくしょうめ！

【閑話】愛なんぞ腹の足しにもなりゃしねぇ

「ザギルー、ルディんとこいこー」

「……は？」

十歳という本来の年齢の姿に戻った坊主が意気揚々と食堂に現れた。風呂上りらしく髪が湿ったままだ。それはいいとして、なんで俺が王子サマんとこ行かなきゃなんねぇのかわからん。

「あれ？　今日はルディのお部屋でお泊りして遊ぶんだよ」

「いや、それは知ってっけどよ……俺は行かねぇぞ？」

「えー、そなのー？　じゃあまた今度ねー」

「お、おう……？」

まだ厨房で後片付けをしているカズハに、行ってきますなんて声かけていくのを見送る。……今度も何も。

「だからなんで俺が普通にメンツに入ってんだよ……」

「ぶっふぉ」

隣で晩酌してた兄ちゃんが腹抱えて食堂の床に蹲った。

「っはー、笑う。まあ、なんだかんだとザギルは子ども好きだからなぁ。なつかれるのもしょうがなくね」

目じりを拭いながら兄ちゃんは椅子に座り直す。その椅子の足を蹴ってやるが揺るぎもしねぇ。しれっと俺の杯に酒を継ぎ足してきやがる。

「っけんじゃねぇよ。好きなわけねぇだろ。馬鹿か」

カズハに南からこっちに呼びたいやつはいないのかと聞かれたことがある。なんだかちっせぇ頭で色々考えたのか珍しく言いにくそうにしてやがったけど。

俺は南でも一か所に長いこといることたぁ、あんまなかった。長居すりゃそんだけ目立つしめんどくせぇことになる。大抵は花街の姐さんたちの部屋を渡り歩いて過ごしてたが、どこに行っても何故だかその辺のガキが寄ってくる。俺の体が大人並みにでかくなってもそれは変わらなかった。寄ってくるガキは目端が利く奴ばかりだったから、少し仕事をさせて食い物を与えりゃ、ちょうどいい使いっぱしりくらいにゃなる。そしたら増えた。

貧民街にうろついてるガキは獣人が多いから、大体十三歳くらいで成人と同じ体格になる。そのくらいまで生き残ってりゃもっと使えるようになっから、食い物じゃなくて金をやるし、それに見合った仕事も教えるしやらせる。ガキの体で金目のもん持たせたら速攻でその辺のクズに巻き上げられるしな。っつーわけで、南のあちこちにいる奴らが今じゃ俺の情報網だ。こっち呼んだら仕事になんねぇ。だけどまあ、だからガキの扱いはそこそこ慣れてはいるといえばそうなんだろう。

「何をしてる」

魔王の城にあいつがつくったものを差し入れにちょいちょい来ている。今日のこれはギュウヒとかいうもっちりした皮でアイスを包んだものだ。餅かと思って大きくかぶりついたら頭が痛くなってむかついた。

「これ冷てぇんだよ。下だと寒いだろうが」

初めて来たときには氷のようだった城は、あいつの魔力を喰らって中庭の草木と同じくあちこちが色づいている。そして上の階には、そこだけ季節が違うとしても納得できるほど温かい部屋もあった。やけに年季の入ったテーブルに持ってきた木箱を置けば、魔王は少しばかり速足で寄ってきて椅子に腰を落ち着ける。

「氷だ」

蓋を開けて覗き込んだ魔王は年寄り臭い声で不満気だ。

「それじゃねぇよ。器ん中にあんだろ」

幾つも詰まっている小さな氷の塊を避けて、陶器の蓋をさらに開けると、粉っぽい表面をした子どものてのひらほどの丸い団子がふたつある。小さな指でつついた魔王は納得したように頷いた。えらっそうだなおい。

「何故お前も食う」

ふたつのうちひとつをつまんだ俺に、わずかに眉をひそめて今度はか細い幼女の声で咎める。

「こっちは俺んだ。ばぁか」

「我らへの供え物だろうが」

「あいつがそんなつもりあるわけねぇだろ。お前より強いんだしよ」

「我らよりではない。同じくらいだ」

魔王の表情は基本的に薄いが、ここのところよく顔を合わせるようになってこいつにも機微っちゅうもんがどうやらあるらしいとはわかってきた。団子をくわえると若干ふてくされた顔が、少しの驚きの後にゆるりと脱力する。その魔王の手元にかたりと小さく音をたてて茶が置かれた。俺ですら近くまで来ないとわからないほど気配が薄いそいつの顔立ちは、あのモルダモーデと同じだ。

何度目かの差し入れのときに前からいたような風情で現れたこの魔族は、地下にあるヒカリゴケに覆われた柱の中で眠っていたうちの一人だと聞いた。それから随分経つが、いつも何も言わずただ魔王に付き従っている姿しか見たことねぇ。俺は奴の魔力を一度喰っているから、確かに同じ魔力をそいつが持っているのはわかる。だが氷像みたいな変わらない表情で静かに立っている姿は、やっぱり別物に思えた。

「そいつよ、そのうちしゃべるようになんのか。元はモルダモーデなんだしよ。あの野郎うるさかったじゃねぇか」

「これはアレとは違う。あのオートマタと大して変わらん」

「へぇ。前線にいる魔族と同じなんだったか。しばらく前線は動かさねぇっつってたのに、なんでいるんだ？」

「……いつもならこっち側に来た元勇者が茶を淹れてた」

「茶汲みかよ。そうすっと次はカズハの番だったはずってとこか」

「昔はアレらも寿命が長かったから常に何人かいたし途切れることなどなかった」

アレらってのは中庭にある棺で保管されてる奴らのことだろう。傷まないように死体を陳列してるなんざ悪趣味だとは思うが、カズハに言わせれば魔王は魔王なりに大切にしてるらしい。そういえば棺の銘板を見た神官長サマは、古いものほど寿命が長いとかそんなことを確かに言っていた。魔力が多ければ多いほど寿命は長くなるもんだが、昔のやつらはあのモルダモーデより魔力が多かったっつうことか。あれも大概バケモンだったのに、ぞっとしねぇな。つうか。

「おい。じゃあカズハは寿命どんくらいだよ」

「知らんが長いだろうな。……代を重ねるごとにアレらの寿命が短くなったのは、物事を複雑に考えすぎるようになったからだ。どんなものでも構造が複雑なほど脆弱になるだろう。それと同じで魔力があっても時間に魂が耐えられなくなる」

「つまり単純だから長生きだってか」

そりゃあ確かにいつも考えてんだかなんだかわかんねぇしな！　げらげら笑ってたら、魔王は茶を一口飲んでから呟いた。

「……カズハは、アレの子孫と結婚したと聞いた」

「おう。よく知ってるじゃねぇか。あのガラクタも働いてんだな」

リゼとは違うオートマタが今も城に現れてるのは知っている。情報収集をしてるって話だが、目当ての八割は茶菓子だ。絶対に。

「楔を打たれたところで竜人たるお前の本質は変わらないのに、何故奪わなかった」

まだ張りが残る壮年の男の声で問う魔王の口調は、咎める風でもなく単純にわからないだけのようだった。まあ確かに俺は根っから奪う者だし、そう言われることに何の不服もねぇ。だけどなぁ。

「お前にだけは言われたかねぇな？」

いくつもの声音と同じだけ、この魔王の中には様々な魔力の色が溶けあいながらも溶けきれないまま渦を巻いている。その中の一筋の流れをなぞるように指先を振って見せれば、苦々しさも露わな舌打ちが返ってきた。

記憶はあるのか、感情は残っているのか、意思は消えてしまったのか。そんなこたぁわかんねぇが、その一筋の魔力は確かにモルダモーデのものだと俺にはわかる。

「魔族となれば受け入れられることはないとアレらは言っていたが、違ったということか」

「そんときゃそうだったんじゃねぇの」

「そうなのか」

「知らんけど」

実際神官長サマも昔はそんな感じだったたつってたしな。けどそんな昔のこと俺に聞かれてもなぁって話だ。興味もねぇ。魔王は団子を食べきってからため息をついた。

「……お前あんまり役に立たん。帰れ」

この理不尽っぷり見覚えあるぞ！　むかつくなおい！

あのチップをあいつが手にした時、あー、これは食うな。そのうちしれっと食うぞこいつと思ってたら、やっぱり本当に食いやがったから笑いが止まらなかった。

魔族は勇者の成れの果てだと予測はついていた。俺がそれを心配してるとでも思ったのか、魔族になんてならないとどこか言い聞かせるように坊主は説明してきたけれど、別に俺はカズハが魔族になろうとどうしようとそれ自体はどっちだってかまやしなかったんだ。つかなんで坊主がこの俺を窘める言い方すんだ。あいつまさかとは思うが時々妙に兄貴ぶってる気がしてなんねぇな。

美味いままで、俺がずっと食っていけるならそれでいい。それどころか魔族になりゃもっと美味くなるに決まってる。

あの時行かせたくなかったのは、それまでの元勇者たちは二度と戻ってこなかったからだ。

俺が行けないところに行かせたらもう喰えなくなるわけだしな。だから俺自身が魔王の城に出入りできるなら別に問題はなかった。

「……あら？　ザギルあなたまたあっちに行ってたの？」

王城に戻れば、廊下で神官長サマと鉢合わせた。

「新作できたからってよ。あんたもさっさと行って食わねぇとなくなんぞ」

「……ふぅん、あなたもまあマメっていうか甲斐甲斐しいっていうか」

「ああ？　なにいってんだ」

「オートマタに任せてもいいのに、わざわざ持っていってあげるんでしょ？」

　知ったような口ぶりで俺の襟元をつまむ神官長サマの手を軽く叩いて落としたけど、何食わぬ顔を崩しやしない。

「あなたがカズハとザザの結婚をこんなにあっさり受け入れるとは思わなかったわ」

「別に俺に関係ねぇし」

　俺とカズハの契約になんの影響もない。

　あいつがZだと言い張る勇者から魔族への種族変化は、勇者としての完成形に到達したものとして周知された。当然護衛のために城で囲う必要もなくなったっつうことで、もう住まいは氷壁の自宅に移されている。坊主もいそいそと移ろうとしてたが、そこは兄ちゃんたちに言いくるめられて氷壁んちに泊まるのは週の半分ほどにおさえられてた。

　俺は坊主に用意された部屋の隣の部屋に、多くはない荷物を置いている。あの氷壁が気づくまで十日ほどかかってた。もうそれでどれだけ浮かれてたか知れるってもんだ。

　てめぇの家にいつの間にか俺が住み着いてたことに気づいた時のあのツラは、何度思い出しても笑える。ただ、カズハが「あ、やっぱりいたんだ？　ちょっと卵買ってきて」ですませたのは思い出すと癪に障る。

「……あなたは違うというでしょうし、自覚はないようだけれど、あなたのそれは愛なのだと私は思うわよ」

真正面から俺の視線を捉える神官長サマの眼は実験結果を分析するときと同じに透徹としている。魔王はこの女を「求める者」だと言っていたんだったか。隙あらば俺を研究に駆り出そうとするあたりにも理を追い求める性質が伺える。

「こういうことはめぐりあわせとかタイミングで決まるものでしょ。後で自覚したとしてもとりかえしはもうつかないだろうけど、もしそんな時がきたらできる範囲で手を貸してもいいわ。まあ、あなたのカズハへの忠誠は私も認めてはいるし勿論カズハ次第なのは変わらないけど」

でもこれに関しちゃわかってねぇんだよな。わかってねぇ。あの魔王と同じだ。

「はっ、そんな腹も膨らまねぇもんに興味ねぇよ」

片眉あげる神官長サマに合わせて、口の片端あげて牙を見せてやる。

「なあ、あんただって気づいてんだろ。カズハは魔族になることで長命種に変わった。――どうしたって、氷壁はカズハよりはるかに早く逝っちまう」

それどころか坊主のことすら、あいつは見送る側になるだろう。

「氷壁だって気づいてる。あのチップを自分も食えないかって魔王にこっそり交渉してやがったし」

「なにあいつそんなことしてたの」

「勇者の土台がないと効果はでないって即却下されてたけどな」

「……私でも駄目かしら……いや聞いてみて損は」

「……あんた元々長命種だろうが」

「どんなものか知りたいじゃない！　種族が変わるとか本来ありえない話なのよそんな体験できるなら」

「はいはいはい好きにしろっつの――長命種がいつだって残される側なのは、あんたならよくわかってんだろ」

「……だから止めようと思ってたわよ。なのにっなのにあの子はほんと前触れもなくっ」

「俺も長命種だ。種族はっきりしねぇけど、まああんたよりも寿命はずっと長いだろうっつのはなんとなくわかる。その上まだ若い」

きゅっと顰められた眉間に人差し指を突きつけてやる。

「たかが三十年四十年、いいとこ五十年か。坊主だって魔族化しなきゃ百年もねぇ――最後まで残るのは俺だ。ずっと言ってんだろ。あれは俺のもんだ。最後の最後までな」

そうとも。魔王にだって渡しやしねぇ。

「随分気が長いわね……いくら長命種だからってそこまで待てやしないわよ普通。なんだってあなたそんな」

いつか寿命は尽きるだろうし、生きるのに飽きることもあるかもしんねぇし、そしたら全部喰いつくしてやる。そうしたいなら俺が殺してやると約束もした。俺が先に死ぬこともあるかもしんねぇけど、そんときゃあいつを喰いつくしてから死ぬだけの話だ。

俺は所詮奪う者で生かすのにも育てるのにも向いてねぇ。

与えるのも護るのも育てるのも、そう、あいつに言わせれば適材適所ってやつなんだろう。

俺が奪って喰らい尽くすその時まで、欲しいものを欲しいだけ手に入れて生きたいように生きればいい。

「そりゃあお前、美味しくいただくために決まってんだろ」

無自覚聖女は
今日も無意識に
力を垂れ流す
〜今代の聖女は姉ではなく、
妹の私だったみたいです〜
異世界転移して
教師になったが、
魔女と恐れられている件
〜王族も貴族も関係ないから
真面目に授業を聞け〜
ボクは光の国の
転生皇子さま!
〜ボクを溺愛すりゅ仲間たちと
精霊の加護でトラブル解決でしゅ〜
転生したら
最愛の家族に
もう一度出会えました
前世のチートで
美味しいごはんをつくります
こんな異世界の
すみっこで
ちっちゃな使役魔獣とすごす、
ほのぼの魔法使いライフ
強くてかわいい!
EARTH STAR LUNA
アース・スタールナ

もう一度出会えました

前世のチートで

美味しいごはんをつくります

I make delicious meal for my beloved family

あやさくら

Illustration CONACO

給食のおばちゃん異世界を行く ③

発行 ―――― 2024年4月1日　初版第1刷発行

著者 ―――― 豆田 麦

イラストレーター ―――― しろ46

装丁デザイン ―――― 山上陽一（ARTEN）

発行者 ―――― 幕内和博

編集 ―――― 筒井さやか

発行所 ―――― 株式会社アース・スター エンターテイメント
〒141-0021　東京都品川区上大崎 3-1-1
目黒セントラルスクエア　7F
TEL：03-5561-7630
FAX：03-5561-7632

印刷・製本 ―――― 図書印刷株式会社

ISBN 978-4-8030-1934-6